お狐様の異類婚姻譚

元旦那様の秘密の里に連れ去られるところです

糸森環

T A M A K I　I T O M O R I

JN118317

一迅社文庫アイリス

CONTENTS

白月《しろつき》
八尾の白狐の大妖で、雪緒の元夫。人型時は白髪金目の美丈夫の姿。紅椿ヶ里の長で、郷全体の頭領である御館の地位にある。一見穏やかそうだが、本性は怪らしく苛烈で残酷。
お狐様の異類婚姻譚
元旦那様の秘密の里に連れ去られるところです
雪緒《ゆきお》
幼い頃に神隠しにあい、もののけたちが暮らす世界で薬屋をしている少女。黒髪黒目。素直な性格でのんびりしている。人間の世界にいた当時の記憶はほとんどない。

宵丸《よいまる》

大妖の黒獅子。人型時は目元の涼しい文士のような美男子だが、手のつけられない暴れ者として悪名高い。白月との離縁後、雪緒に絡んでくることが多くなった。

三雲《みくも》

祭事で雪緒が出会った鬼。角や牙はなく、一見すると人間の青年に見える涼やかな目元の美丈夫。胸に梵字の刺青を入れている。

千速《ちはや》

白月の配下の愛らしい姿の子狐。子狐たちのまとめ役(?)。雪緒を慕っている。

由良《ゆら》

白桜ヶ里の元長の子。本性は鵺。口は悪いが、良心的で誠実な性格。過去に雪緒に救われたことがある。

耶花《やか》

美しい姿をした鬼で三雲の仲間。見た目は若いが、格が高く鬼たちの上位に位置する。

鈴音《すずね》

白月の妹。四尾の妖狐で酷薄非情。人型時は妖艶な美女の姿。白桜ヶ里を崩壊させる原因となった。

沙霧《さぎり》

神と人の間に生まれた、半神の木霊。雪色の長髪の麗しい青年の姿をしている。人間には好意を持っているが、怪のことは嫌悪している。

設楽《しだら》の翁《おきな》

童子の姿をした古老の怪。雪緒の育ての親。己の天昇後に一人になる雪緒の身を案じ、伴侶に白月を選んだ。

天昇［てんしょう］
怪が地上での死ののち、天界に生まれ変わること。怪としての格が上がる。

十六夜郷［いざよいごう］
七つの里にひとつの鬼里、四つの大山を抱える地。

紅椿ヶ里［あかつばきがさと］
十六夜郷の東に位置する、豊かな自然に囲まれた里。

梅嵐ヶ里［うめあらしがさと］
十六夜郷の南に位置する里。梅の花が咲く風流な地。

白桜ヶ里［しろざくらがさと］
十六夜郷の南東に位置する里。かつては桜の花香る美しい地だった。

綾槿ヶ里［あやむくげがさと］
十六夜郷の西に位置する里。田畑が多く豊かな地で、木槿が咲き乱れる。

紺水木ヶ里［こんみずきがさと］
十六夜郷の南西に位置する最古の里。水木が多い地で安定している。

黒芙蓉ヶ里［くろふようがさと］
十六夜郷の北西に位置する里。果実がよく育ち、金物製品細工物が盛んな地。

鋼百合ヶ里［はがねゆりがさと］
十六夜郷の北に位置する里。よそとは交流しない隔絶された地。

葵角ヶ里［きづぬがさと］
鬼穴の向こうにある鬼の里。

御館［みたち］
郷全体の頭領のこと。それぞれの里には長が置かれている。

耶陀羅神［やだらのかみ］
怪が気を淀ませ変化した、邪の神。自我がなく、穢れをまとう化け物。

悪鬼［あっき］
他者を害することにためらいがなく、災いをもたらす存在。

獬豸［かいち］
郷に存在する瑞獣。頭頂部には角があり、犬のような羊のような体をしている。

イラストレーション◆凪かすみ

お狐様の異類婚姻譚　元旦那様の秘密の里に連れ去られるところです

OKITSUNESAMA NO IRUIKONINTAN

◎壱・国《くに》覓《ま》ぎ現《あら》覓《ま》ぎ　赤天女

「赤天女ってなんですか?」

　雪緒《ゆきお》は戸惑った。


　十月。神を無くす憂虞《ゆうぐ》の月。赤い月の轟《とどろ》く季節だ。

　しかしながら雪緒は現在、紅葉どころか青葉の輝く山の中腹に建てられた屋敷にいる。この縁側からの眺め、見晴るかす翠緑《すいりょく》は、とても秋の迫る季節とは思えない。

「轟々《ごうごう》、ななこ、魚の子、ななのこ、なななぬか」

「なーなこななり。御神楽《みかぐら》みかげ」

「なんなん」

「ちょうちょう」

「ゆうけ、ゆうやけ」

「こやけ、おおやけ」

　——そして、童歌もどきを楽しげに口ずさむ無邪気なもふもふ連合軍に包囲されていた。

　もう一刻ほども前から雪緒は、綿毛みたいな白毛の子狐《こぎつね》たちに群がられ、一歩も動けぬ状態だ。喜んではいない。決して喜んでは……。ただ、このもふもふはいかんともしがたいもふもふ具合で、動く気力を根こそぎ奪っていく。

「朧朧《ろうろう》、かげろ」と、童話もどきの続きをやはり愉快《ゆかい》げに諳《そら》んじたのは、雪緒の隣で悠然と胡《あ》座《ぐら》をかく白月《しろつき》だ。

見た目は二十歳そこそこの優しげな風貌《ふうぼう》の青年なのだが、純血の人間の雪緒とは種族からして異なる。彼は狐の御大将とも言うべき危険な存在だ。

絹糸のような白い髪に、同色の狐耳。もっふりした太い尾も同じ色。瞳《ひとみ》はいかにも獣じみた酷薄な金色で、目尻《めじり》には色気のある赤い隈《くま》取りを入れている。身にまとうのは、鞠《まり》の模様を裾《すそ》に散らした濃墨《こずみ》色の単衣《ひとえ》に、大柄の楓《かえで》と組紐《くみひも》が舞う朝ぼらけの色調の羽織り。楓模様は桃色に青に緑と多彩で、全体的に派手やかな色合いだ。妖《あや》しさ満点、美しさも満点のお狐様だった。

雪緒のほうは、赤い芒《すすき》に鹿《しか》の模様を加えた薄雲流れる真緑の袖《そで》に、東雲《しののめ》のような濃淡の見られる行灯袴《あんどんばかま》の組み合わせ。こちらも情味のある模様だ。

自分ではあまり選ばぬ柄だが、本日の着物係に任命された子狐の推薦なので不満はない。

「狐ずくめ……」と、雪緒は両手で子狐たちを撫《な》でながら、つぶやかずにはいられなかった。

それを聞いて、白月を筆頭に、狐たちがきゃうきゃう笑う。

「狐、狐、我ら狐が一番です！」

「成功ですね、白月様」

「やりましたね。雪緒様をおかくししちゃったあ」

「さすがはおれたちですねえ！」

そうだな、と白月が、誇らしげな子狐たちに微笑《ほほえ》む。

得意になる狐たちとは逆に、雪緒は一人、渋面を作る。

（攫《さら》われてしまったなあ）

過去を振り返れば、鬼やら狒狒《ひひ》やらなんやらと種族も立場も千差万別の者たちに、ひょいひょい攫われてきたわけだが、とうとうお狐様にまで。

もともとが雪緒は、この世界の住人ではない。

神隠しの子。遠い世の生まれの子だ。そしていま、悪巧みの大好きな狐たちによって、謎《なぞ》めく場所へと本格的に「お隠し」されてしまった。

「ここって十六夜郷《いざよいごう》……紅椿ヶ里《あかつばきがさと》の内なんでしょうか？」

雪緒の問いかけに、白月が笑みを深める。悪戯《いたずら》っぽくも、恐ろしくも見える表情だ。

「そうであるかもしれない。そうでないかもしれない……」

「白月様ったら！」

「惑うおまえ様を見るのが楽しくて。あれ、怒るな」

雪緒は嘆息した。

――十六夜郷とは、七つの里にひとつの鬼里、四つの大山を抱える、ふしぎふかしぎの世だ。

方位盤を模して置かれた各々の里の背面には霞《かすみ》立ちこめる峻嶺《しゅんれい》、その向こうには、ほかの郷が存在するという。もっともっと向こうには、〈外つ国《とつくに》〉もあるのだとか。

〈外つ国〉をこちらの世では〈藩《はん》〉と呼んでいるが、それこそがひょっとすると雪緒の本来の故郷かもしれない。が、現状では渡るすべも知るすべもない。

そちらの世の出来事はすべて夢物語、掴《つか》めぬ雲のようなもので、雪緒自身の幼い頃《ころ》の記憶ももはや曖昧《あいまい》だ。

雪緒は十年以上前に、東を占める紅椿ヶ里に迷いこみ、設楽《しだら》の翁《おきな》という怪《かい》に拾われた。しばらくは彼のもとで暮らしたが、その頼りの育て親もすでにいない。――いなくなったから、雪緒の日々は俄然《がぜん》騒がしくなった。

力の強い大妖《たいよう》でもあり郷を治める御館《みたち》でもある白月と、縁をつなげて結婚したり離縁したり……果てには、とある理由で沈む寸前の、穢《けが》れた隣里たる白桜ヶ里《しろざくらがさと》の長になれと命じられることにもなった。その直前には、西の綾槿ヶ里《あやむくげがさと》の長として封じられそうになっている。

ほかにも、あれやこれやと自分の周囲では騒動が尽きない。

とにかくめまぐるしい毎日を雪緒は送っていた。

「本当にここはいったいどこなんですか？　まさかと思いますが、沙霧《さぎり》様のような半神の方々が暮らす、神聖な『庭』なんでしょうか？」

問う自分の声が、だんだんと力をなくしていく。顔色も悪くなっていることだろう。

あの強烈な『庭』……狂気で狂気を煮詰めたような神域に、雪緒は一度だけ踏みこんだことがある。八月に開催された祭りの騒動に巻きこまれ、過去を何度も繰り返すという非常識な体験をしたのだ。その繰り返しの世のひとつで、雪緒は沙霧の嫁となった。

数ヶ月のあいだ滞在した『庭』の奇怪千万な景色を思い出すと、いまも背に震えが走る。

「違うぞ。沙霧の庭なんかと一緒にするなよ」

楽しそうに尾をゆらゆらさせていた白月が、むっと眉根《まゆね》を寄せる。

沙霧と白月は犬猿の仲だ。沙霧の住処《すみか》と比較されて腹が立ったらしい。

「ここは鹿楽《しからき》ノ森でございますよう」

まともに回答してくれたのは、雪緒の袖の奥に潜って遊んでいた子狐だ。

尾の先ばかりが墨のように黒く染まった子で、これを千速《ちはや》という。

本人曰《いわ》く、由緒正しき白狐一族の者なのだとか。

「しからきのもり」と、雪緒が口のなかで復唱すると、狐たちは顔を見合わせてぬふぬふと笑った。

雪緒は千速の尾を軽く揉《も》んだ。すると全員から、抗議するように尾でぱしぱしと軽く叩《たた》かれる。白月までも、そのなかにまざっている。だめなのか、揉んでは。

「しらくのもりとも申しますよ。ええ、ええ、しらくちのよく実る森なのです。我らにとってはまさに至楽の地ですよお」

べつの子狐が口を挟む。

しらくちとは、猿梨《さるなし》のことだ。

（へえ、お屋敷の屋根の鬼飾りの意匠がなんだか猿みたいだなと思っていたら、そういう……というか、このお屋敷って造りがどうも神社に似ている……いや、気のせい、気のせい……）

気づかなかったことにしたいという痛切な思いが雪緒の胸に湧く。

なぜなら、どこもかしこも奇怪である。

屋敷の屋根からして奇怪だ。甍《いらか》を波にたとえることがあるが、ここでは本当に瓦が絵巻物に描かれるような波浪の形に作られている。ざぶんとぶんと押し寄せるさまを屋根全体で表現しているというか。……そう、比喩《ひゆ》とは違い、実際に瓦屋根がゆれている。そのため、薄明のような色合いの瓦は、波の動きによって色調に変化が生じる。

おまけに、千木の下の神紋は、あからさまに狐の形だ。

建物の構造も、見れば見るほどおかしい。二階三階が段状に設けられ、ありえない位置に外廊が延びている。さらには渡廊で、三叉《さんさ》になった層塔もどきや、格子戸を正面に取りつけた狐形の怪しいお宮につながっていたりもする。不吉すぎるので、格子戸に藤の花のごとく札をたっぷりふっさりと張りつけるのをやめてほしい。ちなみに層塔もどきの屋根の形は八手だ。

（……『ふしぎ』が渋滞してる。日常に侵食しすぎ！）

雪緒は畏怖《いふ》と呆《あき》れを同時に覚えた。

主殿の雨戸には、八手と狐紋がバンと大きく描かれている。雨戸も柱も目に突き刺さるような真新しい常磐《ときわ》色で、屋敷の周囲にはこんもりと猿梨と柏木《かしわぎ》が生い茂る。

あとは、いったいどこにつながっているのだろう、というか、どこまでつながっているのか……蔓《つる》みたいにうねる浮き橋もどきが屋敷の四方八方から延びている。木々の奥まで続いているので、終着点までは見通せない。

至るところに鏤《ちりば》められた『ふしぎ』を前に、素直に幽寂閑雅の佇《たたず》まいだと称えることもできず、雪緒は顔色悪く黙りこんだ。

この沈黙を誤解したのか、膝《ひざ》の上に乗った千速が困ったようにぺたりと耳を倒した。

「雪緒様、なにひとつ不安になる必要はありませんよ。我らの隠れ森は、いわば、狐の胎の内。雪緒様は安全です！」

胎の内という強烈なたとえを出されて安心できるほど、雪緒は剛胆でも鈍感でもない。

(ひたすらこわさしか感じないんだけど)

もう少し人の子のやわい心を慮《おもんぱか》って、優しく表現してほしい。

「そんなに怯《おび》えるなよ。煙に巻こうと企《たくら》んでるんじゃなくて、単純に説明が難しいんだ」

白月も困った様子で耳を横に倒す。

我ら誠実ですほんとですよ、と訴えるようにほかの子狐たちも次々と耳を倒していく。……狐たちがかわいこぶっている。

「まあ、一言で言うなら、我ら白狐一族の秘められし里だ。鹿楽ノ森という名称は古い言い方でな。昨今の若い狐は簡単に『匣《はこ》』とか、『筐』と呼ぶ。すぐに略す。なっとらん」

白月が耳をぱたぱたさせて、口うるさいことを言い始めた。

はいはい、と子狐たちが適当にいなしている。年長者のお説教ほど面倒なものはないと言いたげな、うんざりした態度だ。胸を張る白月の顔貌《がんぼう》は二十歳そこそこの若者にしか見えないが、実のところかなり古い妖狐《ようこ》なのだという。百や二百程度の年ではないのだろう。

ひとしきり若者の軽薄さに苦言を漏らすと、それでいくらか溜飲《りゅういん》を下げたらしく、白月は話の軌道を修正した。

「要するにこの森は、匣内にある俺《おれ》の領域だ。人でいうなら、所有地みたいな感じかな。実家的な」

実家というほのぼのした表現に、雪緒はくすりと笑った。

「だが、十六夜郷の里とは成り立ちから見ても違うんだぞ。隠れ森は現実のものだが、現実にはない。いや、存在するが、実体はないというか」

「……ええと」

雪緒は千速を弄《いじ》くり倒しながら、急いで記憶を辿《たど》った。

前に、『匣』という言葉を聞いた覚えがある。あれはいつのことだったか。

「影のようなものといえば、わかりやすいか？　物があるから影が落ちる。確かに存在を示す。

が、影自体に触れることはできぬだろ」

　雪緒は神妙にうなずいたが、理解をそろそろあきらめたくなってきた。

　白月はそんな雪緒の心情を察して、首元をこりこりと掻《か》き、悩める顔を見せた。

「……ううむ、まこと遺憾な話だが、沙霧の野郎の『庭』に性質が似ていると言えば似ているか。だが我らの隠れ森はまだ、あれのような神域とは言えぬ、まだ、まだ……。うん、千速が胎の内とたとえたのにはな、ちゃんと理由がある」

「どんな？」

「大昔、我らの祖と崇《あが》めるべき太古の化け狐が、天昇の際、自身の古い皮……影を脱ぎ捨てたんだ」

「……脱皮的に？」

「うん。脱皮的にだ」

　これもまた似たような話をどこかで聞いた記憶が、と雪緒は遠い目をした。鬼とか竜とか隧《ずい》道《どう》などという言葉が、さっと頭をよぎる。

「その皮たる影を、のちに、我ら狐は一門ごとに分配した」

「影を？」

　雪緒は、鼻の上に皺《しわ》を作った。

　影って自由に切り分けられるものだっけ？　いや、皮？　どっちなのか、はっきりして。

「ああ。で、各一門、そのなかに、所有地ともいうべき領域の森を展開したんだ。だから、狐の胎の内、という言い方は的を射ているぞ。とくに俺はおのれの特殊な生い立ちもあって、影とは相性抜群だ」

白月が、耳を水平にしたり、立てたりした。それを子狐たちが真似《まね》している。

雪緒は返事に窮し、膝の上の千速に視線を落とした。前脚を揉みしだく。

彼の出自の歪《いびつ》さについてを、いまはもう幻でしかない繰り返しの世で、白月本人の口から聞いている。太古の化け狐の影より生じた存在であるらしい。

ただし、脱皮的に脱ぎ捨てた、狐族の隠れ森を包括するこの『皮たる影』とはまた異なる影だ。

白月の母体となったその影は、日食の時に化け狐が置き忘れたほんのひとかけらだという。決して望まれた生ではない。なぜなら日食は、世を震撼《しんかん》させるほどの大凶事だ。

そんな特大の凶の刻に、不用意に落としてしまった影の破片に、どうして祝福や徳が宿るだろう。

「我らの森は、薄明光線を浴びた柏の葉さえあれば見つけられる。あ、白光はだめだぞ。強すぎる。こう、世をやわく溶かすような、とろっとした、あけぼの色の光でなくてはならん」

白月は、とくに気にした様子もなく説明を続ける。うんうんと子狐たちがうなずく。

「が、見つけられるというだけで、許可なく隠れ森に立ち入れば、怒るぞ。祟《たた》るし、食う」

急にこわくなるの、やめてほしい。

「……意図せずお狐様の隠れ森に足を踏み入れてしまうことだって、もしかしたらあるかもしれないじゃないですか。まずは穏便に話し合いを試みませんか」

雪緒の切実な提案に、狐たちは揃《そろ》って、はーやれやれと言わんばかりに尾を振った。

「本当なら、一族となんの所縁《ゆかり》もない者が、我らの森を見つけるだけでも許しがたい。でもその段階ではまだ食わないんだ。狐とはまことまこと、慈悲深い」

慈悲の意味って最近変わったっけ、と雪緒は思った。

心の声が漏れたのか、白月に軽く睨《にら》まれる。

「俺は、尾の毛の数だけ慈しみと愛情を持つ立派な狐様だぞ。心して胸に刻めよ」

壮大な話になってきた。

「尾の毛は何本あります？」

「知らん。毟《むし》ってもすぐに増えるし」

増えるんだ……。

「はい、確かに胸に刻みましたので、白月様、そろそろ紅椿ヶ里に戻りませんか」

「なんでそうなる」

白月がびっくりしたように聞き返す。子狐たちも、雪緒の膝や肩の上で蠢《うごめ》く。

「まさか茶を楽しむために、気軽に我らの匣の森に連れこんだと思っているのか？　おまえ様をお隠ししたのだと教えたばかりじゃないか」

「……神隠し的に？」

「そう、神隠し的にだ」

白月は、当然というようにうなずいた。

「俺の懐に入れれば、だれにも奪われずにすむ。白桜ヶ里の長にもならずにすむし、鬼にも勾引《かどわ》されずにすむし、天神にだってされずにすむ」

「私を隠そうと思われたのは、それが理由ですか？」

「むしろほかに理由なぞあるかよ」

雪緒は、はにかんだ。

（そうかあ、私の安全のためにかあ……）

きっとそうだろうとは思っていたが、断言されるといささか気恥ずかしいものがある。

「なぜそこで恥じらう。俺はもうここから出さぬと言っているんだぞ？　ずっとだぞ。本当に自分の置かれている状況がわかっているか？」

雪緒を隠した張本人のくせに、白月は、「うわっこの娘、おかしい」という危険人物を見るような目を向けてきた。

自分の立場はちゃんとわかっている。

設楽の翁の天昇後に、立て続けに発生した騒動のおかげで、雪緒の生活は一変した。図らずも三雲《みくも》という名の鬼に執着され、それを宥《なだ》める役を担うことになった。

綾槿ヶ里の長になれと急《せ》かされたのだって、もとをただせば里の内部に生じた鬼穴《きけつ》を塞《ふさ》ぐ目的のためでしかない。

鬼穴とは、綾槿ヶ里の民が軽率にも祭りの掟《おきて》を破り、鬼衆の怒りを買ったがために出現した通り路のことだ。これが生じるうちは、いつでも鬼が行き来可能になる。

怪や人を食う鬼が自由に里を闊歩《かっぽ》するようになれば、被害の増加はとめられない。だれかが犠牲になって穴を塞ぐ必要があった。その供物役が雪緒だった。

ところがだ。長としての才覚の有無を見定める目論《もくろ》みで指揮権を譲られた九月の祭事の後、雪緒の操る禁術は、紅椿ヶ里の古老たちの目にとまった。優れた術だと評価されたはいいが、これを純粋に喜ぶことはできない。利用価値が高いと判断されたのだ。

となれば、当初の、荒ぶる鬼衆への供物にするという案でいたずらに雪緒の命を消費してしまうのは、少々惜しい。もっと有効に使うべき。なら、いまだ穢れの蔓延《はびこ》る白桜ヶ里の長に任じ、祓《はらえ》の儀にあたらせよう。

民が平穏に暮らせるまで浄化が進んだあかつきには、今度こそ妖力《ようりょく》も確かな怪に長の座を譲渡させる。雪緒の進退については、継続して、生きた浄化道具たる『天神』にしてしまおう
——というのが、古老たちが共通して抱く計画だった。

理由は不明だが、雪緒は数々の騒動の発生前から、紅椿ヶ里の古老たち、とくに翼を持つ者

にゃんわりと疎まれている。彼らは仄暗《ほのぐら》い嫌悪感から、雪緒を使い潰《つぶ》すことに躊躇《ちゅうちょ》がない。

彼らの非情な真意を知る白月は、九月の祭事のひとつ、月見祭《つきみさい》の終了後に、体力その他を使い果たしてふらふら状態だった雪緒を綾槿ヶ里から強引に連れ出した。

そして、現在に至る。

知られざるお狐様の隠れ森の、ふしぎなお屋敷の縁側でのんびりぽくぽくと、満月みたいな黄色い餅《もち》とお茶を楽しみながらもふもふにまみれるという堕落の日々を雪緒は送っている。

とうに九月は終わり、十月に突入した。……この隠れ森に、時間が確かに流れているのならば。

「私がこちらの隠れ森ですごすことを、白月様が本気で望まれているのでしたら、その通りにします」

雪緒が膝の上の千速を両手で優しくこねながら言うと、白月はなぜか、ぐっと息を詰めた。

「私の願いは、白月様の望みを叶《かな》えることですもの。でも、たとえ白月様の望みであっても、それが結果的に白月様ご自身を害してしまったり、これまでの功徳を帳消しにしてしまったりするなら、私はここにいられません」

ぐぐ、と白月が気圧《けお》されたように押し黙る。

「ねえ、一刻も早く私を連れ戻し、白桜ヶ里に封じよと、古老の方々にせっつかれているのではありませんか?」

子狐たちまで、ぐぬぬと唸《うな》り始めた。予想した通りの嘆願がなされていたのだろう。

「皆様方の声を退け続ければ、御館の立場がゆらいでしまうのでは？」

狐たちが全身の毛をはりねずみのように膨らませる。威嚇行動だろうか。雪緒は、おもしろいなあ皆動きが揃っているなあ、と思った。

「……。おまえ様の望みは、俺の願いを叶えることなんだろ？　だが、まずは俺の安全と立場を守るのが先と、そういう意味だろ」

白月が自身の狐尾を撫でつけて、深刻そうな声を聞かせる。

「はい、そうです」

「…………。俺も、同じ思いなのだと言ったら？」

白月が緊張した様子で畏《かしこ》まると、千速以外の子狐たちが雪緒の体から下り、白月のまわりに集まった。耳を前のめりにして、主人そっくりに畏まる。

「と言いますと？」

妙に肩苦しい雰囲気を漂わせる狐たちを眺めまわして、雪緒は怪訝《けげん》な顔をした。

白月が焦《じ》れったそうに、口をもごつかせる。

「だから……。俺は強いし……まことに強いし……。おのれの立場以上に、雪緒のことを……案じている……ゆえの現状なのだとは思わないか……」

「白月様が強い大妖であることは知っています」

雪緒は否定せず、少し考えこんだ。

無邪気に白月に恋していた頃なら、自分以上におまえが大事なのだと甘く仄めかされれば、真に受けて、赤面くらいしたかもしれない。

だが、それで何度痛い目にあったことか。

いまも恋を捨てたわけではない。襤褸《ぼろ》切れのような恋であっても、もう手放せないのだと雪緒はあきらめた。そうして、白月の神格を上げた先に飾られている真の野望、「月を覆うほどの巨躯《きょく》」の存在に化けるという宿願成就のために、死ぬことを決めた。それを自分の夢と定めて生きている。

(ほだされずに、冷静に……。このお狐様は、たとえ死んでも私に恋はしない。野望を超える恋は毒でしかないと自分を厳しく戒めている方だ。それを忘れるな)

恋ごときに打ちのめされる脆《もろ》くて足手まといな自分など、もういらない。

泣いて終わる者にはなるなと雪緒は自分を冷たく叱《しか》り飛ばし、神妙に返事を待つ白月を見やる。

さて、どれほど白月が強かろうとも、鬼衆やほかの大妖たち、半神の者たちが一丸となって彼を追えば、無事に振り切れるかはわからない。

「もしかして、私を白桜に封じていずれ天神に変えてしまえば、それは畢竟《ひっきょう》私を見捨てるも同然と……、善行とは逆の行為になりかねないと、案じておられますか？」

そんな危惧《きぐ》があるからこそ、目先のささやかな平穏に惹《ひ》かれて徳を失わぬように、現在の自分の立場や安全を捨ててでも雪緒を懐に匿《かくま》おうとしているのか。

白月の心情を読み解き、確認のために問うと、一匹だけ膝に残っていた千速がびっくりしたように飛び跳ねて雪緒を見上げた。円《まる》い目が悲しげにうるうるとし始めて、雪緒は戸惑った。

「問題ありません、白月様。私は犠牲と感じていません」

誤解を招かないようはっきりと自分の心情を明かしても、白月や千速の反応は鈍い。

「いままで私は、自分が純血の人であることを、あまり重視していませんでした。でも、違いますね。人としての血が濃ければ濃いほど、祀《まつ》りの精度が上がる。祈りが正しく祝詞《のりと》に乗り、宙を巡る」

そうだろうと、視線で賛同を求める。

白月は痛ましげに目を伏せた。

「いま、私以上に白桜の浄化の儀を効果的に行える純血の人間は、いないんじゃないでしょうか」

そもそも混血の人間ですら数少ない。純血の者に限定すれば、十六夜郷全体で見ても、確か五人。蛍雪《けいせつ》禁術を操れるのも、純血の人間のみと聞く。が、設楽の翁の話によれば、雪緒のように生物すら術で編み出す者はほかにいないという。

これは想像にすぎないが、術の精度については、薬学、神事関連、絵詞の作り方などと、賢者たる翁から多岐にわたって手ほどきを受けた経験が関係しているのではないか。

そういう意味では、雪緒は他者よりも学ぶ環境に恵まれていたのだろう。ほかの人間が現在どんな暮らしをしているかは知らないが。

「どうか心配なさらないで。私は自分の使い方も限界も知っています。白桜の地を必ず浄《きよ》めてみせますよ」

雪緒は静かに熱弁し、拳《こぶし》をにぎる。

手のなかにある自分の価値を問え。もうただの無知な娘ではない。妖怪《ようかい》たちのように妖術《ようじゅつ》は操れずとも、視点を変えれば、自分にやれることはいくらでも見つけられる。禁術も薬学も、鬼からの執着も、なにもかも利用する。きっとこの手は望みに届く。

「私が白桜に封ぜられることは、あの地にとっても幸いです。前の長の蓮堂《れんどう》様の血を継ぐ由良《ゆら》さんが、私を支持してくれているのですよね。なら、わずかばかりの生き残りの民も、由良さんの認める私でしたら話を聞いてくれる可能性が高い」

膝の上の千速が心底困ったようにうろうろする。

気が散るので、むぎゅりと千速を腕に抱きかかえる。

「由良さんは、私のために女鬼様……耶花《やか》さんに婿入りすると宣言したそうですが。それも大丈夫、条件を変えてしまえばいいんです。ひとまず私が白桜を浄化するまでのあいだは、由良さんを婿としてではなく、人質として鬼様に預けるんです」

雪緒は考え考え、告げる。

由良が突飛とも取れる婿入り宣言をしたのは、鬼穴問題で雪緒が犠牲になる事態を案じたためだ。耶花への婿入りで、鬼衆、ひいては祭神に誠意をつまびらかにし、鬼穴の消滅を目指している。

だが、安易にその策を進めると、取り返しのつかない展開を迎えてしまう。一度婿入りしてしまえば、鬼との縁は切ることができなくなる。そしてその不幸な展開を見過ごせば、ただでさえ恨《うら》みを抱えている彼の生き残りの兄弟の怒りをさらに煽《あお》る結果にもなる。

だから、人質作戦だ。

決して悪意はない、敬い、畏まっているのだと鬼衆にも祭神にも全身全霊で示す。

「……人質だと？　小賢しいばかりの理屈にあいつらが感服してひれ伏すとでも思うのか。侮るなよ。食われるだけだぞ」

白月が苦々しい表情で吐き捨てた。

「いいえ、彼らを軽く見ているわけではないんです。でも、私は耶花さんと面識があります。きっと由良さんを守ってくれます」

「甘い。顔見知りだから快く受け入れてくれるって？　そんなばかな話があるか」

「もちろん彼らの望みも聞き、誓いを立てます」

取り合わぬ白月に、雪緒は言葉を重ねる。

白月は怪しむ表情を見せた。

「なにを誓うつもりだ」

「私が三雲の手を取ればいいんです」

わかりきっている答えを雪緒は差し出す。白月の顔が強張《こわば》った。

「由良さんの婿入りではなく、私の嫁入りです。前に白月様は反対されましたが、いまは、状況が大きく変わりましたもの」

三雲は、雪緒をなぜか好いている。

それを利用しない手はない――利用してもよいと、三雲は言うだろう。

「白桜の浄化後には必ず嫁入りを果たすので、そのあいだ、綾槿ヶ里への襲撃を控えてほしいとお願いします。虚偽の誓いではないと示すために、由良さんを人質として送り出すんです。由良さんは、白桜の前の長の子でしょう？　一度は白桜の長としても候補にあげられていました」

人の価値観に照らし合わせれば、彼の立場は人質役としてふさわしい。

「こちらの本気を見せることで由良さんの身も保証される。彼が無事ならご兄弟も納得されるし、白桜の生き残りの方々も、由良さんが人質となってまで白桜再興のために献身したのだと知れば、その協力者の私にだって、もっと甘くなる」

それに、と雪緒は指を折って続ける。

「古老の方々は、私をいつまでも白桜の長の座に据えるつもりはないでしょう。あくまでも私は、浄化が完了するまでの仮の長です。達成後は末永く、浄化装置である天神にしたいのでしょうが、三雲への輿入《こし》れが、その事態を回避してくれます。ついでに鬼穴問題も解決する可能性が高いです」

雪緒の輿入れは、一石二鳥どころではない。うまく事が運べば、三鳥、四鳥ともなる。

鬼衆を宥めれば、彼らを守る祭神の怒りもやわらぐはずだ。慈悲が降り注げば鬼穴も消滅する。鬼穴を生じさせたのは鬼衆ではなく、祭りを穢された祭神だからだ。

「私を天神にできずとも、鬼様に嫁入りすれば古老の方々は否を唱えないでしょう。そして鬼様の悪食を私が多少なりとも抑止できれば、襲われる民も減ります。白月様の治世も、より安定します」

世の繁栄に、郷の民が白月に感謝する。

その、波のように大きくうねる感謝の念が、白月の積む功徳に化ける。

「白桜の浄化方法ですが、通常の祓えの儀では穢れを拭い切れないのですよね。そこに関しても、考えがあるんです」

「なにを……」

「癒やせないなら、もっと大きな禍《まが》つモノをぶつけてしまえばいい。ソレに、穢れをすべて呑《の》みこませるのです」

これは先月の祭りの最中に、ふと思いついた案だ。そのときは格上の相手を倒すための手段として考えたが、今回の問題にも応用できると気がついた。

「幸いにして私は、禁術が扱えます。禁術で禍つモノ、たとえば鬼神を編み出し、穢れを食わせたのちに、ソレを消せば――」

「やめろ」

白月が打ち払うような語調で遮った。

子狐たちが怯えた目をして雪緒を見ている。

雪緒は勢いを断ち切られたが、ふたたび説得を試みた。

「……ですが白月様、これが現時点で考え得る最善の策ではないでしょうか。だれも損をしないし、犠牲も最小ですみます」

千速が涙目で、もうやめろとせがむように雪緒の袖を噛《か》み、軽く引っ張る。

雪緒は千速を撫でながらも、邪魔をされないよう軽く身を押さえつけた。

「白月様が私の身を憂いてこちらへ連れてきてくださったのは嬉しいのですが、歯がゆくもあります。なにもしなければ、状況は悪くなる一方です」

「……迷惑なのか？」

寂しげに問われ、雪緒は一瞬、虚をつかれた。

話をずらされたわけではなかったが、なんだか噛み合っていないような反応に思えた。

関心を抱いてほしい部分は、自分の感情の行方《ゆくえ》ではない。

「いいえ、そうではなくて――私は人ですから、命にだって限りがある。時間を無駄にできません」

白月は溜《た》め息とともに座り直した。

「もう、こわいことを言うな……」

と、自分の尾を抱えこむ。

雪緒は目を丸くしたのち、その冗談に微笑んだ。

こわいもの知らずのお狐様が、人の子相手に本気で恐怖を抱くわけがない。

「白月様までこちらに滞在されているのですから、紅椿ヶ里で行われる神無月の祭事もほったらかしの状態なんでしょう？」

御館の白月は、直轄地でもある紅椿ヶ里の長も兼任している。多忙を極める身のはずで、本来ならお狐様の隠れ森でのんびりすごせるほどの暇はない。

「里に戻りましょう、白月様」

「戻らん。絶対に戻らん」

横を向かれてしまった。

「意固地にならずに」

「うるさい……、俺はいまから意固地狐で、混乱狐なんだ。どうしてくれるんだ」

「なにをおっしゃってるんですか」

白月の狐耳の先が、限界まで下がっている。

「雪緒が、嫌な話ばかりする……」

実際の性情はともかくも、見た目はすこぶる美しく優しげなので、こうも寂しさを全身から匂《にお》わせられると、なんだか自分が非道な真似でもしてしまったかのような気分になる。

子狐たちが、おずおずと雪緒のもとに舞い戻ってきた。

千速も雪緒の手から一旦抜け出したのち、懲りずにすり寄ってくる。

「雪緒様は、我ら白狐一族のお嫁様ではありませんか……」

「どうして鬼などに嫁ぐと言うのです？」

「鬼にお稲荷《いなり》さんを食べさせるのですか。そんなの許せません……」

雪緒は子狐たちを撫でまわした。

そうか、白狐一族の森だから、白毛の子たちばかりなのか、と今更納得する。

ちなみにこの波浪屋根の屋敷には青年狐や、女の形の狐も暮らしている。ほかの白狐たちはここことはべつの屋敷を利用しているらしいが、一族の総数は知らない。

「三雲に嫁いでも、お稲荷さんを作りに来るよ」

安心させようとしても、狐たちは耳を貸さずいじけている。

「……。白月様が、嫁入りはならぬとこんなにおっしゃっているのに」

「我らも、ならぬとおとめしているのに」

と苦情を並べられたが、優先すべきは白月の安全と栄誉だ。

彼らの不興を招いたとしてもそこは譲れない。

「祟りますよ」

「いいんですか、我ら、こわいですからね」

「考えをあらためられるのでしたら、祟りません」

「いまのうちですよ」

もふもふたちに脅されて、雪緒は曖昧に微笑んだ。

複数の祟りを浴びるのは困る。が、避けられないのなら、また自分の傀儡《かいらい》を複数編み出し、祟りを分散させようか。そうすれば、正気を失うことはないだろう。

(蛍雪禁術って、こんなに便利だったんだ)

雪緒はあらためて感嘆した。知識を惜しみなく授けてくれた翁へも、感謝を向ける。

「あっ、おれにはわかりますよ、雪緒様が悪巧みしてる！」

「我ら以上に狡猾《こうかつ》になるなんて！」

「そんな雪緒様になってしまったのはだれのせい…………、全部、白月様が悪いんですよお!!」

「ええい、白月様めぇ！」

もふもふが逆上し、白月に飛びかかった。白月は白毛に埋もれ、ひっくり返っている。まあ、子狐まみれになってもとくに害はないので放っておく。

雪緒は、ううんと腕を組んだ。

ふたたび傀儡を生むには希少な材料が必要だ。が、入手先に関しては当てがある。先の祭りで補佐についてくれた精霊の六六《ろくろ》を頼れるだろう。彼は鬼も守る対象だと言っていた。なぜか雪緒に対しても親切なので、頼めば、おそらく協力してくれる。

もしも六六に断られたとしても、半神の沙霧がいる。彼もまた鬼に悪感情は抱いていないし、以前は雪緒の輿入れにも賛成していた。助力が期待できる。

（でも、宵丸《よいまる》さんは反対していた）

思い出して、雪緒の心は憂いに染まった。

黒獅子《くろじし》の大妖、宵丸。設楽の翁の天昇後、何度も雪緒を助けてくれた兄貴分のような怪だ。いま思えば、雪緒は、彼の厚意と好奇心に甘えすぎたのだ。

宵丸は怪でありながらも、雪緒が想像する以上に位が高い。神に連なる者なのだと本人も言っていた。

神寄りの性質を持つ者は、基本的に慈悲深く、人に好意的だ。信頼して近づいてくる「人間」を、きっとむげにできない。やがて心から慈しむようになるのも、当然のことだった。

雪緒は、宵丸に寵《ちょう》を向けられた。雪緒が長いあいだ叶わぬ恋を抱き、白月に心を痛めつけられていたことも、宵丸の抱く憐《あわ》れみを加速させる一因になったかもしれない。

けれども、彼の恋を受け取ることはできなかった。手を取れば、いずれ宵丸は白月を滅ぼす。神とは慈悲深く、同時に無慈悲でもある。まつろわぬ者には罰を下す。

結局、宵丸と決裂せずにはすんだと思うが、この先どう変化していくかは読み切れない。ろくに話もできないままお狐様の隠れ里に連れこまれたこともあり、不安は募る一方だ。

「……白月様、雪緒様の心を蕩《とろ》かすためにも、我らの隠れ森のすばらしさを見せてあげてはどうですか！」

悩ましげな様子の白月にくっついていた千速が、ふと声を上げた。子狐たちも賛同し始める。

「うむ、それがよいです！」

「とことん惑わせて、脅してきてくださいね！」

「でも雪緒様は散々脅されてきたせいで、お心が鈍くなってしまわれて……」

「そこをうまくやりこめるのが我らの白月様ですよ」

「とはいえ、白月様ったら意外と朴念仁で困るんですよねえ」

「肝心なところで女心がわからぬから……」

「しかし雪緒様もどうしてどうして。朴念仁具合では引けを取らぬ」

言いたい放題の子狐たちに、雪緒と白月は縁側からぽーいと放り出された。

「……行くか」

白月は、恨めしげに子狐たちを睨んだのち、あきらめた顔でそう言った。

✿

隠れ里たる鹿楽ノ森は、つくづくふしぎな場所だ。

柏の木が最も多く、その合間に低木の猿梨と八手が育っている。

じっくりと探せば別種の植物の混生も確認できるのかもしれないが、とにかくこの三種の植物ばかりが目につく。秋を迎えながら、いずれも衰えを知らずこんもりと生い茂っている。たっぷりと垂れ下がる葉は、時々ちらちらと星の瞬《まばた》きのごとく輝いてもいた。

空を仰げば、高木の頭上、ぎりぎり隠れずにいる位置に太陽が浮かんでいる。

といっても、空全体に広がる天女の羽衣のようなやわやわとした薄い朧雲《おぼろぐも》のおかげで、日差し自体はそこまで強烈なものではない。真水に薄桃色と照柿《てりがき》色を溶かしたような、それこそ白月の羽織りと揃いの朝ぼらけの色合いだ。

その薄く広がる雲間から、淡い橙《だいだい》色の光の梯子《はしご》が幾筋も地におりてくる。森を優しく照らし、なんとも幻想的な眺めを生み出している……いや、待て。強烈な夏の日差しとは違うのに、こんなにまばゆくきらきらちかちかと葉が光を弾《はじ》くだろうか？

雪緒は、はっと我に返って樹木に目を凝らした。

青々とした葉のなかに、けっこうな割合で、硝子《ガラス》のように透き通った葉が交ざっている。これが光を弾く原因らしい。

ここの生態系はどうなっているのかと雪緒は悩んだが、そういえば普通の土地じゃないんだっけと無理やり自分を納得させる。

ふしぎを理論で説明できるのなら、それはもうふしぎではない。

「美しいところですね」

雪緒は浮き橋のおうとつに足を取られぬよう注意しながら、隣を歩く白月に感動を伝えた。

「時を忘れて見入ってしまいます」

「まあ、時は実際、隠れ森のなかではとまったり流れたりと不規則だが」

その返事に雪緒は笑顔を凍らせ、思わず足を止めかけた。

深く考えたら負けだ。ふしぎは、ふしぎ。そう自分に言い聞かせて、前に進む。

「……先ほど実体のない影の胎内だとお聞きしましたが、ここにもちゃんと太陽があるんですね！」

いわば疑似世界なわけだが、本当によくできている。

そう感心する雪緒に、白月は怪訝な目を寄越した。

「太陽？　そんなもの、影のなかにあるわけないだろ」

「えっ」

「太陽があったら、影が消えてしまうじゃないか」

「……。やだ、あそこに浮かんでいるじゃないですか。ほら、ちょうど切れ切れの朧雲の後ろからうっすら見える、あの太陽」

雪緒が高木の後ろに隠れそうな位置に浮かんでいる太陽を指差すと、白月は、ああ、と気づいたようにうなずいた。

「あれは眼《め》だぞ」

「心が洗われるような気持ちでこの美麗な景色に見惚《みと》れていたのに、根底から引っくり返さないでくれませんか」

感動は木っ端微塵《みじん》になった。それどころか、一気に恐怖が湧く。湧かない人間などいない。人間じゃないから、お狐様にはわからないのか！

「眼？　目玉のことですか？　なんでです？　いいですか、眼は空に浮かばないものなんですよ。おとなしく顔の一部でいてくれませんか？」

「なぜ怒り始めるんだ……。ここは祖たる化け狐の胎の内なんだから、空も地もないだろ」

「当たり前の顔をして言わないでくださいね。そういうことじゃないんですよ。そもそもだれの眼なんですか」

「化け狐の影のなかにいるんだぞ、そいつの眼に決まっている」

「取り外し可能かつ時空まで超える眼なんですか。眼のくせに我が強すぎます」

「だって、神眼だもの」

「同族のお狐様方を日々監視しているとでもいうんですか、感じの悪い化け狐様ですね！」

雪緒の逆上の仕方があんまりだったのか、あはは、と白月が声を上げて笑った。笑うところじゃないのに。

「我らの祖たる化け狐は天昇後におおもの……大神となったんだ。たまには気分転換を兼ねて、自分の抜け殻の影を覗《のぞ》きたくなるんだろ」

「覗き魔様なんですか？」

「やめろやめろ」

白月が片手で口元を隠して、笑い悶《もだ》える。

……気のせいか、空の色合いが不穏な感じに急に濃くなったような。白月との雑談を、まさか化け狐が盗み聞きしていたのだろうか。この流れで存在を主張してこないでほしい。

「いつだって我らの隠れ森を覗いているわけじゃないぞ」

いつであろうと覗かないでほしい……と感じてしまうのは、自分が人間だからなのか。

「なければないで困るしなあ。あれが宙にないときは、曇りや雨になるんだ。しばらく現れないと雪も降る。満天の星かと思うほどに空が輝くときは、きっと美酒でも飲まれたのだろうし、殺気立っているときは虹《にじ》のような光線が幾重にも現れるんだ」

「軽々しく天候を操らないでほしいです」

「だから、神眼なんだって。自在にも動く。というより、我らの祖を覗き魔扱いした人間は、おまえ様がはじめてだぞ」

「どう考えても覗きとしか……、待って、満天の星とおっしゃいました？　するとこの隠れ森には夜も来るってことですか？」

すでに雪緒は隠れ森で何日もすごしているが、いまのところ夜が訪れた形跡はない……はずだ。毎日、このやわやわした色の空ばかり目にしてきた。

「たまに来る」

と、白月が尤《もっと》もらしく肯定する。

「時間の流れが不規則だと言ったろ。ちなみにいま、あそこに浮かんでいるのは、ひなかの眼だ。暗くなったら、よなかの眼が浮く」

「新しい恐怖をもたらさないでください。なんで眼が二段階に変化するんです。ひとつだけでいいじゃないですか。太陽と月の真似事でもしているんですか？」

「なに言ってるんだ。眼球は普通、二つあるだろうが。人間だって同じ数の目を持つくせに、そんなこともわからないのか？」

妙なところで常識を語らないでほしい。理不尽すぎる。

「まあ、おおものに成り上がったあとは、眼の数も増えただろうな。俺だって力をつけたら、尾の数が増えたし」

白月は誇らしげに耳を立てた。

「尾と一緒にしないでくれませんか。いえ、そもそも尾だって増えるの、おかしいんですよ。人間は、筋肉を蓄えたって手足は増加しません」

納得できん、という顔を白月が見せる。

「なんでだよ。人間だとて、髪の本数は変わるだろ。増えたり減ったりする。それに、爪《つめ》も伸びるし背丈も変わる」

「そっ、そういう成長とはまた違うじゃないですか！」

「人の子はすぐ怒る……。なにが違うんだ？　妖力の増加も、成長のひとつと言えるだろうに。眼や尾だって増えてもおかしくない」

「おかしいに決まっ……え……、あれ……？　おかしくない……？　おかしいと思う私がおかしい……？」

混乱する雪緒に、「人間って本当に頭が固すぎ」というような、呆れた視線を白月は向けた。はからずも、子狐たちの「雪緒をとことん惑わせて、脅してこい」という激励が、ここで実を結んでいる気がする。まさか、これも白月の狙《ねら》い通りの展開なのか。

（狐って、どうしてこんなに人間を惑わせるのが上手なの！）

雪緒は心のなかで叫ぶ。

森に自生している木々の種類はなぜ限定されているのか、とか、もう秋の季節なのにどうしてこれほどわさわさと木々の葉が生い茂っているのか、とか、ほかにも知りたいことがあったのに、聞く勇気が目減りしてしまう。

聞いても聞いても、汲《く》めども尽きぬ泉のごとく「ふしぎ」に終わりはない気がする。

「……いえ、待って。太陽と思ったものが眼だったのなら、あの美しい朧雲に見えるものも、本当は違う……？」

気づきたくなかったところに気づいてしまい、雪緒は怯えた。

「ああ、あれは雲じゃなくて、抜け毛」

抜け毛って。

「……こわくなければいいってものじゃないんですよ！」

雪緒は地団駄を踏む代わりに、自分の袖を上下に忙《せわ》しなく振った。

「一気に脱力させておいて、実は戦慄《せんりつ》が走るような真実が裏に隠されているんでしょう？　もうその手には乗りません」

人の子のか弱い精神を熊手《くまで》でがりがりと引《ひ》っ掻《か》くのはやめてほしい。

「獣には換毛期があるんだが……」

「いきなり獣っぽいことをおっしゃる！　いえ、換毛期は問題じゃないんです。抜けた毛がどうして雲みたいに流れてくるんですか」

そんなことを言われても、というように白月が困った顔をする。

「ひょっとして雪緒は、十六夜郷の天空に漂う雲もすべて、自然現象によって発生したものだと思っていたのか？」

「嘘《うそ》でしょう、そこから……？」

雪緒は両手で口元を覆った。

「まあ、自然現象の雲もあるが」

白月が懐手して、空を見上げる。

「化け蜘蛛《ぐも》の糸であったり、何者かの吐息であったり……ああ、異方のな、泥酔中のおおものが酒をこぼしたという場合もあるだろう。吐瀉物《としゃぶつ》が流れたときは、里に福をもたらしてくれる場合もあるんだが」

「私の知る吐瀉物と違う……」

「霰《あられ》になったり隕石《いんせき》になったりすることも多い。あとなあ、おおものが阿良礼走《あらればしり》をされたときなんかは、まことひどいぞ」

白月が嫌そうに、切れ切れの雲間を割ってそろりと現れたひなかの眼を見やる。……いま、ひなかの眼がくるりと回転した気がする。

「大嵐《おおあらし》に地震に豪雨にと、郷全体がひっくり返りそうになるんだ。困る。性交のときは山々が噴火するか猛吹雪《もうふぶき》になったりするので、迷惑だな。だからこっちで行う祭事はどれも重要なんだ。鎮まり給え、暴れるな、ってな。……というのに、最近の若い怪どもは、祭りを軽視しやがって。なっとらん」

迷惑とかそういう問題じゃない。あと、若者への苦言も面倒臭い。それよりも、異界のおおものの影響が強烈すぎる。

これ以上聞いたら、自分の神経が危険な状態になる。

そう震えて雪緒は、なにかもっと爽《さわ》やかで楽しい話題はないかと周辺に視線を巡らせた。するると、かわいらしい小さな若葉色の蜻蛉《かげろう》が宙を飛んでいるのに気づいた。ぴょこんと尾毛が上がっている。

こちらに飛んでくるので、雪緒はつい指をさし出そうとした。

しかし、触れる前に、「ならん」と、白月が乱暴に袖を払い、蜻蛉を追い払った。

雪緒は驚いたあと、恐る恐る尋ねた。

「もしかして、いまの蜻蛉も化け狐様の落としたものの一部ですか?」

「そうだ」

硬い声で肯定したが、白月は、ぐぬぬぬぬと葛藤《かっとう》する顔を見せた。

「いや……違う……。我らの祖たる化け狐とは、関係がない、が……ただ俺が蜻蛉を嫌いだから、触るなと……」

雪緒は目を丸くした。

珍しいこともあるものだ。白月が欺《あざむ》こうとせず、正直に心のうちを明かすとは。

「あの、言えぬことがあるのなら、それでかまいません。白月様はいつものままでいいんです。嘘であっても、大丈夫です。騙《だま》したり化かしたりするのがお狐様の性分ですもの」

なにをされても、もう雪緒の恋……信念はゆらがない。

それを聞いて、白月は狐耳を後ろに倒し、苛立《いらだ》ちとも焦りとも取れるような、複雑な感情を表した。もう先ほどまでのゆるゆるとした気配はどこにもなかった。

「そうだ、騙し合いと化かし合いは怪の性分だ」

きっぱりと告げる白月の金の目が雪緒を映す。

「人とは生まれからして違う。本性を自ら拒絶すれば、おのれがゆらぐ。ゆらげば、存在の消滅が近づく。どうしたって人のようにはできていない。容易《たやす》く生まれ変わりが許される、人のようには……」

「はい」

「俺は強い者、そうではなくては」

はい、ともう一度、雪緒はうなずく。

「その強い白月様をさらに強者にする駒《こま》が、私です」

白月が、今度は狐耳を前に倒す。覇気が霧散する。

「そう。――これが異類婚の成れの果てか。烏那《からすな》も、そりゃあ相手を食う以外にもう道などなかったのだろう。そうだろうな……」

憂いを帯びた声音に、雪緒は戸惑う。

烏那とは、七月の七夕祭《たなばたさい》で知り合った他里の怪だ。どうしてここで彼の名が挙がるのか。

「なぜ、こわがらせてはいけない。なぜ平伏させては、なぜ脅かしては、なぜ支配しては……俺はそれらを強いるべき存在でなくてはならぬのに、なぜ我らを象《かたど》る性理が無力な人間にゆるがされなきゃいけない」

「白月様、どうか安心して。私はいつでもお望みのままにこわがります。心から」

雪緒が慌てて言い募ると、白月は、傷つけたくてたまらないというような顔をした。なのに眦《まなじり》には、慈悲と苦悩も滲《にじ》んでいるように見えた。

「本当に、なぜだ。なぜ俺の恋は届かない。人とどうしてこれほど違う。このありさまこそが俺なのに、なぜ」

恋という言葉を受けて、雪緒の心に一度、さざなみが起きた。

すぐにそれは平らかになった。

「なあ雪緒、どうしてだ？　人こそが言霊《ことだま》を生み出した者ならば、その言葉のすべてで怪に語り尽くせ」

白月は切々とせがんだ。

雪緒はまた心をゆらさないよう、全身に力を入れた。

「人のありかたを、恋情の形を、怪が受け取れぬだけなのか？　それとも人が怪のありかたを受け取れぬのか？　人にはわからないのか、それとも俺がわからぬのか。なぜこれほど我らは噛み合わない」

雪緒も以前、同様の悩みを抱いた。答えのない問いだった。

もしくは、人によって答えが異なる問いだった。

「白月様、私を食べ尽くすこと、飲み干すことが怪の恋の本質とおっしゃるなら、そのありかたを私は受け入れます。あなたを象るものを、なにひとつないがしろにはしません」

「違う、そうじゃないだろ!!」

白月は振り切るように吐き捨てた。虚空を睨む。

蜻蛉がふらふらと何匹も宙を飛んでいた。

「――ああ、鬱陶《うっとう》しい！　俺はこれが嫌いで、憎くて憎くてたまらぬのだ」

強い声音で恨み言を落とすと、彼は狐火《きつねび》で蜻蛉を焼き払った。

◎弐・追われて見合えば　恙《つつ》みなく

「ひなか」の刻に狐火《きつねび》で焼き払われた蜻蛉《かげろう》は、ただの無害な虫ではなかった。

それがわかったのは、「よなか」の刻のことだ。

今宵《こよい》の化け狐様はどうやら神酒《みき》を楽しまれなかったらしく、空に星はひとつも浮かんでいなかった。

お狐様の屋敷は、そこかしこに矛盾が散らばっている。あるものは驚くほど大きかったり、またあるものは困惑するほど小さかったりする。

たとえば、子狐ですら通れないような細すぎる階段が見られる一方で、部屋に収め切れず廊へ頭が飛び出してしまうくらいに巨大なこけしがごとりと倒れている。襖《ふすま》の一部が蔓《つる》に侵食されて木化していたりもする。

天井に山葡萄《やまぶどう》や猿梨《さるなし》を実らせていたりもするし、なぜか廊の曲がり角に狐の石像が置かれていたりもする。通るたびに、ちらりとこちらを見るのはやめてほしい。

壁の木板に描かれた水中の絵図では、色とりどりの魚が悠然と泳ぎまわっている。雪緒《ゆきお》が木板にちょんと指をくっつけると、魚たちはふしぎそうに集まってくる。いずれにせよ普通の絵図ではない。

湯室もまた独特な造りで、仰《の》け反るほどに大きな赤い提灯《ちょうちん》が壁際にみちみちと並んでいる。視界を遮断するためか、天井からは派手な幟《のぼり》が幾重にも垂れ下がっていた。

室内の中央に置かれた木造りの湯船は、狐形。これも視界を遮る目的か、湯船の手前に六尺の六曲屏風《びょうぶ》が置かれている。そこに描かれているのは、目隠しをした二人の黒狐の侍《さむらい》だ。彼らの背後には優美な朱色の枠に提げられた、黒い銅鑼《どら》がある。

「……湯を使わせていただきます」

雪緒が湯室に姿を見せると、対の狐侍はそれぞれが持つ真紅の太刀《たち》を脇《わき》に置き、堅苦しい動きで跪礼《きれい》した。それ以後、視線を落としたまま微動だにしない。……湯の見張り番なのか。

雪緒は、ふしぎはふしぎ、と唱えながら、ぷかりと柚《ゆず》の浮かぶ湯を楽しんだ。

身を清《きよ》め、浴衣《ゆかた》を着込み、湯船の縁に腰掛けながら髪を拭《ふ》いていると、ふしぎはふしぎとい う呪文《じゅもん》ではごまかせない事態が発生した。

床板にまで垂れ下がる幟の裏から、紫色の巨大な手がいきなりぬるんと伸びてくる。

「……はっ⁉　なに⁉」

どのくらい大きいかというと、手首の太さは丸太のごとし。雪緒の体なんか、その片手で軽く掴《つか》めるだろう。

雪緒は、すわ蛇神でも迷いこんだのかと、仰天するあまり背中から湯船のなかに落ちかけた。

その紫色の手は、悲鳴も上げられずにいる雪緒に向かってなにかをちんまりと差し出した。

将棋に使われるような五角形の黒漆の彫り駒《こま》だ。

紫色の手との対比で駒はずいぶんと小さく見えたが、実際その木片は雪緒の手のひらくらいの大きさがある。表側には目がひとつだけ描かれた赤い達磨《だるま》、裏側には、口だけが描かれた金色の達磨の絵があった。

一言で表現するなら、不穏。雪緒は震えた。

「……え……っと、不気味すぎませんか、これ……いえ、とても趣のある駒ですね……」

根が正直なために危うく本音を漏らしかけた。慌てて言い直す。

なんの目的で湯室に出現したかは知らないが、不興を買って殺されたくない。

(柚をぶつけたら消えてくれるかな。そもそもこの腕しか見せない不審者は、いったいだれなの。腕の長さと大きさを考えたら、体躯《たいく》は天井を超えるような……。もしかして私を脅かそうと、白月《しろつき》様が幟の後ろに隠れつつ腕のみを巨大化させているとか?)

次々と疑念が生まれるも、雪緒はすぐにそれらを否定した。

確かに白月は騙《だま》し合い、化かし合いを好む性悪なお狐様だが、あれで意外と生真面目《きまじめ》な面も備え持っている。こちらが無防備になる入浴中に、この類《たぐ》いの悪質な悪戯《いたずら》を仕掛けてくるとは思えない。そういう意味で雪緒に恥をかかせるような、卑劣な真似《まね》はしない……はずだ。

(とするとなら、まさか祖の化け狐様の体の一部なのか。なにしろ眼球を宙に浮かばせるようなお方だし)

なんでもありな気がして、雪緒は唸《うな》った。やっぱり覗《のぞ》き魔じゃないか。

紫色の手は、駒を指の先でちょんと持ったまま、「さっさと受け取れよ」と催促でもするようにに軽くゆらした。見た目は恐ろしさしかないが、こちらに対する邪念は感じない。

「私への贈り物なんですか？　驚くほどに嬉《うれ》しくない……………、いえ、お気持ちだけありがたく受け取り……、え、そんなずいずいと強引にこられても。ちょっ、待ってください、落ち着いて。そんなに突き出されたら、湯船に落ちる！」

どれほどこの不気味な駒を渡したいのか。

断り文句を探しあぐねて雪緒が困っていると、突如、「きぇいッ」という気迫のこもった甲高い声が響いた。と思いきや、屏風から鞘《さや》を払った真紅の太刀が飛び出し、これぞ紫電一閃《いっせん》というべき早業で丸太のような紫色の手首を叩《たた》き斬《き》る。

雪緒は目を白黒させ、とうとう背中から湯船にのなかに落っこちた。

ざぱっと飛沫《しぶき》を上げながら慌てて顔を出せば、もうどこにも紫色の手はなかった。黒い駒も。

「な、なに、いまの」

濡《ぬ》れた浴衣に足を取られながらも湯船の外に這《は》い出て、あたりの様子をうかがう。と、床板に、胴体を真っ二つにされた蜻蛉の死骸《しがい》が転がっているのに気がついた。

「キキ有りィ、キキこれに有りィィ!!」

屏風の侍狐が叫んだ。すぐに子狐たちが湯室に飛びこんでくる。

その後、雪緒は夕餉《ゆうげ》の支度に入るまでのあいだ、周囲を警戒する子狐たちにまとわりつかれた。

✽

「これは一大事でございます」

「どうしましょ、いかにしましょ」

「はあ、これだから蜻蛉というものは」

「明日《あす》はほたての磯辺焼きがよいです」

「ほたては油揚げに包むのです。油揚げに包めぬものなどこの世にありませぬ」

「我らの心も包む油揚げ……」

「偉大なり」

子狐たちが賑《にぎ》やかに話し合っている。

場所は、ほわりと湯気のゆらめく囲炉裏の間。広々とした板敷きの部屋なのだが……、囲炉裏の火には木炭の代わりに魚形の小型の石像が使われている。

(よく見たら、時々、床板のなかに魚影がよぎるんだけど)

これも、ふしぎはふしぎと唱えるしかないのか。

雪緒は、蝶形《ちょう》の自在鉤《じざいかぎ》をちらちら見つつ囲炉裏鍋《なべ》のなかを杓子《しゃくし》でかき混ぜた。
今日《きょう》は海老《えび》と鮭《さけ》のつみれ鍋。さっぱりめの味付けにして、狐形に切った人参、細切りの大根、三つ葉などを合わせる。お狐様方の熱望にこたえて、油揚げも。最後に、つやつやのいくらも載せてやる。余った鮭は、土間の釜で作った炊き込みご飯に入れておいた。そちらの釜も炊き上がり次第、囲炉裏の横に運びこんだ。

人の形への変身が苦手な子狐たちに汁物は食べにくいかと思ったが、彼らは気にした様子も見せず短い匙《さじ》で椀《わん》のつみれをすくい、わきゃわきゃと互いに食べさせている。

雪緒はその姿に微笑《ほほえ》みつつも、鮭の炊き込みご飯のほうは食べやすいようにと葉でお団子ほどにきゅっと丸め、皿に乗せてやった。……が、それもやはり、互いに食べさせ合っている。仲がいい。

囲炉裏のそばには白月もいる。彼はたまに油揚げを口にする程度で、あとはのんびり酒を味わっている。先ほど土間でししゃもをつまみ食いしていたから、そこまで空腹ではないのだろう。

そう、今日の夕餉は、本当は鍋ではなく、ししゃもの甘露煮、烏賊《いか》めし、青菜と三つ葉のおひたしの予定だった……。

「雪緒様はそろそろ、この世のありとあらゆるものを油揚げに変える禁術を習得なさるべきでは？」

耳のみ薄紅色の子狐がふと真面目な調子で言って、雪緒を見た。

前脚のみが薄青の子狐が、深くうなずく。

「確かに。庭の柏《かしわ》の葉がすべて油揚げに変われば、ここはいっそうの極楽となる」

子狐たちに期待のこもった目で見つめられてしまったが、さすがにその極楽は容易《たやす》く作れそうにない。

「小僧ども、ばかなことを言って雪緒を困らせるな」

白月が酒を飲む手をとめ、呆《あき》れた口調で子狐たちを窘《たしな》める。

子狐たちは、わらわらと白月に群がり、抗議し始めた。千速《ちはや》のみがその輪に加わらず、雪緒の膝《ひざ》に乗ってきた。

「なにをおっしゃるのですか白月様、徳を積むには油揚げが一番ですよ」

「慈悲と悟りも油揚げのなかに存在するのです」

「それらも雪緒様が油揚げに包んでくださる」

子狐たちに力強く保証され、雪緒は、自分が油揚げ料理の頂点に到達した高僧になった気がした。

「油揚げで徳が積めるもんか。……いや、雪緒なら、もしや包めるのか……？」

白月までが、群がる子狐たちを邪魔そうにこちらへ転がしながらも理性の溶けた発言をする。

「包めません。それより白月様。私が湯浴みをしていたときに現れた紫色の腕と、蜻蛉はいったい」

膝の上にいる千速の口につみれをひとつ押しこみながら、雪緒は尋ねた。

「それは、かまうな」

途端に白月が興味をなくした態度を見せる。が、本気で興味を失ったわけではないだろう。

狐尾が苛立《いらだ》たしげにゆらめいている。耳だってぴくぴく動いている。

「……雪緒、尾や耳の動きを見て、俺の機嫌を判断するな」

白月は、雪緒の視線に気づくと、溜《た》め息を落とした。

「あんなの、ただのならず者だ。放っておけ」

「ならず者？」

悪党なら、放置しないほうがいいのでは。

「なにも成せぬ擬《まが》い物にすぎん」

吐き捨てられた言葉に、雪緒は首を捻《ひね》る。

(その言い方だと、悪党とは違うような……)

成せぬ擬い物、成らない者……？　なにに、成らない？

千速の口に小さく丸めた炊き込みご飯を入れながら考えこむ雪緒を見て、白月は酒杯を盆に戻した。

「いいか雪緒。おまえ様はすぐにいらんものをひっかけてくる。だから、一人のときに妙なならず者が現れても、見るな。話をするな。耳を傾けるな。興味を持つな。なにも受け取るな。なにも渡すな。ついていくな」

くどくどと注意され、雪緒は反発したくなった。

「それほどまでに白月様に警戒されるような存在が、ただのならず者とは思えないのですが」

「……思え。目をかける価値はない」

「本当に？　いえ、白月様がそうおっしゃるのなら、真実なんでしょう」

「小賢しい言い方をするな、食うぞ……、いや、食わぬ。食わぬが………！」

「白月様、無理をなさらずとも……」

どうも白月は、おのれの性分を曲げて誠実に接してやろうと心がけているようだ。

しかし、そこまで苦しげに顔をしかめるくらいなら、いつもの態度に戻したほうが精神的にもよいのではないだろうか。

「大丈夫ですよ、白月様。不用意にあとを追ったり、なにも渡したりなんてしません。先ほどはつい、話しかけてしまったけれど」

「おい」

「ですが、なにも受け取っていません。ちゃんとお断りしました」

「なに？　断ったって、おまえ様、なにかを差し出されたのか」

白月が狐尾を板敷きに打ちつける。

「達磨様の彫りがある、すごく不気味な黒い駒です。屏風の狐の方々に助けていただきました」

あとで礼を言わねばと考える雪緒に、白月が冷ややかな目を向ける。

「言っておくが、屏風のやつらに名付けなんかするなよ。……いや、達磨の駒だと」

子狐たちが顔を見合わせた。

もぐもぐしていた千速も、「ん⁉」という驚愕《きょうがく》の目で雪緒を仰ぐ。

「雪緒。――次にもしもならず者を見かけて、またなにかを差し出されたとしても、決して受け取るな」

白月が座り直して、真剣な顔で言う。

「はい」

「招かれざる客だ。俺《おれ》はそいつらの、隠れ森への渡りを認めていない」

「……はい」

雪緒は眉《まゆ》を下げた。なんだかきな臭い感じになってきた。

「ただの羽虫だ。そう、夏の夜に、ほんの少しの隙間《すきま》からいつの間にか室内に忍びこむ羽虫ほど鬱陶《うっとう》しいものはないだろう？」

すべてに、はいと答えながらも雪緒は考えを巡らせる。

紫色の手の正体はあの叩き斬られていた蜻蛉で間違いないだろうが、単なる羽虫が変化の術を操り、なんらかの道具を贈ろうとするわけがない。が、企《たくら》みの見極めがつかないうちは、白月の判断に従っておく。白月に仇《あだ》なす存在と確証を得たあとで動けばいいのだ。

「そうです、そうです雪緒様。虫はしょせん虫。我らのそばにいれば、問題ございません」

子狐たちも白月に追従する。

「我ら、忘れていませんからね。古老どもの、白月様への非道な仕打ち！」

「白月様の貢献を当たり前の顔で呑《の》みこんでおきながら、まったく！　少しは困ればよいのです！」

怒りを迸《ほとばし》らせる子狐たちの顔が、急に険しくなった。

それに雪緒は内心、驚いていた。かわいいもふもふの顔が変わる。円《まる》い目がつり上がって、口角も裂け、化け物じみた形相になっていく。これはやはり愛玩《あいがん》動物のような存在ではないのだと、曇っていた認識に冷水を浴びせられる。無害でもない。

「古老どもの浅はかさ、恨《うら》まずにいられようか」

「聞けば、我らの祖の怒りを買った不義の狐とも接触したという」

「黒狐の方だろう。黒狐の一族は、なぜこうも……」

「――やめよ、あの方は白月様の」

そこで子狐たちは、ふっと視線を白月に向けたが、ふたたび怒りをまとい始めた。

「我らを侮る者どもの多いこと！」

「とくにあの半神の木霊《こだま》は！　白月様に、尾を落とせとのたまった」

「尾で首をしめてやりたい」

「獅子《しし》の者とて、白月様を詰《なじ》られた！　ああ許しがたい、なにが神につらなる者だ」

「つらなる者ども、皮を裏返しにしてやろうか」

「我らの祟《たた》りを封ずる者など、神にもおらぬ」

気圧《けお》されていた雪緒は、しかし子狐の「獅子の者」という言葉に目を見張った。

「獅子……、宵丸《よいまる》さんのことですか？」

子狐たちも、白月も、一斉に雪緒を見た。

全員の視線に刺されて圧倒されながらも雪緒は、「宵丸さんは、いま……どこに」と小さく尋ねた。

「──いま、ここに」

返事が耳元で、あった。

その途端、子狐たちが毛を逆立てて飛び上がった。

床板のなかの魚影が、荒っぽくかき混ぜられたかのように渦を巻く。波立てば、無数の魚影が板敷きから跳ね上がった。

白月が牙《きば》を剥《む》き、酒杯の盆を蹴《け》散《ち》らして、雪緒の身を引き寄せようとする。

それより早く、宙に浮いていた魚影群が破裂した。その黒い血飛沫が百足《むかで》の軍に化ける。室内いっぱいに広がり、蠢《うごめ》く。一瞬で板敷きの間は暗闇《くらやみ》に閉ざされた。が、そのおぞましい眺めも瞬《まばた》きひとつで消え去った。

だれかの腕が、背後から雪緒の肩に乗っていた。

「なんだ、鮭かあ……。うまいけどさあ……やっぱ蟹《かに》だろ」

気の抜けるような発言が、後ろにいる腕の持ち主から漏れる。

ゆっくりとぎこちなく振り向けば、瑠璃茉莉《るりまつり》の青い紋様が施された黒羽織り姿の男と目が合った。雪緒もよく知っている、黒獅子の大妖《たいよう》宵丸だった。

涼しげな目元の、文士のように怜悧《れいり》な雰囲気を持つ青年だが、中身まで年若とは限らない。怪と人は、寿命が異なる。人の子にすぎない雪緒より、彼はもっと長く生きている。

青みを帯びた黒髪に、すっきりと澄んだ灰色の瞳《ひとみ》、そして黒衣と、闇にすうっと溶けこみそうなほど静かな佇《たたず》まいでありながら、実際は手のつけられない暴れ者と評判だ。

怪《かい》として生じたが、異界にまで名を轟《とどろ》かせるほどの大きな神に連なる者なのだという。本当は精霊以上の存在でもあるのだという。

雪緒は振り向いた体勢のまま身を硬くした。

――宵丸とはいま、複雑な関係にある。頼れる兄のように思っていたのが、いつからか、そうではなくなった。白月にしか心を捧げぬ雪緒に彼は興味を抱き、あげくに恋情を花咲かせた。

受け取れない恋の花だった。それで宵丸は、呪《のろ》いのような誓いを結んだ。輪廻《りんね》の果てまで守護神のごとく見守る――いつまでも雪緒の魂をにぎり続けると。

蟹がなくて不満そうにしていた宵丸が、ちらりとこちらを見下ろし、微笑んだ。

「んも～、雪緒はことあるごとに俺の顔をじっと見る～。見惚《みと》れずにはいられないんだろ、いいぞ。好きに愛《め》でやがれ」

人には重すぎる誓いを結んだときの激情など忘れたように、宵丸はいかにも彼らしいからかいの言葉を投げつけてくる。が、やはり以前とは違う。

（いつも呼んでいた『薬屋』じゃなくて、『雪緒』って言った……）

その事実に、雪緒は思いのほか傷ついた。

「どこから入りこんできやがった、宵丸」

白月が、ち、と舌を鳴らした。

その合図で、宙に青白い狐火がいくつも浮かび、宵丸に襲いかかる。

雪緒は感傷を振り払い、おののいた。宵丸の腕が肩に乗っている状態だ。つまり、宵丸が攻撃されたら自分も巻き添えになる。

宵丸は鼻を鳴らすと、雪緒から離れ、腕のひとふりで狐火を消し飛ばした。お返しとばかりに、指をさっと奇妙な形に動かす。手印のように思えた。

すると、翅《はね》を持つ百足に似た虫が何匹も宙に生じた。幽体のように青い靄《もや》をまとい、透けていた。幻術か、それとも使い魔的な存在なのか。

それらのふかしぎな虫が、今度は白月を襲う。

白月はなにもしなかった。その代わり、子狐たちが白月を守るように、一斉に虫に飛びかかった。

物騒な挨拶《あいさつ》をかわす大妖たちを、雪緒は困惑の目で見つめた。

「どこからもなにも。雪緒が俺の名を呼んだろ。暇だったから、来てみた」

「来るな、ばかもの」

「しっかし、ここが狐野郎の隠れ家かー！　辛気くせえとこだな！」

宵丸が明るく罵《ののし》る。

殺気立つ子狐たちのことも気にしない。

「なんかここ、中途半端な魔道のやつらがうじゃうじゃいるじゃねえか。床板のなかにも泳いでやがるし。なにこれ、おまえが食った残り滓《かす》？　あっ、ははーん、俺は利口だからわかったぞ。下等な御霊どもを下僕にする気で飼ってんだろ」

「俺が食ったものばかりじゃない。我らの太古の化け狐が……いや、なんでおまえに事情を説明せねばならんのだ」

白月が苦虫を噛《か》み潰《つぶ》したような顔をした。

宵丸は無視して、子狐たちを指差す。

「なー、この毛玉どもってば、さっきから俺のこと睨《にら》んでくる～。鍋にぶちこんで食っていい？　ついでに床とか壁んなかの魔道のやつらも狩っていい？」

「聞けよ、この。俺の隠れ森を暇潰しで荒らそうとするな」

「ああん？　狩りは俺の本能ですけどぉ？　否定すんのか？　狩るぞこら」

「急に柄悪く迫るな、こいつめ。おまえというやつは、なぜいつも好き勝手に振る舞いやがる」

互いにぽんぽんと軽口を叩き合っているが、どれもぎょっとする内容ばかりだ。

（私が名を呼んだから——名を呼んだだけで、特殊な場である隠れ森にもあっさりと来ることができたの？）

雪緒は血の気が引くような思いがした。

意図せずかわした宵丸との誓いは、もしかすると自分の想像する以上の恐ろしさを秘めているのではないか。薬屋と呼ばずに雪緒と口にするようになったのも、まさか『名』に誓いを結んでいるからなのか。

だが、『雪緒』という名は仮初めのものにすぎない。神隠し後につけられたものだ。かつてはべつの名が——。

「やだあ、狐野郎が天真爛漫《らんまん》な偉い俺にうるさく説教する〜。なあなあ雪緒、許せんので、こいつも狩っていい？」

「だ、だめです」

「えー、しかたねえなあ」

宵丸は笑っているが、雪緒はやはりぞっとした。

是と返したら、本気で白月を狩るのか？

いつの間にか膝から転げ落ちて床板の上に潰れていた千速が、畏怖《いふ》の滲《にじ》む目で宵丸を茫然《ぼうぜん》と見上げていた。いつも図太く宵丸に絡んでいた千速が彼をそんな目で見つめるのは、はじめてのことだった。

「ゆ、雪緒様。これは、なんですか？　この者は、なんですか？　宵丸様なのですか？」

宵丸が、ちろっと千速を見下ろした。それから、雪緒を見る。

「なんだと思う？」

「――宵丸さんです。あなたは黒獅子様。大妖の、宵丸さんです」

意味を考える前に、雪緒は答えていた。生存本能のようなものかもしれなかった。

「ん、おまえがそう思うのなら、そうした者であろう」

――そう言わなかったら？

ほかのモノだと、本当はもっと巨躯《きょく》のモノなのだと、もしも言った場合は、どうなる？

「おまえの宵丸さんだ。愛くるしい黒獅子様だろ、おら。感激しやがれ。そんで蟹を寄越せ」

宵丸は罪のない要求をした。いつもの彼のように。

「いえ、私にまで柄悪く迫らないでください。泣きますよ」

冗談を返しながらも、雪緒は指の先が冷たくなるのを感じた。

千速が毛を逆立てて、びゃっと白月のほうに逃げる。

白月は苦々しい表情をはりつけたまま、膝によじ登って丸まった千速の背を撫《な》でた。

「かっ、蟹は、だめです、もうだめです」

撫でる白月の手に身を寄せながらも、千速はなにかを察した様子で振り向き、気丈に訴えた。

「へえ」と、宵丸は、おもしろそうに千速を見た。

「この毛玉、自分で位が高いと言うだけあるか。わかってんなあ」

「――どういうことでしょうか？」

雪緒は慎重に尋ねた。夕餉などで普通に振る舞っていた蟹が、なぜもうだめなのか。

宵丸は欠伸《あくび》をしながら、胡座《あぐら》をかいた。

「蟹は見立てだもん」

「見立て？」

「俺は狩るのが好きなの。そーいう本性なんだっつの。んで、蟹は、まつろわぬものの見立て。十脚で土を這うから、十悪の象徴。だが、食って救えば、十善に変わる」

「十悪が、十善に……？」

「徳を得るも同然だってこと。なんで蟹が善悪の両面を持つかと言えば、日の巡りっつーか、占《せん》に関わるからだ。蟹は甲を持つんで、キノエ、つまり十干の木の兄に通ずる。木とはまた、キ、鬼に通ずる。そんで鬼は、神の一面を持つだろ。ほら、ぐるっと巡ってんだろが。循環すれば浄められ、力も増す」
雪緒は、目眩《めまい》を起こした。

――宵丸は粗野な挙動の多い怪だが、意外にも道理を重んじるし神事にだって通じている。その貴重な知識を雪緒にもよく授けてくれる。が、日常の食べ物と絡む『善悪の循環』の説明は、聞いたことがない。なのにいまは、問えば、十二分に与えてくれる……。

要するに彼は、小さき神をせっせと摂取していたのだ。

それは、強いだろう。強くもなるだろう。なにかを、べつのなにかに『見立て』て、なおかつその見立てたモノに力が宿ると『信じる』こと。宵丸にはそれができる。人のような想像力を持つ。日々の地道な積み重ねで、彼は若くとも大妖になれたのだ。

豊富な知識に支えられ、最短で神階への道を行ける。まこと普通の怪ではない。

「んまー、鮭でもいいさ。こっちもそう変わらんし」

宵丸は鍋を覗きこむと、勝手に具を椀に盛り、食べ始めた。

「……いや待て。平然と食い始めるな、宵丸」

「白月ごときが俺の食欲をとめられると思うなよ。……鮭、うま～」

「本当におまえはなにをしに来たんだ。――雪緒を攫《さら》いに来たのか？」

白月が抑揚のない声で尋ねる。冷静な眼差《まなざ》しだが、かつてなく宵丸を警戒しているのが伝わってくる。

子狐たちも白月に群がって、宵丸を睨みつけていた。

「ここは我らの祖の胎だぞ。我らに分があると、わかっているか？」

「うるせえなあ。どうもしないっつの。雪緒が望んでないもん」

宵丸は、食事の手をとめずに答える。

「なに？　どういう意味だ」

「だから、雪緒はまだ狐の隠れ家にとどまっていたいんだろ？　逃げたいってんなら逃がすけど、望んでないなら、べつになにもしねえ」

「――どういうことだ」

硬い表情で問う白月の視線は、雪緒を貫いている。

雪緒は答えられなかった。いや、どう答えるべきか、わからなかった。

「やだ。言わない。白月には教えねえ」

代わりに答えたのは、宵丸だ。

つれない返事をする彼の視線は、物ほしげに鍋のほうを向いている。

「そう案ずるなよ。雪緒が本気でおまえを拒まない限りは、俺もまた白月に仇なすことはねえ」

「その話のどこに、安堵《あんど》せよと？」

雪緒に向かったままの白月の金色の眼差しに、純粋な驚愕が広がる。宵丸にいったいなにをしたのかと、彼の目が雪緒を責める。

雪緒は膝の上で拳《こぶし》をにぎった。心に宵闇《よいやみ》が満ちる。

これはひょっとしたら、とんでもないことになったのではないか。得体の知れない鬼よりもなによりも、自分は、味方を自負する宵丸こそ最も警戒せねばならないのでは。

つみれを、ひ、ふ、み、よ……と新たに椀に盛り、なぜかゆらゆらユラ〱とそれをゆらしたあと、宵丸は白月を見やった。清水で磨いたような、澄み切った眼差しだった。

「うん、まあ、白月が安堵しようがしまいが、どうでもいいけどな」

煽《あお》るような宵丸の発言に、子狐たちが耳を後ろに倒し、毛を逆立てる。けれどもそれはハリボテの威嚇だ。恐れている。

「でも確かに、単なる影とは言えど、ここは明神たるモノの残骸《ざんがい》のうちだもんなあ。狐の親玉の領域で、その眷属《けんぞく》のおまえとやり合うのは、分が悪いか」

宵丸が、もぐもぐし、ごくんと行儀良く飲みこんでから、今度は雪緒に視線を注ぐ。酒徳利を手に取って、ふるふる布瑠《ふる》〱と軽く振ったのち、杯に注ぐ。両手で行儀良く酒杯を持ち、飲み干す。

「木霊野郎に協力を仰げば、なんとかいけるか？」

「木霊……沙霧《さぎり》様ですか？」

まさかの人選というか神選に、雪緒は驚いた。というのも半神の沙霧は、妖怪《ようかい》をとにかく下に見て、嫌っている。宵丸のほうだってとても好いているとは思えない。

そんな険悪な関係にある沙霧が、仮に乞《こ》われたとして宵丸に快く助勢するだろうか。

雪緒と同じ疑問を持ったのか、白月も、無意識のように子狐たちを撫でながら変な顔をする。

「沙霧が精霊や人の子以外に気安く慈悲をかけるものかよ。……雪緒本人があいつに頼むというならいざ知らず」

「あの木霊野郎、本当に獣形の怪を嫌ってるもんな。だが、白月。俺はおまえほどには疎まれていない。だって俺は、あいつ側だ」

宵丸の静かな返事に、白月が瞳に酷薄な色を乗せて黙りこむ。

「俺は、どの世であろうと、もはや永遠に消えぬ巨のモノの一部から生じてんだよ。変じたというほうが正確かな。志多羅神《しだらのかみ》として祀《まつ》られる設楽《しだら》のじじいや、アメに因む佐鬼利《さぎり》ノカミィの恩恵を受けた沙霧と同類だ」

アメの……なに？

「だから、たとえ滅ぼされても、沈んだ日がふたたび昇るように、いずれまた生じる。これが力あるモノの強さだ」

ふふん、と宵丸が誇らしげに唇の端を曲げる。

「あっ、でも沙霧のやつは、信心が形をなしたような、朧《おぼろ》な存在にすぎん。言ってみれば影に近い。男親がよく祀っていたから、その信心のおかげで力を得ただけだ。はっきりと形持つモノから生まれてる俺のが、断然強い。そう、あいつらより俺が一番、強い！　だからがんばれば、沙霧の野郎が相手だろうと、言うことを聞かせられるもん」

「……その理に倣うなら、俺も巨たる明神の者の一部から生まれてはいるぞ」

低く言う白月に、宵丸は鼻白む。またつみれを、いつつ、むっつ、ななつ……と椀に盛り始める。その様子を、雪緒はじっと見た。

「決定的に違うだろうが。明神となる前の、化け物の影からだろ」

宵丸は丁寧に否定した。

「そんでもって、おまえにことほぎは与えられておらん。どころか、そもそも生じた瞬間さえ目を向けられてはいないな？　だから『色無し』の白月だ。輝く意のほうじゃねえ。本当は、薄れて死にゆく残月の意なんだろ。だが、我こそ円く輝ける者だと、本来の意のほうに思わせて、おのれの本質すら騙そうと――」

「高慢な獅子め、我らの白月様を侮辱するか！」

ぎゃんと子狐が吠《ほ》えた。

恐れを振り切り、痛罵《つうば》の勢いで子狐たちが威嚇する。砕け砕け傲《おご》り高ぶる神もどきめ、胎のなかで溶かしてしまうか、ああこれだから気に食わぬ、おどみから立つ白月様ほど祟りも恨みも苛烈《かれつ》な者などおらぬ、白月様こそ怨《えん》のひじり、浮かれ騒ぐ軽佻《けいちょう》な獅子などに怨の芽も食わぬ獅子などに獅子などに、獅子などに。呑まれてなるものか。

「小僧ども、落ち着け」

白月が、鬼のように形相を変える子狐たちの背を撫でて、ひとつ吐息を落とす。

「宵丸の言葉に嘘《うそ》はない」

「白月様!!」

「そうだとも、まったく宵丸は朝露のごとき清らかさだ」

白月は優しく言った。

「俺の名とは、逆だな。黄昏《たそがれ》の名と思わせて、そうではない。善きモノ、眠る霊を守るモノ……守部の意か。本当に、俺とはことごとく異なる。ああ、だから、小僧どもの言うように、怨念《おんねん》の深度ではおまえに負けないだろうよ」

ふいに囁《ささや》くような声音に変える。

「俺がおまえを突き崩せるとしたら、そこをより深める以外にない」

本当は、白月は気がおかしくなるほどに腹を立てているのだろう。子狐たち以上に、宵丸を引き裂きたくてたまらないのだ。宝石のようにぎらぎらと輝く目が、濃厚な怒りを伝えてくる。だけども、狂わぬように耐えている。

(……どうして)

雪緒はふと疑問を持った。

いま、耐える必要があるのだろうか。少なくとも、白月にとって有利である隠れ森のなかにいる。宵丸はああ言ったが、沙霧の助力は確実ではないはずだ。勝機がある。なのになぜ。

「──へえ。挑発に乗らんのかあ」

宵丸は、高みの者の目線で感嘆した。

「襲ってくれたら、雪緒を連れていけるのに」

と言って、こちらを向き、

「なー雪緒、ここであんまりすごさないほうがいいぞ？　狐臭くなるし、魂に影響するし」

んえー、と嫌そうに舌を出す。

「宵丸、おまえってやつは、ばかのひとつ覚えのように俺を煽ってきやがる。たったいま、浅はかだと俺の小僧たちが窘めたばかりなのに。知恵が枯れているのか？　調子に乗った若造ほど叩き折りたいものはない」

白月は片手を口元にあてて、貴婦人のように優雅に微笑んだ。

しかし、どんなに品良く振る舞っても、発言内容は辛辣《しんらつ》だ。

宵丸が表情を消し、箸《はし》と椀を盆に置く。明らかに迎え撃つ姿勢だった。

なんだか雲行きが怪しく……というよりも、深刻な空気が薄れてきたような。

「……。すーぐ年上ぶりやがって。もう常闇《とこやみ》にでも引きこもれよ狐ジジイ」

「なに？」

白月の目が光を失い、平たくなる。

「あっ、もしかしておまえ、雪緒の前だから見栄を張って暴れぬよう、我慢してんのか。胡散《うさん》くせ～！」

宵丸が指を差して叫んだ。先ほどまでの威厳はどこにもない。

「今更おしとやかな狐でーす、なんて顔をしても無駄に決まってんだろ。だれが信じんだよ」

「……口の利き方に気をつけろよ、悪童が」

「また年上ぶる～！　だいたいおまえなんて本当は俺より堪え性がないんだから、あっという間に化けの皮が剥《は》がれんだろが。化け狐だけに、化生《けしょう》が皮まで化粧するってか！」

「うまいこと言ったつもりか？　おまえこそわざとらしく猫かぶりしやがって。気持ち悪っ」

「あ？」

二人は大人げなく睨み合った。と思ったら、白月が爽《さわ》やかに笑った。

「アイヤァ、すまなかった、獅子も猫のようなものよな。そら、やんごとなき猫丸様、外に生えている木で好きだけ爪研ぎでもしてこいよ。許す」

「よぉっし狐鍋！　今日は里総出で狐鍋だ‼　狩ってやるから表に出やがれ狐野郎が！」

……先に煽ったのは宵丸のほうなのに、まんまと白月の手の上で転がされている。

宵丸は、ばしっと自分の膝を打つと、凶悪な顔をしながら荒っぽい動きで立ち上がった。

雪緒は脱力した。

重要な話の途中だったはずだ。この大妖たちときたら、場の流れも読まず、すぐに喧嘩《けんか》する。

「いまの聞いたか、雪緒？　狐鍋だって！　ああこわい、清廉の化身たる俺にはこうも荒ぶる獅子、いや腐れ宵猫の相手など、とてもとてもとても」

白月は目を伏せて妙なしなを作ると、雪緒のほうにゆるゆると這ってきて切々と嘆いた。白月にくっついていた千速も濁った目をしながら雪緒に近づき、膝に乗る。

ほかの子狐たちも醜悪な化け狐そのものの形相を消し、もとの愛らしい姿に戻っていた。

……子どもじみた口論をし始める大妖二人に、やはり乾いた目を向けているが。

「こいつなんなの⁉　どう見ても不実の化身じゃねえか！」

宵丸が怒りのあまりか、獅子の耳と尾をひょこっと出して、ダンダンと足を鳴らす。

「あざとく耳まで出して、まさか宵丸、それ、自分ではかわいいと思っているのか？　いやはや、大妖としての矜持《きょうじ》はないのかよ」

信じらんないと呆れ返り、白月が首を横に振る。

「おまえが言うか⁉　俺の愛らしさは蒼天《そうてん》突き抜けるほどだぞ‼　そして俺はすっごい偉いと言ったろうが！　もう堪忍ならんから、爪《つめ》の先まで畏《かしこ》まれ狐野郎！」

「わかったわかった、獅子様獅子様。万代にへいふーく」

面倒そうに白月が両手を軽く上げる。ものすごく適当な恭順の姿勢に、宵丸がまた床板を踏みまくった。

「雪緒っ、こいつを狩る許可を出せ!!　いますぐだ！　……おいっ！　なんで雪緒まで俺をぬるい目で見やがる！」

……口で白月に敵《かな》うわけがないのだから、もうあきらめたらいいのに。

心のなかでそうぼやく雪緒にも、宵丸は怒りの目を向けてくる。

「おまえにも言っただろっ。すごい貴い生まれなんだぞ、永久に猛《たけ》る神のもとで生じた俺なんだ！　気安い獅子ではないんだから、俺を侮辱したらただですむと思うなよ!!」

「宵丸さん、ほら、とにかく横に座ってください」

「うん」

雪緒が自分の隣を片手で軽く叩くと、宵丸は怒気を消して、もぞりとおとなしく座った。心なしか、耳と尾がしょんぼりしている。

「え……、宵丸、なんだその、雪緒に対する従順な態度。まことに飼い猫にでもなったつもりか？　猫かぶりが極まりすぎて恐ろしいぞ」

白月があからさまに引いた態度で指摘する。

「うるさい、狐め。俺がわざわざ手を出さずとも、どうせおまえなんか、近いうちに自滅するんだ。間違いねえ」

宵丸はぼそっと言い返すと、雪緒の膝から千速を取り上げて、八つ当たり気味に尾を揉《も》み始めた。かわいそうな千速は、死んだ振りをした。

「憎らしいことばかり言いやがって。猫獅子が」

「混ぜるな危険だぞ、こいつっ。……いいか、俺はわかるんだからな、おまえはたとえ殊勝な態度を取ろうとも、そう容易くおのれを変えられんやつだ。んで、自滅するんだよ。ざまあみろ」

「腹が決まれば、俺にできぬことなどあるものか」

身も蓋《ふた》もない予言をされた白月が、眉間《みけん》にくっきりと皺《しわ》を作る。

「無理だね。おまえはどこまでいっても人でなしだもん。地の果てまで駆け抜けようと人でなしの考えしかできねえのに、おまえは変なところで人っぽく理性を振りかざして取り繕おうとしている。だからだめだ。俺の雪緒に手が届くかよ」

「だれのだ、ばかもの」

「俺はちゃんとわかってる」

と、宵丸が、ひたすら死んだ振りを続ける千速をつんつんしながら言う。

「おまえって小憎らしくて計算高いだろ。おのれの縄張りのうちにあっても俺と争うのは得にならんと気づいたな。だから、流すことにしたな？　まこと目端がききやがる」

それを聞いて、白月が眉をひそめた。

おそらく宵丸の推測は正解なのだろうと雪緒は思った。

宵丸は先ほどの食事を『神饌《しんせん》』に見立て、手っ取り早く力を得ようとした――ように見えた。

雪緒が気を変えて逃亡を願った場合に備えての保険だ。

　雪緒が察したくらいなのだから、聡《さと》い白月だって予想していたに違いない。

「その中途半端な機転と知恵が、今度はおまえを追い詰めて、真に求める道を叩き潰すんだ。でもおまえはその危険に気づいたって、付け焼き刃の知恵で引き寄せた未来を手放せない。利と情を秤《はかり》にかけて先読みする経験がいまのおまえを作ったし、現にここまで、その決断でどうにかなってきたから。だろ?」

「まだるっこしい、はっきり言え」

「そう、本当に案ずることなんてない。俺は、言葉通りに、雪緒が呼んだからここにやって来ただけだ」

　宵丸が優しく千速の頭を撫でる。

　千速が、また怯《おび》え始めている。

「とはいえ、これでもさっきまではもしかしたらと、雪緒がここでなにかを望むかもと、そう思っていたんだぞ。でもいまのおまえを見て確信した。やはり俺は、なにもする必要がねえ。知恵は敬われるべきものだが、迷路を生むものでもある。それに気づかぬうちは、おまえは俺の足元にも及ばない」

「……おい」

「どうだ、神もどきが予示してやったぞ。つくづく俺って親切で愛くるしい。ほめろよ、雪緒」

そう促されても、こちらを見つめて静かに微笑む宵丸は、息を呑むほど近寄りがたいのだ。

◎参・ヤマのたたらの　美《くわ》し身を

招かれざる客は、その後も次々と白狐一族の隠れ森に——雪緒《ゆきお》の前に現れた。

小さな蜻蛉《かげろう》の姿を借りてだ。

「虫は、どんな場所であろうと、どれほど扉を閉め切っていようと、侵入を防ぎ切ることなどできんだろ。だって虫は、キ、とも読む。家も門も、木で作られる。くぐり抜けるし居着いてしまう。俺《おれ》は建築には詳しいから、間違いない。道切りしたって、ほんのわずかな綻《ほころ》びさえあれば虫はするりと忍びこむ。そーそー。キ。鬼にも神にも通じるわけ。というか、すべての生き物を示す言葉が虫だもの。そりゃ、なんにでも化けてくるとも」

と、楽しげな様子で雪緒に諭す宵丸《よいまる》は、宵丸であって宵丸ではない。

——大人《おとな》げない口論を繰り広げながら浴びるように酒を飲む大妖《たいよう》たちを放置して、土間に汚れた器を運び入れ、それを片したのちのこと。

さあそろそろ休むかと、土間の仕切りの縄のれんをくぐれば、どういったわけか、そこは鬼《おに》蓮《ばす》の浮く真っ暗な水の部屋に様変わり。真緑の大きな葉の上に短髪の宵丸が胡座《あぐら》をかいていて、唖然《あぜん》とする雪緒をまばゆい笑顔で出迎えたという次第。

そう、なぜかこの宵丸は、濃茶色の短髪で、首回りに梵字《ぼんじ》の入れ墨がある。

……あれ、この首飾りめいた梵字をどこかで見た覚えが、と首を捻《ひね》る雪緒に、「まあ座りなさいよ」と、宵丸もどきが明るく促した。

「……あの、宵丸さん、ではないですよね」

雪緒が恐る恐る尋ねると、宵丸もどきは凜々《りり》しい表情を作った。

「やっだあ、どっからどう見ても黒獅子《くろじし》ちゃ……んっ、やだな、どう見ても俺はおまえの宵丸だろ」

「……いえ、すごく口調がぶれぶれですし、そもそも本物の宵丸さんはいま、別室で白月《しろつき》様と飲み比べの勝負をされています」

害意の類《たぐ》いはまったく感じないので、雪緒は戸惑いながらも宵丸もどきの前に浮いている鬼蓮の葉の上におとなしく座った。

見た目からしてちくちくと硬いかと思いきや、鬼蓮の葉は、普通にやわらかな座布団の感触だ。波紋の浮かぶ黒い水面も、指で確認すればやはり板敷きの感触で、視覚と触覚のあべこべ具合に雪緒は混乱しそうになった。

「子兎《こうさぎ》ちゃんったら細かいことを気にしすぎよ！　……だぞ。こら、なんで目を逸《そ》らすんだ。格好いい俺をもっとよく見ろ。惚《ほ》れぬけよ、魂の底から」

宵丸もどきが拗《す》ねた顔をする。

「!?　その呼び方」

「鬼の居ぬ間にするのが、逢《あ》い引きってやつでしょ！　……だろ。かわいがってやるぞ、ほらほら。遠慮せず俺の腕に飛びこんでこい」

この宵丸もどき、言動が強烈すぎないだろうか。そして宵丸に似せる気が少しもない。

「なんだ、照れてるの？　かわゆーい！　愛してあげるわ、溺《おぼ》れるくらい」

「えっ、ええええっ」

わははと明るく笑うと、宵丸もどきは身を乗り出して急に色っぽい表情をし、固まる雪緒の顎《あご》を指先でつるりと撫《な》でた。

「抗《あらが》わずに、俺の愛を受け取れ」

「あ、愛って」

宵丸もどきがちらりと舌を覗《のぞ》かせて、妖《あや》しく笑う。

雪緒はぎょっとし、身を仰《の》け反らせて距離を取った。

偽物だとわかっていても、心臓に悪い。

「ええ～、こんなに格好よく迫ったのになんで落ちないわけぇ？　俺が自ら献ずるなんてめったにない……んんっ、俺が口説《くど》くことなんて滅多にないのにい！　子兎ちゃんはやっぱり白月ちゃんが好きなの？」

宵丸もどきはいじけたり、かと思いきや、わくわくしたりと忙しい。

「待って、待ってください、動悸《どうき》が静まるまで待って。あの、どう考えてもあなたは以前にお会いした、とある匠《たくみ》の方のような気がするんですが！」

　雪緒は変な汗をかきながら声を張り上げた。

「ええ、俺と子兎ちゃんは愛という名の運命で結ばれているの」

　宵丸もどきが、胸の前で両手を組み合わせる。

「そういうことじゃなくて！」

　癖が強い。人の話を聞く気もない！

「どうして宵丸さんに化けているんですか、いえ、どうやってこの隠れ森に入ったんですか」

「この格好いい俺は、本体じゃないわ。朧《おぼろ》な格好いい俺なのよ」

　彼は気障《きざ》に笑うと、親指で自分を指し示した。雪緒はくらくらした。

「さっぱりわけがわかりません！」

「つまり、化け蜻蛉の俺よ！　黒獅子ちゃんの姿を借りたのは、あの子が俺のお気に入りだからに決まってるわ！　俺は、恋する生き物すべての味方なのよ。忍ぶ恋の甘酸っぱさといったら……ああん恋はだれにもとめられない！　……いえ、俺こそ本物の黒獅子ちゃんよ、なに言わせるの、もう！」

　宵丸もどきはひとしきり盛り上がると、バチーンと片目を瞑《つぶ》った。

　雪緒はその圧倒的な明朗さに気圧《けお》されつつも、急いで考えた。

（この偽宵丸さんは、湯浴みのときに現れた紫色の腕と同様の存在か）

蜻蛉だと自ら名乗ったのだから、その答えで合っているはずだ。

しかし、白月は確かあの蜻蛉を、「ならず者」と表現していた気がするが……。

「あんまり長居すると白月ちゃんに見つかっちゃうのよね。残念だけど先に用件をすませましょ。寂しがりやな子兎ちゃんに、受け取ってほしいものがあるのよ。はい、これ」

宵丸もどきは、懐から見覚えのある大きめの黒い将棋の駒《こま》を取り出した。

紫色の腕が差し出した駒とは、絵柄が違う。

駒のなかを、なにかがヒュンヒュンと飛び交っている。

「……流星？」

黒い駒を夜空にでも見立てているのか、黄金の星が流れていた。

白月からなにも受け取るなという注意を受けていたので、むろん断るつもりでいたが、ついその珍しさに雪緒は指を伸ばしてしまった。興味を持つなとも、耳を傾けるなとも言われていたことを思い出したのは、指先が駒に軽く触れたあとのことだった。

駒のなかで流れていた星々が、墜落したあとに黄金の稲穂の図へと変化した。

雪緒は目を瞬《まばた》かせた。自分の接触が原因であろうことは間違いなかった。そして駒自体が、一束の稲穂へと化けた。

宵丸もどきは悪戯《いたずら》っぽく笑いながら雪緒にその一束を持たせた。直後のことだ。

青白い炎が天井から勢いよく落下してきて、雪緒の腕の稲穂を一瞬で燃やした。

「あら、怒らせちゃった」

宵丸もどきが楽しげに言った。

雨粒のように青白い炎――狐火《きつねび》がさらにいくつも落ちてきて、このふしぎな空間を燃やしていく。雪緒は膨れ上がる狐火の勢いに押され、ぎゅっと目を瞑った。

その瞬間、だれかに乱暴に腕を掴《つか》まれた。

「いたっ」と、思わず声を上げれば、はっとしたようにだれかの手が離れる。

雪緒は瞼《まぶた》を開いた。

鬼蓮の部屋は幻のように掻《か》き消え、もとの土間続きの空間に戻っていた。

雪緒の隣には、怒りを噛《か》み殺す白月がいた。ほんのりと頬《ほお》が赤いのは、浴びるように飲んでいた酒精の影響か、それともやはり怒りの証《あか》しか。

「……雪緒」

引き裂きたいと脅すような、硬い口調で名を呼ばれた。

雪緒は待った。肌を裂きたいのなら、それがいま、荒れた心を宥《なだ》めるためにどうしても必要というなら、迷わず行動に起こせばいいのだ。

「雪緒」

「……私を食い殺しますか？」

「食えばなくなる。なくなるんだ。そんなことは、わかっている！」

「でもいま、迂闊《うかつ》だった私を手酷《てひど》く罰したいと思っていらっしゃる。仕置きをしないと気が治まらないと思っていらっしゃる」

「うるさい、黙れ！　ああ、おまえは迂闊だ、俺の忠告をよくも軽んじたな。耳を貸すな受け取るなと言ったのに……ああ、ああ、きっとおまえが応《こた》えずにはいられぬ姿で虫けらは現れたのだろうな。人の情ほど利用しやすいものはない！　ああ、くそ、どうして俺がこうも我慢を強いられる……!!」

　白月はひとしきり恨《うら》み言を垂れ流すと、震える息を吐き出し、雪緒の肩に額を乗せた。……ぐりぐりと獣の子のように狐耳を首筋に押しつけてくる。

　しばらく後、「雪緒」と、意識して作ったのだろう優しい声で、白月が呼んだ。

「ここを出るぞ。虫臭くてかなわん」

「はい、白月様」

　雪緒は答えながら、視線を横にずらした。

　焦げた蜻蛉が、ころりと一匹、板敷きの上に転がっていた。

　白月に悟られないよう蜻蛉の死骸《しがい》を見つめながら、雪緒は密《ひそ》かに考えた。

　宵丸と話をしなければ。

ここを出るとは言われたが、お狐《きつね》様の領土に等しい隠れ森自体を離れるわけではなかった。べつの屋敷へ移るということだ。

狐の妖力《ようりょく》満つる隠れ森のなかだからこそ、蜻蛉の侵入程度ですんでいる。外へ出てしまえば、いま以上に不利になる。そう危ぶんだのだろう。

しかし、いまの白月は冷静さを欠いている。雪緒を白桜《しろざくら》へやりたくないがために、一切合切の訴えを無視して引きこもっている状態だ。

おそらく外では紅椿《あかつばき》ヶ《が》里《さと》の古老たちが騒いでいる。今月の祭りどころか、政《まつりごと》だって放りっ放し。不誠実な状態が長引けば、紅椿ヶ里を飛び越えて他里にまで騒ぎが拡大するだろう。御館《みたち》不在の影響が郷全体にどんな災厄をもたらすか、計り知れない。

しかし、白月は「招かれざる客」の出現で、さらに頑《かたく》なになってしまった。外部の者を徹底的に拒んでいる。白月の判断は、白狐一族の総意に変わる。

雪緒は、困った思いで白月に従っていた。

(恋でなくとも、私にこんなに執着されている)

その執着の根源にあるものが恋だったら、どんなによかったか——そんな甘ったるい望みはもう持たないが、多少なりとも複雑な気持ちにはなる。

無垢《むく》の残滓《ざんし》とも呼ぶべきその感情は、いまもって雪緒をしつこく苦しめる。死ぬまで消えない苦しみなのかもしれない。

ともかくも、雪緒たちは慌ただしく移動した。

最初の屋敷から北東へ進んだところにある屋形車屋敷、それが新たな宿泊先だ。いや、実際はそんな名称ではないのだが、そうとしか呼べない。

なにしろ牛車に使用されるような屋形車がそのまま屋敷になっている。それも、巨大な屋形車をでたらめに結合させて無理やり屋敷に仕上げましたというような、奇妙な外観だ。ところどころに猿の石像が取りつけられているのがなんとも不気味に思える。

(なんというか……、人の世界に存在するものを、見よう見まねで完成させた、みたいな)

幼子が適当に重ねた積み木を『家』と見立てたかのような、歪《いびつ》な無邪気さを感じる。進化の途中にあるもの、というふうにも見える。

外観は異様であっても、内部は先の屋敷とさして変わったところはない。

「居心地わるーい」

とは、宵丸の言で、彼は雪緒がとあることをひとつ頼むと、これ幸いとばかりにしゅるんと姿を消した。

——そうして、新たな屋敷での生活が始まった。

四日目までは目立った異変も生じず、静かに暮らせた。時の経過が一定ではないため、あくまでも体感的な判断だが。

ふたたびの招かれざる客が現れたのは、五日目の夜のことだった。

基本的には、白月は「外敵」と定めた招かれざる客を警戒して、雪緒を長時間一人にはさせない。彼の手下でもあるもふもふを必ず侍《はべ》らせる。

その日は顔馴染《かおなじ》みの千速《ちはや》と、前脚ばかりがほんのりと薄墨色の、『古蜜《こみつ》』という名を持つ子狐が雪緒の世話係として任命された。

二匹は、惰眠を貪《むさぼ》っていた雪緒の腹の上に飛び乗り、容赦なく叩《たた》き起こしてくれた。

「さあ起きてくださいませ雪緒様！　着替えて、髪も梳《す》きますよ！」

「……はあい」

「返事は元気よくです。今日《きょう》は花鳥文のお召し物にしてみました。おれたちで選んだんですよ。雪緒様は放っておくと乙女《おとめ》心が減少し始めて、適当な衣を着るんですから……」

ちくっと千速に窘《たしな》められながらも、寝具の横に用意された着物を雪緒は寝ぼけまなこで広げた。説明された通り、桃色に地染めした布に草花と鳥の図が施されたもので、たいへん華やかだが品がある。袴《はかま》のほうは淡黄色だ。

「……いや、少し派手かも」

「いいから早く着なさい、雪緒様」

たしっと古蜜に前脚で太腿《ふともも》を叩かれた。……千速より厳しい。

古蜜は千速の弟分でもあり、分身でもあるという。ただし、もとは黒狐の一門にいたのだとか。その後、わけあって白狐一族の仲間入りを果たしたらしい。

(兄弟だろうと必ずしも同じ一族に振り分けられるわけじゃないし、血族じゃなくても同門になることがあるんだ。狐の世界は謎《なぞ》だなあ)

なにをもって兄弟とか分身と呼ぶのかも不明だが、人とは根本からして異なるので、そこらへんはもう考えてもしかたのないことなのだろう。

兄貴分の千速によると、「古蜜は、少々あやかしの素が強く出ている一個ですが、そのぶん勇ましくはありますので」とのことで、まあ、狐一族は鬼にも引けをとらぬ曲者《くせもの》ばかりだと雪緒は感心した。

「……嫌いじゃないんですよ、華やかな衣も。でもこの数日、白月様ってば、なんでもかんでもその着物は似合ってる麗しいとほめてくるでしょう？　いえ、本当に嫌いじゃないし気分が高揚するのは間違いないんだけども、こう、ああまで熱心にほめられると胸がざわめくというか、惑わされるというか。白月様がほめ上手なせいで」

「早く」

「はあい……」

そんなやりとりをして、着替えようとしたとき、衣の鳥と目が合った……気がした。

直後、部屋中に桃色の羽根が舞った。花吹雪《はなふぶき》のように。

驚いて、目を瞑ったのは一瞬のことだったが、そのわずかなあいだに景色は一変していた。

あたりは桃色の園。

並び立つ木々は幹も枝も葉も花もすべて桃色で、うっすらとかかる霞《かすみ》もまた薄桃色、甘く香る燻煙《くんえん》のごとし。桃色の木の合間に、家屋ほども高さのある巨大なししおどしが置かれている。が、竹筒から流れてくるのは水ではなくて、桃色の羽根だ。

半分ほど欠けた大きな水受けの石鉢から、あふれた羽根がはらりはらりと落ちてくる。と思いきや、黒い羽根が一枚まざっていて、それが唖然と立ち尽くす雪緒の足元に滑り落ちてきた。

――それも瞬きのあいだに、羽根から黒い将棋の駒に変化した。

駒には、鹿《しか》の絵が横向きに彫られている。

その鹿がこちらを振り向いた瞬間、めらめらと炎が駒のなかに広がった。

雪緒は駒に集中した。炎に溶けた鹿の、右の角は、地を耕す熊手《くまで》に化けた。左は、僧侶《そうりょ》の持つ杖《つえ》のような鹿角に化けた。

「――受け取りなさい、子兎」

頭上から厳《おごそ》かに命じられ、雪緒は勢いよく顔を上げた。

石鉢の上に、薄青色の孔雀《くじゃく》が乗っていた。竹筒から流れてきたのか。

雪緒のことを子兎と呼ぶのは、とある匠の者――烏那《からすな》のほかに、もう一人存在する。

そちらも七夕祭《たなばたさい》で知り合った、化鳥の妖《あやかし》の化天《かてん》だ。

彼は確か、この孔雀の羽とよく似た青っぽい髪の色であったはず。

「……化天さんですか？」

「相違ない。……いや待て、違う。私はただの、ことのるあやなし」

「ことのる……？」

この場合の「事」とは、なんらかの行事なり儀なりをさしているのだろう。それの始まりを告げに来た恐るべきものである、と彼は言いたいらしい。

正体については、もう化天で間違いないのだろうが、本人が否定したいようなので雪緒はそこを追及するのはやめておいた。

「私に腹芸は向かない。時間も惜しいし、とにかくそれを受け取れ」

害意がないのはわかる。だが、こちらにも受け取れぬ事情がある。

「すみませんが、白月様に怪しい方からはなにも受け取るなと言われています。本当は、耳を傾けるなとも忠告されていますので、これ以上は返事もできません」

はじめから無視すべきというのは重々承知、けれども……正直なところ、なにが起きているのか、もう少し正確に事態を把握しておきたい。

化天は自ら腹芸が不得手と明かすくらいだ、こちらが拒絶を示せば、なんらかの反応を見せてくれるだろう。

そんな算段をして、駒を拾わず、つんと顔を横に向ければ、化天からは案の定、困ったような気配が漂ってくる。……性情の素直な者を騙《だま》すのはなんとなく後ろめたい。

「……ちょっと触るだけでもいいのだが」

それを聞いて、雪緒は、顔をしかめそうになった。

（触っただけでも受け取ったことになるのか）

では、あの宵丸もどき……烏那から渡された駒の稲穂は。

「……子兎、頑なであってはいけない。触れ」

「触れません」

「怒るぞ」

温度のない声で短く脅された。

ちらりと視線を化天に戻せば、地面に散乱していた桃色の羽根が波のようにゆらゆらし始めていた。いや、波ではなく、これは炎か。

怒る、ではなく、熾《おこ》るのほうだったかと雪緒は気づいて、数歩後ろへ下がった。

「私を燃やすんですか？」

「燃やされたくなくば……」

「だめなんです。白月様と約束したので」

「困った御館だ。大事なつとめまで放り投げてお隠れするとは。こうも身勝手を繰り返すから、獣の妖が郷長の座につくのを精霊が嫌がる。結局おのれの野心や欲を抑え切れず、まわりに過多なる咎《とが》をもたらす」

詰《なじ》る声に、しかし嫌悪や侮蔑《ぶべつ》は見えない。化天の声はどこまでも乾いている。

「……欲と野心が強いから、長の座につけるのでは？」

雪緒がそう返すと、孔雀は首を傾《かし》げ、笑い声を聞かせた。

「なるほど。子兎はそのように判ずるか」

人の目線を、おもしろがっている。

「あの、差し支えなければ、郷のほうはいまどんな状態になっているのか、教えてもらえませんか」

そちらの望みは聞けぬが情報は寄越せ、と願い出るのはいささか図々しいか。

だが化天は、雪緒の非礼を気にした様子もない。

「御館のお遊びに気づいているのは、膝元である紅椿の古老たちだけだ。が、長引けば、下里の者たちにも彼の不在が知れ渡るだろう」

多少の猶予があることに安堵《あんど》しながらも、雪緒は怪訝《けげん》に思った。

紅椿ヶ里の外には不在が知られていない――というのが事実なら、なぜ他里の匠である化天や烏那がわざわざ狐の隠れ森に駆けつけてきたのだろう。そもそも彼らは普通の匠ではなかったのか。

「……。化天さんはひょっとして、白月様と親しい仲でいらっしゃる？」

「私が？」

孔雀の目がぱちっと見開かれる。

「なんでそう思った？　むしろ私は、御館に毛嫌いされているんだが……」

微妙な空気が互いのあいだに広がったときだ。

突如の桃色の猛吹雪。

木々の枝は弓のようにしなり、花弁も葉も吹き荒れる。桃色の炎がゆれていた地も、いまや噴火の有様で、ろくに目も開けられない。

「虫が」

短く吐き捨てる低い声が聞こえた。化天のものではない。

雪緒はゆっくりと瞼を開いた。

すでに桃色の園は掻き消え、雪緒の寝起きする部屋に戻っていた。

振り向けば、太刀《たち》を片手にさげている白月がいた。彼の視線は、雪緒の足元に向かっていた。

そこには刃で引き裂かれた桃色の衣が落ちている。

その上に、胴を真っ二つにされた蜻蛉の死骸が転がっていた。

❁

朝餉《あさげ》も取らないうちに、屋形車屋敷を捨てることになった。

慌ただしく新たに向かった先は、東にある石屋敷。外縁も欄《おぼしま》も壁も石造りで、ところどころにひび割れや大きな欠けが見られる。

不気味なことに、寺院めいた屋敷の左端には綿帽子をかぶった猿の花嫁の彫像、右端には袴姿の猿の花婿の彫像がある。どちらも十四、五尺ほどもあり、圧倒される。

屋敷の内部はやはり、先の二つと大差はなく、住み心地もまた変わりなかった。

ただし、こちらに滞在できたのは四日のみだ。

その夜、朝餉に使う予定のほたての殻を開いた瞬間、「招かれざる客」の領域に雪緒はふたたび引きこまれてしまった。

そこは鍛冶場《かじば》のようだった。

空には月が三つ並んでいるが、あまり明るくはない。

それよりも、正面に聳《そび》える大きな炉から噴き上がる炎のほうが、よっぽど赤々としていた。

炉の隣には、鹿の頭を持った怪《かい》が数人見える。皆、腰布を巻きつけただけの質素な格好で、「シシウテ、ウテヤシタラバ、ヒ産セ、カンナレ」と掛け声を響かせ、交互に鍛錬をしている。

鉄を打つ音が闇夜《やみよ》にコーンコーンと響いた。

　炉に視線を戻せば、真《ま》っ赤《か》な鉄滓《てっさい》が蛇のようにどろどろと流れてきていた。

　眺めるうちに、その鉄滓がまことの双頭の蛇に化け、鎌首《かまくび》をもたげて雪緒を見つめた。左の蛇がしゅるりと舌を伸ばす。そこに、黒い将棋の駒が乗っていた。

「どうぞ雪緒様、受け取って」

　右の蛇が優しく言った。

「……この声って、もしかして井蕗《いぶき》さんですか？」

　雪緒は驚いた。烏那や化天と同じく、井蕗という女の妖とも七夕祭で知り合った。その井蕗の声と同じだった。

「いっ、いいえ、私はただのつかわしめのようなものですので！」

　右の蛇が勢いよく頭を横に振り、動揺丸出しの態度で否定する。

「井蕗さんて確か、赤蛇の妖でしたよね？」

　雪緒は鉄滓製の胴体を見た。

　烏那と化天はしっかりべつの姿に化けていたが、井蕗はもとの姿とあまり変わらないというか、ある意味そのままというか……。

「やはり私はだめな妖なのか……！　まともに化けることもできないし、大事なお役目すら果たせぬ無能な人でなしなのです。ああ雪緒様、どうか思う存分罵《のの》しっていただけませんか！」

「しないです、しないです！」

雪緒は慌てて手を振った。

そう、この赤蛇様は、見た目は美女、中身は脳筋という個性的な妖なのだ。

「その、井蕗さんも、なにかのお役目のために、蜻蛉に化けてここに来ている……？」

ずぶずぶと自虐の沼にはまる井蕗をとめるために、雪緒は声をかけた。

「答えることも許されぬ不義理な私をどうか、ここで吊《つ》るして刻んでください」

井蕗が泣き始めた。が、いまの彼女は溶岩のような鉄滓の蛇だ。涙も燃える鉄で、もし触れでもしたら、骨まで溶けてしまいそうだった。

「吊るしませんので、泣きやんで」

「雪緒様……私に慈悲をかけてくださるのでしたら、こちらを受け取ってくださいますか」

左の蛇が、舌に乗せた駒を近づけてくる。……熱気がすごい。熱い。

駒には、釣り人の図が描かれている。釣った魚が跳ねて、駒から飛び出してきた。雪緒は仰け反った。

「大丈夫です、これは決して雪緒様を害するものではございません」

「……それはなんとなくわかるんですが、白月様にだれかからなにかを受け取ることを禁じられているんですよ」

断りながらも雪緒は、うまい人選だなと感心した。

烏那も化天も井蕗も、雪緒に対して好意的な妖怪《ようかい》ばかりだ。

これがもしも見るからに危険で醜悪な化け物だったら、雪緒は一目散に逃げることを優先しただろう。だが、馴染みのある彼らに声をかけられたら、心情的に無視できない。唯一、最初に出現した紫色の手だけは、正体が謎のままだが。

なにより、彼らのふしぎな訪問が、白月を窮地に追いやるものだとは思えなかった。

むしろいまの白月を助ける行動ではないだろうか。そのため、白月に厳しく忠告されていても、雪緒は彼らを拒み切れないでいる。

たとえ白月に詰られたとしても、それが彼を救うのなら、雪緒は勝手に動く。そう決めている。

果たしてこの推測が正しいのか、見定めるための材料があと少しほしい。

さてどうしたものかと首を捻ったときだ。

「次から次へと……、鬱陶《うっとう》しい……!!」

苛立《いらだ》ちもあらわな男の声が響いた。

その途端、炉も、蛇も、鹿の怪たちも鉄も炎も地面もなにもかも、どろりと溶けた。雪緒の足元の地面まで溶けて、ずぶっと体が沈んでいく。

雪緒はとっさに目を瞑った。すぐに強い力で腕を掴まれる。

慌てて瞼を開けば、そこはもとの調理場で、雪緒の正面にいて腕を掴んでいるのはやはり白月だった。

本来は金色の瞳《ひとみ》が怒りで赤く濁り始めている。

「また虫けらか。どうしてこうも俺の気に障ることばかり起こる」

白月の視線が、調理台の上にある割れたほたてへ向かう。

そこに、潰《つぶ》れた蜻蛉の死骸が落ちていた。

「……な、なにも受け取っていません」

雪緒がそう告げると、白月の視線が戻ってきた。

彼は、はっとしたように雪緒から手を離した。深い溜《た》め息をつき、狐尾を力なくゆらす。

「ねえ白月様、そろそろ紅椿ヶ里に戻ったほうが……」

雪緒は小さく白月の袖《そで》を引いた。

「うるさい‼」

白月は反射的に怒鳴ったあとで、我に返ったようにびくりと雪緒から身を引く。

「違う、そうではなくて……雪緒、おとなしくしていてくれ。俺はいま、定まらないんだ。ゆれると、だめだ。俺は怪なのだから、ゆらいでは……、ああ、まだ出られない。出てはいけない」

「白月様」

「ここもうだめだ。一度虫が通れば、道が生まれる。容易《たやす》く潜りこめるようになる。ほかに移ろう、雪緒」

もしかしたら、と雪緒は思った。

白月が隠れ森に引きこもったのは、心のゆらぎが自分を弱くすると危ぶんだためでもあるのではないか。それは、自分のせいなのか。

❁

次に移ったのは、南にある、渦巻く長屋のような奇妙な屋敷だった。

なにかの形を連想させると思ったら、「かとりせんこう」で、しかし、「それってなんだっけ？」とも雪緒はふしぎを抱いた。

知らないのに知っている、ということが雪緒にはよくあった。

この奇怪な屋敷にいられたのは三日だ。

三日目のひなかに、「招かれざる客」が現れた。

だが今回のお客は、いままでとは様子が違った。

そのとき雪緒は、白月や子狐たちと広間にいた。

縁側に面した障子は閉め切っていた。無聊《ぶりょう》を慰めるためにと用意された巻物を、白月の横で千速と眺めていたら、そこに描かれていた女人と目が合った。

直後、雪緒はなんとも仄暗《ほのぐら》く不気味で、かつ神秘的でもある奇怪な沼地に立っていた。水面は玻璃《はり》のように透明であり、さざ波のひとつもない。まばらに立つ柳の木を鏡のようにはっきりと映し出している。

幹のよくうねった、葉をたっぷりとさげる柳の姿は鬼火のごとく青く発光し、たいそう美しくもあったが、その一方で、巨躯《きょく》の女の霊がざんばら髪もそのままに項垂《うなだ》れているかのようにも見える。目を奪われながらもぞっとせずにはいられない眺めだった。

沼地の底から突き出ているのは、柳だけではない。

宵《よい》の刻を思わせる静謐《せいひつ》なこの景色にはそぐわぬ遊具までが捨て置かれていた。それも、ひどく古びた壊れかけの遊具だ。確かこの遊具は……。

(めりーごーらうんど)

するりと頭に響いた答えに、雪緒は我が事ながら驚く。

ああまただ。知らないのに、知っている。

雪緒はかぶりを振り、それを観察した。

翼のついた木馬が、かごめかごめでもするかのように輪を描く形で配置されている。その中心には六角形の部屋らしきものが見えた。

回転する土台部分の床は半分ほど沼に沈みかけているため、全体的に傾いている。天井部分はおそらく王冠を模した造りだったのだろうが、大半が損壊していた。

雪緒は一度、ぐるりと周囲を眺めてから、メリーゴーラウンドに近づいた。

ふしぎなことに、沼の上を歩いているのに、身が沈むこともなく、さざ波のひとつも広がることはなかった。

転ばないよう気をつけて、傾いている台座に乗り上がる。

木馬は、もとは「からふる」な色だったに違いない。いまはひび割れ、色褪《いろあ》せている。

雪緒は木馬のひとつに歩み寄って、なんとなく頭部を撫でた。すると、ひび割れのある目玉がぎょろりと動いて、雪緒を見た。

「えっ」

雪緒はおののき、ばっと手を離した。

「ヒハハハハ!!」

突然、笑い声が頭上から降ってきて、雪緒はそれにも驚き、飛び上がった。

震えながら声のしたほうをうかがえば、損壊した天井の縁に、だれかが胡座をかいて座っている。

「こわがりぃ！」

からかうように、こばかにするように、その者が雪緒を見下ろして笑った。

雪緒はその者を知っていた。

「あなたは、豊家《とみへ》……の方ですか？」

「いかにもなり。われこそ豊家たる大鷺《おおさぎ》の怪々《かいかい》、一の兄、五穀絹平《ごこくきぬひら》様であるぞ」

茶目っ気のある、甘く低い声で彼は名乗りを上げた。……堂々と名乗ったことに、雪緒はひどく戸惑った。

「……本物の絹平様ですか？」

「うん？　なんじゃあ、雛《ひな》っ子め。絹平様以外のなんに見えると申すのか。つっつくぞ」

笑いながら雪緒を叱《しか》る。

雪緒は謝罪もそこそこに、遠慮なく彼を眺めまわした。

烏那のときのように、だれかが豊家の絹平に化けているのかと思ったが、本人で間違いないらしい。

若い男の形ではある。優れた容姿でもある。人間でいうなら二十代後半か。

肌は陶器の白さで、鋭く切りこんだような目の色は青。けぶるような睫毛《まつげ》もまた青。柳を思わせるもわもわとした長い髪は青墨の色で、太めの黒い組紐《くみひも》で実に適当にまとめて横に流している。片耳には、金の輪っかの耳飾りがあった。

身にまとうのは法衣に似た青い衣……なのだが、これも適当な着こなしのために、襟が崩れている。その上に、鈴の飾りをつけたインバネスのような青い外套《がいとう》を無造作に羽織っている。

だらしないが、雅やか。そして、華やかながらもどこか薄暗い。そういう矛盾した印象を抱かされる。とにかく全体的に青い。

大鷺の怪とは多少の因縁がある。八月に体験した幻の世のひとつで、雪緒は彼らに嫁いだ。

そう、「彼ら」という言い方で間違いない。

なぜなら、豊家の大鷺は三兄弟だ。

だから雪緒は三人の嫁となったわけだが、彼らはこの見た目通りに中身もすこぶる個性的だった。

恐るべき怪であることは間違いがない。沙霧《さぎり》のような半神ではないのに、古老も敬うほど格が高い。大妖とも違うのに、精霊さえ平らげる力を持つ。時に、鬼以上に残忍でもある。

理由は知らないが、ほかの怪が悋気《りんき》を起こすほどに存在そのものの光が強く、影も濃いのだという。極めて珍しい個体だ。

それに、郷で一番古いとされる花ノ竹茶房《かのたけさぼう》の主のイサナと親交がある。

三者のなかでもこの五穀絹平と名乗る大鷺は、とくに要注意だ。

なにがお気に召したのか、彼は幻の世で、ほかの兄弟を出し抜き、雪緒の独り占めを目論《もくろ》んだ。

「おいおい、うぬはずいぶん大胆だな。絹平様がよしと許す前に、熱烈に目合ひを仕掛けてくるとは」

絹平が透き通った青い目で、おもしろそうに言う。

不躾《ぶしつけ》だったと気づき、雪緒は慌てて「すみません」と視線を外した。

「いや、悪かぁないさ」

と、絹平は笑うやいなや、身を起こし、天井の縁から身軽に飛んだ。木馬の背にどんと着地する。彼の羽織る外套がばさっと音を立てた。

「畏《かしこ》まらんでいいぞ。絹平様はうぬを気に入っているからな。白月の嫁御になったのは残念だった……が、うぬは数奇な雛っ子だ」

「数奇ですか？　私が？」

「白月とはもはや縁が切れているだろうに、いまだ呪《のろ》いのような執心の糸が見える」

木馬の背に器用に屈《かが》んで、絹平が興味深げに雪緒を観察する。

彼は、設楽《しだら》の翁《おきな》がまだ里にいた頃《ころ》、稀《まれ》に〈くすりや〉の見世に現れた。不調を訴えての訪問ではなく、翁の酒飲み仲間としてだ。

雪緒個人とは、顔は覚えているけれど、せいぜいが挨拶《あいさつ》をかわす程度の希薄な仲でしかない。当然向こうもその程度の認識だと思っていたのだが、本当に、彼はいったいどこで自分をお気に召したのだろうか。

「かわいい雛っ子が途方に暮れているのも不憫《ふびん》なことよ。この絹平様がうぬをかいなに包んでやってもよいが」

ほつれたもわもわの髪を鬱陶しげに指で払うと、絹平は妖美《ようび》と評するにふさわしい微笑を浮かべる。

「……いえ絹平様、すでにたくさんの女妖の方をお屋敷にお抱えでは？」

そう突っこんでから、しまった、と雪緒は口ごもった。

またしても不躾な態度を取ってしまった。

しかし、嘘《うそ》ではない。絹平は艶聞《えんぶん》の絶えぬ色男としても有名だ。豊家の大鷺兄弟は羽振りもよければ男振りもよいので、女妖にたいそうモテる。

目も当てられぬほどの放蕩《ほうとう》ぶりをイサナに窘められて以来、紅椿ヶ里の者には手を出さなくなったというが、その代わり、よそから怪を招いては飲めや歌えやの享楽の昼夜をすごしているらしい。他里にも、豊家の名で建てた妓楼《ぎろう》が存在するのだとか。捨てた女妖は数知れず、捨てて食った女妖も数知れず、という噂《うわさ》も、おそらくでたらめではないのだろう。

「うん？　屋敷における女妖どもが気になるのか？」

絹平が、幼子のように首を傾けた。

(愛人いっぱい、って部分は否定しないんだ……)

雪緒は引きつりながらも微笑《ほほえ》んだ。これは別世界の住人だ。

「でも絹平様は独身だぞ」

「そ、そうですか」

目を合わせず、雪緒は曖昧《あいまい》にうなずいた。そんな主張をされたところで……という感じだ。

「ええ～、信じぬのか。んじゃあ、全部食ってきれいにしておくか……」

「……いえ待って！　なにを食べてきれいにするのか、想像するとこわいんですけど！　そのままで！　そのままでけっこうです」

まさかと思うが、囲っている女妖たちを全員食べる気では、と雪緒は無用な勘を働かせ、慌てて絹平を止めた。

「絹平様のお気遣いはとてもよく伝わりました。っていうか、あの！　私になにかご用があったのでは！　ほら、黒い駒とか！」

恐怖の話題を変えるため、つい駒の件を持ち出してしまったおのれの迂闊さに、雪緒は呻《うめ》いた。だが、その件に触れねば、事が動かないのもまた事実だ。

「ああ、そうそう。駒な。忘れておったわ！　ほら、受け取れい」

絹平が思い出したようにふところから黒い駒を取り出し、雪緒に差し向ける。

「……自分が催促しておきながら、これを言うのもなんなのですが、受け取れないんです」

「まこと、なんで催促した！　変わった雛っ子よ！」

ヒヒハハハ、と腹を抱えて笑われ、雪緒は赤面した。

絹平の手のなかにある駒には、蛹《さなぎ》の図が描かれている。雪緒が見た直後、蛹がゆれ、羽化を始めた。蛹を割って姿を見せたのは蝶《ちょう》ではなく、鹿だった。

「絹平様は、ほかの姿に変化をされないのですね」

　雪緒は、移り変わる駒の図を好奇心の目で眺めながら、気になっていたことを尋ねた。

「んん、それはそう。絹平様をそのへんのつまらん輩《やから》と一緒くたにしてはならぬよ。これは強い怪なのだ。二重に化ける必要がない。化けずにいられんのは、しょせんはか弱き性《しょう》の者と相場が決まっている」

　雪緒は視線を上げ、絹平をうかがった。

　彼は薄い唇をゆるく吊り上げて笑っていた。表情のひとつひとつが色気にあふれている。心なしか、いい匂いもする。白月とはまた違う形で、相手の人生を軽く破滅させそうな男だ。

「失礼ながら、そのお言葉は、単に妖力の強さを比較しただけの話にとどまらないように思えます」

「そう。われは神でも人でもないが、ただし円《まど》かな怪だ」

「円か？」

「藩《はん》の世に遍《あまね》く知れ渡る、怪の怪。われに疵瑕《しか》ひとつあるものか。仮にこの地で果てようと、理も性も、決してゆるぎはせん。多くの者がわれを強く思い描いた瞬間、復活するだろう。そういう確立された存在ゆえの強さだな。ぬん、設楽の翁と、ある意味似ているか？　……いやいや、違うとも。絹平様はどこまでいっても怪のままよ。神階は上がれんなあ」

　絹平が顎をさすって、考えこむ。

「……藩ですか？」

雪緒は、逸《はや》る心を抑えて尋ねた。宙に向けられていた絹平の視線が雪緒に戻る。その眼差《まなざ》しの静謐さは深海を思わせた。雪緒は知らず気圧された。

「ああ、藩さ」と、絹平がふいに目を弓なりにして微笑み、ぽんと木馬の頭を叩く。

「気づいているだろうが、ここは絹平様の妖術《ようじゅつ》の領域だ。われの心象が影響している」

「はい」

「この遊具は、うぬも知るところのメリーゴーラウンド。絹平様は記憶力がいいんだ。藩で培った記憶を再現した」

絹平は、ちょんと指先で自分の頭をつついた。

「藩の……これは、藩に存在するもの？」

問う声が震えた。

「うぬも絹平様も、藩から渡ってきた存在だろうに。まあ、雛っ子と同じく絹平様も、昔と名は異なるがね」

「名が……」

「どちらとも、もとの名によく守られたから、ここでもその性質を継いでいる。な、こうも似ているんだから、そりゃうぬは絹平様のお気に入りさ」

親しげに笑いかけられ、雪緒はいよいよ絶句した。

他者にはっきりと、藩の生まれの人間だと指摘されたのは、はじめてのことだった。

「わ、私の故郷は、藩ですか。藩とは、どこに存在するものですか」

雪緒はせがんだ。

帰りたい――その願いがほかのあらゆる情を踏みつけ、雪緒を急き立《せ》てる。

だが勇む雪緒とは逆に、絹平は急に顔をしかめた。

「……おっと。話しすぎたか？　絹平様と違って、うぬは知らず役目を背負わされた者よな。ぬぬ、やはり不憫でしかたない。絹平様が白月を退けて、うぬを娶《めと》ってもいいぞ」

「絹平様！　お願いです、教えて……」

「うーん、もっと目合ひしよう。そうしよう。もっとうぬがかわいくなれば、ほだされて、しゃべるかもな」

絹平がわずかにこちらに身を乗り出し、雪緒の腕を掴んで引き寄せた。ごつっと額を合わせ、視線を交わらせる。

雪緒はぎょっとし、身を引いた。雪緒の行動に驚いた絹平が前のめりになり、木馬から落下しかける。雪緒は慌てて彼の肩を支え、あわやの転落を防いだ。

しかし、彼がにぎっていた黒い駒はその手から滑り落ちてしまった。床に衝突したせいで、駒のなかの鹿が飛び出し、逃げていった。そしてぽちゃんと沼に沈んだ。

「あわわっ、ばかめ、危うく落ちるところだったじゃないか！　ひどいな！」

絹平が目を吊り上げて怒る。

「いまのは私、悪くないですよ！」

「おどれ、生意気だぞ！　言っておくが、絹平様はお優しいが、二の兄と三の兄はうぬを嫌っているんだからな。絹平様を傷つければ、兄弟が騒ぐ！」

ぎゃんぎゃんと責め立てられ、同じ勢いで言い返したくなったが、雪緒は我に返った。

「……ご兄弟も、ここに？」

「さっきからいるじゃないか。そこにわが二の兄、五百枝菊鳥《いおえきくどり》が」

不貞腐《ふてくさ》れながら指差す絹平の、その方向を雪緒はおどおどとうかがった。

そこに見えるのは、女のさみだれ髪のようだと思った、大きな柳の木だ。それが、雪緒が見た瞬間に大きくゆれた。柳の枝葉が翼と代わり、淡く発光する青鷺に化ける。

巨大な青鷺は天を駆けたあと、メリーゴーラウンド前の沼地に降り立ち、人の背丈程度にまで縮んだ。青鷺は、じっとりと雪緒を睨《にら》みつけた。

「そっちが、三の兄、五位群青大夫《ごいぐんじょうたいふ》」

次に絹平はべつの柳を指差した。それもまた先ほどのように巨大な青鷺へと化けて、二の兄の隣に落ち着いた。やはり、じっとりと雪緒を見つめていた。

どちらも全身が青く、翼は五枚あるが、嘴《くちばし》の色だけが違った。白いほうが五百枝菊鳥、黄色いほうが五位群青大夫だ。

幻の世で、菊鳥は雪緒を食べようとした。群青大夫は、雪緒を雷王《らいおう》に捧げようとした。三兄弟全員、厄介というよりほかになかった。

菊鳥が一声鳴き、体を大きく膨らませた。と思ったら、五枚の翼を広げ、こちらに突進してきた。その無慈悲な視線は雪緒を捉えていた。

襲われるとしっかり認識するより早く、菊鳥の嘴が目前に迫っていた。

「これ、やめんか」

嘴の先端が雪緒の顔を潰す前に、絹平が制止の声を上げた。

ぴたりと止まる嘴を、よいしょと床に降り立った絹平が叩く。

「そうも逸るんなら、雛っ子ではなく白月どもの相手でもしてやれい」

えっ、と雪緒が正気に返った直後、沼から、四つ足の獣の骨がぬらりと浮かび上がった。

あっという間にその数が増え、雪緒たちを取り囲む。

いずれも小型だったが、一頭だけ、獅子のように大きな獣骨があった。

「遊んでやれ、兄弟よ」

軽く手を振る絹平の背に、柳のように繊麗《せんれい》な五枚の翼が閃《ひらめ》く。

絹平は雪緒に笑いかけた。目を見張る雪緒を抱え上げ、「よっ、と」と、声を発して宙に浮く。

「え、えっ⁉」

「おーい、暴れるな。落ちるぞ」

雪緒を抱える彼が着地した先は、最初に彼がいた地点――メリーゴーラウンドの屋根の上だ。

「見とけ、見とけ。この嬲《なぶ》り合い。わが兄弟の強さをこれで知れ」

慌てふためく雪緒の視線の先では、二羽の青鷺が翼で強風を巻き起こし、彼らを襲撃せんとしていた獣骨の群れを吹き飛ばしていた。

「ぎゃんっ」と哀《あわ》れな声を発し、獣骨たちが沼の上でもんどりうつ。それが原因で、獣骨群の変化の術が解けた。正体は白月の手下の子狐《こぎつね》たちだった。一頭だけ大きな獣骨も、自ら変化を解く。小さき彼らが子狐なら、当然のこと、その大きな獣は白月だった。

「強いんだ、われらは。狐の牙《きば》なんか枯れ枝ほどの脆《もろ》さでしかない」

絹平が後ろから雪緒の身を抱えこんだまま、得意げに告げる。

「われらやイサナなんかは、不用意に手を出せば、天罰対象にもなりうるしなあ」

彼のそんな言葉が聞こえたのか、体勢を立て直した子狐たちが明らかに怯《ひる》んでいる。これは珍しい姿でもあったが、彼らはすぐに奮起して、二羽に飛びかかった。

しかし、この場所が大鷺の兄弟たちの支配下にあるせいなのか、哀れなほどに子狐たちは劣勢だった。狐火も、毛で編み出した刃も、矢も、なにひとつ二羽を負傷させるには至らず、翼の動きひとつで薙《な》ぎ払われる。

子狐のなかには千速もいたので、いつ大怪我《おおけが》をするかと雪緒は気が気ではなかった。

「絹平様、やめてください。このままでは子狐たちが傷ついてしまいます」

「ああ……、いいぞ、絹平様は悪役も似合うんだ」

まさかと思うがこの鷺様、目の前で繰り広げられるほとんど一方的な争いを楽しんでいないだろうか。

「おおい、狐ども！　おまえたちが弱くてたまらんから、わが雛っ子が許してやれって泣いてるぞ!!　あー弱い、弱くて退屈しちゃうな。おまえらの消滅するまで、絹平様は雛っ子と睦《むつ》み合っていようかな！　でも弱いからそんな時間もないかな！」

「なんてことを言うんですか絹平様!!」

「ヒッヒヒヒ、いまの絹平様、悪虐王って感じがしたか？」

絹平の胸を掴んでゆさぶってやりたくなった。

ぺかっぺかの笑顔で最低の挑発をしないでほしい。

沼に転がった千速と、雪緒は目が合った。かわいそうな千速は、目をうるうるさせていた。

思わずそちらに手を伸ばせば、後ろから雪緒を抱きしめている絹平の腕に力がこもった。

「こーら、落ちると言っているだろ。……おとなしくしな」

耳元で囁《ささや》く必要があるだろうか！

「やあ、人の子は愛玩《あいがん》するにぴったりよ。うぬを本当に連れ帰ろうかなあ」

「絹平様!!」

身にまわされた絹平の腕を振りほどきたいが、屈強な男というわけでもないのにびくともしない。

険しい顔で子狐たちの敗北ぶりを眺めていた白月が、ちろりとこちらを一瞥《いちべつ》した。

彼はすぐに視線を子狐たちに戻した。

「小僧ども!! 俺がいて、地に伏す理由があるのか!!」

びりりとする一喝は、子狐たちの闘志を蘇《よみがえ》らせた。

子狐たちは、化け物丸出しの醜い姿に変ずると、沼の水面をゆらすほどの咆哮《ほうこう》を聞かせ、狐火をまとって二羽に突進した。今度は、翼の閃きで薙ぎ払うわけにはいかなかった。

二羽が同時に宙に浮かび、円を描くように旋回した。すると沼地から、竜巻が生じた。襲い来る子狐らを、竜巻は大蛇のようにうねり、打ち据えた。

子狐たちは沼地の水面に叩きつけられたあと、鞠《まり》のように転がって、動かなくなった。が――。

「そこで死ぬなら呪え!! 滅ぶなら祟《たた》れ!!」

ふたたびの白月の一喝で、瀕死《ひんし》のさまを見せていた子狐たちが目覚めた。勢いよく飛び跳ね、死に物狂いで二羽に突撃する。

しかし、二羽の繰り出す竜巻がまたも子狐たちを襲った。

「いいぞ、やれ! しょせんは定かな由来も持たぬ吹き溜《だ》まりの者、野を駆けるだけの卑小な

けだものよ！　時を経て妖力を会得しようが、不動の霊たるわれら鷲の三人衆に敵《かな》うものか！」

悪役にどっぷりはまったらしき絹平が、子狐たちを嬲るだけと化している戦いを眺めて大笑いした。

けれども、絹平のあからさまな野次に白月は反応せず、子狐たちを襲う竜巻に狐火の群れを飛ばした。この狐火群までも竜巻は打ち据えようとした。

ところが、打たれる寸前、狐火が膨張して般若の顔を描き、次々と竜巻を食いちぎり始めた。

（……えっ。竜巻って、肉塊みたく食いちぎれるものだっけ）

雪緒は混乱した。痛めつけられる子狐たちが哀れで泣きたい気持ちになっていたはずが、異様な眺めを前にして、涙すら引っこんでしまう。

「……えっ。狐火って竜巻を食うのか？」

背後の絹平からも、思いきり引いている気配を感じた。が、彼はすぐに調子を取り戻し、再度の野次を飛ばした。

「キヒヒィ、無駄なあがきよ！　どうだ白月、この絹平様が特別に慈悲をかけてやってもよいぞ！　そぅら犬の真似《まね》をして地を這ってみよ！」

……なぜだろう、先ほどまでは胸が痛くてこの戦いを見ていられないくらいだったのに、いまはむしろ絹平に、もうそのへんでやめておいたほうが、と忠告したくてたまらない気持ちになってくる。

「憐《あわ》れみに食らいつけ!!　生首になり果てようが噛み殺せ!!」

よろよろと起き上がる子狐たちに、白月が再度の大喝。

子狐たちは息を吹き返し、咆哮した。

蘇るたびに、胴がより肥え、四肢がより骨張り、顔がより化け物じみていく。あの醜怪《しゅうかい》な者どものなかに、雪緒のかわいがる千速までもがまざっているとは到底信じがたいことだった。

「おのれが弱き化け物と思うか、それはおまえたちの頭たる俺への侮辱か!!」

白月の声に、子狐たちが狂犬のごとく唾液《だえき》を撒き散らし、宙に浮かぶ二羽へと飛びかかる。

さらに上空へ逃げる二羽には、その牙は届かない。しかし、子狐たちの飛ばす唾液が小さな炎の粒と化し、二羽を襲った。

二羽はそれを避けようと、宙を飛びまわった。不安定な飛翔《ひしょう》は、二羽の苛立ちを少しずつ明らかにした。

子狐たちは、二羽に何度も何度も飛びかかった。その牙が彼らに近づき始めていた。

「……おいおい」

絹平が焦った声を出す。

「絹平様、悪いことは言いませんから、ここらで白月様に謝りましょう……?」

雪緒は少し振り向いて、小声で絹平に提案した。

絹平は真顔で雪緒を見下ろした。

「一緒に謝ってくれる?」

それはチョット。

ギィィッと、金属を引《ひ》っ掻《か》いたような鳴き声が聞こえた。

雪緒と絹平は、同時に視線を二羽と狐の力比べの場に戻した。

飛び上がっていた子狐の牙が、小さな炎を避けようとして宙でぐらつき落下しかけた菊鳥の翼をかすめた。そこにべつの子狐が間断なく攻撃をしかける。

群青大夫が菊鳥を庇《かば》おうと、無数の羽根を妖力で矢尻《やじり》に変え、飛ばした。

矢尻を身に浴びた子狐たちが、血を撒き散らし、沼地の水面に倒れ伏す。

「血を恐れるか、小僧ども!! 垂れ落とす血の一滴、唾《つば》の一滴すら恨みに変えろ。それが我ら狐一族ぞ!!」

白月が吠《ほ》え、一歩、力強く沼地の水面に踏み出した。子狐たちが散々暴れまわってもゆらぎさえしなかった沼の水面が、大岩でも投げこんだかのように飛沫《しぶき》をあげる。

白月は腕を払った。その合図で宙に浮いた飛沫が、瞬く間に翼持つおたまじゃくしへと化け、二羽目掛けて飛翔する。子狐たちも勢いを得て、血を垂れ流しながらも二羽へ飛びかかった。

「……絹平様」

雪緒は、また振り向いた。

じわじわと、子狐たちが強くなってきている。

「……。ええいっ、小癪《こしゃく》な狐どもめ!!」

絹平が罵った。

それまで無反応だった白月が、ぐりっと視線をこちらに向けた。

雪緒と絹平は、ヒョッと飛び上がった。

（いや、私まで怯えてどうする……って、あの目!!　骨までどろどろに溶かしたいってくらい怒ってる！）

雪緒は望んで絹平たちの妖術の領域に飛びこんだわけではないのだが、そんな言い訳ができる空気ではない。

「屈辱こそが我らの糧、怒りこそ、嘆きこそ、恐れこそが……」

白月がこちらへゆっくりと近づいてくる。

雪緒は全身が粟立《あわだ》った。静かに歩むその姿は、どこからどう見ても真の悪の親玉でしかなく、滲《にじ》み出る威圧感だけで息絶えてしまいそうだった。

白月は途中で足を止めると、白狐の形に変身した。……いつもの神々しさを感じさせる大きなもふもふ姿ではない。全身の毛が刃みたいに尖《とが》っていたし、顔もどこか化け物じみていた。

つまり、間違いなく激怒している。

「絹平様、本当に早く謝罪を！」

雪緒は身をねじり、絹平に訴えた。

彼は往生際悪く、頬を歪《ゆが》め、首を横に振った。

「うぬ、どっちの味方だ⁉」

「白月様ですけど⁉」

「あの邪悪ななりを見てもそう言えるのか！　おのれっ、おのれ！」

こちらの混乱を無視して、静かに怒れる白狐がぐっと身を伏せ、飛びかかる姿勢を取った。

そして大きく飛び上がる。

絹平のみを狙《ねら》っていると信じたいが、ついでにこちらのこともむしゃりと食べてしまうのではないだろうか。雪緒はそんな危惧《きぐ》を抱いた。抱かずにはいられなかった。——壊れた恋は、雪緒の心を凍らせ続けていた。

「まったく‼」

絹平は短く吐き捨てると、ガンッと乱暴に天井の縁を蹴飛《けと》ばした。単に癇癪《かんしゃく》を起こしたわけではなかった。彼の合図で、メリーゴーラウンドの木馬のひとつが女の姿に変じる。

女はすばやく駆け出すと、両腕を広げ、いままさに飛びかかろうとしていた白狐に自ら抱きついた。

とっさの動きで女の首を噛みちぎり、沼地に降り立った白狐は、そこでどうしたことか、あからさまな狼狽《ろうばい》を見せた。沼地に倒れ伏す女をおろおろとうかがっている。

「……あれは、私の姿？」

急に怒気を消し去った白狐から倒れた女に視線を移し、雪緒はつぶやいた。

女のなりは、自分と似ていた。

「キィーヒヒヒ！　ただ引き下がるのも腹立つからな！」

絹平が雪緒を抱えたままふんぞり返る。

木馬が次々と女の――雪緒の姿に変じて、白狐に駆け寄った。

よく見れば、完璧《かんぺき》な変化とは言いがたい。後ろ姿だけを見ても、偽物とはっきり判断できるくらいに違いがある。

白狐は当然、飛びついてくる偽物たちを引き裂いたり噛みちぎったりして追い払ったが、その動きはどこか精彩を欠いている。

「……ふん。かわいくない狐だ。ま、とうに絹平様はお役目を果たしたしな。ここまでにしておいてやるか」

「……はい？」

単なる負け惜しみとも思えない絹平の独白に、雪緒は疑念を抱いて振り向いた。

妖艶《ようえん》に微笑む絹平と目が合う。

透き通った青い瞳に、無防備に見惚《みと》れた瞬間、「ほれ、戻りな」と、絹平に軽く肩を押された。

雪緒たちはいま、メリーゴーラウンドの天井の縁に立っている。その不安定な位置で肩を押されたら、当然雪緒の体は傾き、天井の外へと落下する。

「えっ……」

唖然としながらも、雪緒は自分の身が宙に投げ出されるのを感じた。

一瞬の浮遊感にぞっとし、目を瞑る。だが、恐れていた衝撃はやってこなかった。どすんと、痛みを伴わない多少の衝撃が背中に走った程度だった。

急いで瞼をこじ開け、身を起こしながら状況を確認すれば——すでにそこはもとの部屋だ。沼地も柳もメリーゴーラウンドもすべて消えている。

「——戻ってきた?」

畳の上に座りこんでいる雪緒の前には、引き裂かれた絵巻物があった。それと、こちらを見据える白狐の姿も。

子狐たちはというと、ひどく消耗した様子で部屋の隅に一塊になっている。

絹平の操る妖術の領域で肉体に受けた傷は、現《うつつ》にまでその影響を持ち越さないようだが、心には大きな負担がかかったのだろう。あんなに身を寄せ合ってちぢこまっている。

「千速」

雪緒は小声で呼びかけた。兄弟たちの背の毛に鼻面を埋めてぐったりとしていた千速が目を開けた。こちらを見て目を潤ませると、よろよろと近づいてきて、雪緒の膝に力なく乗り上がる。ぼさぼさの尾を撫でつけてやれば、また雪緒を見つめて目に涙をたたえ、身を丸めた。

大鷺兄弟との力比べの最中は、白月の激越な一声に背を押されて、おのれを極限まで高めることができていたようだ。しかし、本当は彼らが恐ろしくてたまらなかったのだろう。事が終わったいま、千速は深い疲労に襲われてろくに返事もできないでいる。

雪緒がせっせと千速の背を撫でると、ほかの子狐たちも力のない歩みで近づいてきて、雪緒にくっつき、丸まった。雪緒は労《いたわ》りをこめて子狐たちを撫でた。

たとえ妖術で作られた領域内での競り合いとはいえ、こんなに小さな狐たちをいたぶるとは。いくらなんでもやりすぎではないか。

雪緒は子狐たちが見せたあの化け物姿をひとまず脇《わき》に置き、大鷺兄弟を心のなかで詰った。

溜め息が聞こえ、雪緒は、はっとした。

白狐が耳を倒しながらそろそろと近寄り、雪緒の肩を鼻先でつんと軽くつついた。

雪緒は白狐の鼻のまわりを手のひらで撫でた。もっふりした首まわりも撫でつけると、かぷりと軽く肩を噛まれる。つつかれるのも、いまの甘噛みも、痛みはなかったが、もしかしてこちらに八つ当たりと仕置きの両方をしたいのかと悟って、雪緒は手首を差し出した。

「噛みますか？」

腕が使えなくなるのは困るが、目の前のお狐様に命を捧げると決めた身だ。惜しむことはないのだと覚悟する。

だが、白狐は困ったように耳をゆらすと、鼻先で雪緒の腕をずいずいと押し返してきた。噛みたくないらしい。

「……白月様」

呼びかけて、雪緒は口ごもった。

もうこれ以上、隠れ森に身をひそめても意味はない。

いや、白月だって、そんなことは言われるまでもないのだろう。

「謀《はかりごと》もせず受け身のままですごされるなんて、いつもの白月様らしくありませんね」

不敵な一方で慎重な面も併せ持つお狐様だが、今回は、辛抱強く機をうかがっているときとは違う。本当にどうしたらいいのかわからず、迷夢をさまよっているような状態に思える。

これはよくないと、雪緒は危ぶむ。たとえ恋情を発端にはしておらずとも、彼がこちらの身を本気で案じてはだめだ。案じるせいで、迷いが生まれる。他者につけいる隙《すき》を与えてしまう。

白月はいつでも非道でいなければ。いつでも強く、いつでも迷わず、いつでも苛烈《かれつ》でいなければ。燃え盛る野望は成就のときまで沈むことはない。恋も、彼にとっては落ちるものではなく、貪るものにすぎない。

研ぎ澄まされた野心を抱える者、それこそが、雪緒が恋した化け物だ。

「白月様、私をもっと脅してください」

頼みこむと、白狐はいぶかしげに髭《ひげ》をゆらがせた。

「私はだれよりも白月様をこわがります。私の恐怖が、白月様をもっと強くしますよね？」

白狐は一拍置いたのち、ぐる、と喉《のど》の奥で呻いた。甘えるように肩にすり寄ってくる。

雪緒は眉《まゆ》をひそめかけたが、こらえて、白狐に微笑んだ。

ここまで発破をかけても、白月はいっかな行動を起こそうとしない。にじり寄ってくるものをただ追い払うばかりだ。消極的な姿は、白月に似合わない。

なら、そろそろこちらが動かねばならない。

本気で白月を怒らせよう。

そして自分を襲わせよう。

（そうすれば私も、いまよりもっと白月様を恐れるだろう）

励まねばと、雪緒は腹を決めた。

それで、白月のなかに生まれた迷いも情も、断ち切れるはずだ。

❁

密かに闘志を燃やして誓うも、現実的に、狐たちの目を盗んで動くことは難しい。

雪緒は、頭の上と肩に子狐をくっつけながら、ゆるく弧を描く縁側を歩いた。

ここの屋敷は、「かとりせんこう」のように建物が渦を巻いている。縁側も長い。

「へたなことをすれば、祖の化け狐様に告げ口されそうだし……盗み見に盗み聞きという二つの大罪を犯されてる」

空に浮かぶ「ひなか」の眼《め》を、雪緒はちらっと見上げた。……こちらの独白を聞き咎《とが》めたのか、急に光が強くなった気がする。

刺激するのはよそう、と雪緒は目をそらし、頭からずり落ちそうな子狐を片手で支えた。

白月と千速たちはあのあと、力尽きた様子でうとうとし始めた。そこで雪緒は彼らが目覚めたときのためになにかつまめるものを……油揚げのおつまみでも用意しようと思い立った。

あわよくば隠れ森からうまく脱出できないかとも考えたが、この二匹がくっついてきてしまった。一匹は古蜜で、もう一匹は彼の弟分らしき子狐だ。疲労困憊《こんぱい》してほとんど意識がないような状態なのに、雪緒から離れようとしない。

「それにしたって、流し場までが遠い……」

構造的にどうしても遠い部屋が出てくる。雪緒はぼやきながら歩いた。

縁側には、ところどころにひなたぼっこ中の狐が落ちている。厳密には、「ひなたぼっこ」とは言えないけれども。空にあるのは太陽ではなく、祖の化け狐の眼だし。

ほとんどはもっふりした狐の姿だが、たまに人の形の者も転がっている。歩行する雪緒に気づくと、「んん?」というように、うるさげに目を開けるが、すぐに眠る。

一見惰眠を貪っているふうの彼らは、白月の命で、有事の際にすぐ飛び出せるよう縁側で番をしているのかもしれない。なおさら逃亡は難しそうだ。

やがて辿《たど》り着いた流し場で、雪緒は簡単な調理に取りかかった。二匹は板敷きにおろしておく。

油揚げを醤油《しょうゆ》やら砂糖で味付けし、炒《いた》めたほたてと肉、刻んだ山菜を詰める。海老《えび》と椎茸《しいたけ》詰めも。食べやすいようなるべく小さめに。ひとつ味見し、まあこんなものだろうと納得する。

多めに作り、冷ましてから、葉に載せてしばる。狐たちがいつ目を覚ますかわからないので、保存できるよう、器ではなく葉を使った。

小分けにした包みをお盆に積み上げて、雪緒は流し場を出た。二匹も忘れずに頭と肩に乗せる。

縁側にぽとぽとと落ちている狐たちが、戻ってきた雪緒に気づいて、また眠たげに瞼を開く。

雪緒は、彼らの頭に、お土産《みやげ》代わりにちょんと包みを置いていく。

「あれ」

白い狐ばかりかと思いきや、黒い狐にも遭遇した。行きには見なかった狐だ。

「大きいねえ」

白狐時の白月より立派な体躯《たいく》だ。

縁側の板敷きにだらんと寝そべっているが、目は開いている。警戒心の強いお狐様なのかもしれない。くわ、と荒々しく口を開けられた。

「はいはい、こわいこわい」

お狐様は人を脅かすのが好きだもんね、と雪緒は軽くいなして身を屈めると、盆に積み上げている包みの葉を開いて、ぽいと油揚げの巾着を黒狐の口に放ってやった。

黒狐はびっくりしたように動きを止めたが、やがて咀嚼《そしゃく》し始めた。

「なんかあなた、白月様が天神様に化けたときの姿に似てるね。……まさか違うよね？　白月様じゃないですよね？」

雪緒が慌て始めると、黒狐は目を尖らせ、「うるせー、そんなことよりもっと巾着寄越せよ。食わせないと、おまえを食う」と、脅迫するように唸《うな》った。……白月ではないらしい。

「特別ですよ」と、雪緒は多めに黒狐の前に包みを置いた。

黒狐は身を起こし、雪緒についていく素振りを見せたが、置かれた包みと何度も視線を往復させて、「……今回だけは見逃してやる」と言いたげに鼻を鳴らした。なかなかに過激な狐様だ。

まあそれでも白月の支配下にある屋敷で本当に襲われることはないだろうと、雪緒は軽く考えて、黒狐に手を振ったあと、その場を離れた。

しばらく縁側を進むと、今度は小汚い麻袋が縁側の下からはみ出ているのに気づいた。これも行きにはなかったものだった。

「なにこれ？」

身を屈めて縁側の下を覗きこむと、麻袋のなかに、なにか入っている。

「……ええっ、お狐様が入ってるの？」

汚れた灰色の前脚が、麻袋の破れた箇所から飛び出ていた。黒狐同様、こちらもかなり大きな狐のようだし、それにずいぶんと野性的な……凶悪な前脚だ。ただし、恥ずかしがり屋なのか、縁側の下を覗きこむ雪緒に気づくと、麻袋ごとずりずりと奥へ後退し始めた。

「あ、待ってください。これ、どうぞ」

雪緒は凶悪な前脚の上に包みを二つ、三つ、置いた。

(色々な狐がいるんだなあ)

雪緒は感心しながらふたたび歩き出した。

……が、背後で、ずるずるとなにかを引きずる音が聞こえる。

不審に思って振り向いても、だれもいない。

けれども歩き出すと、また聞こえ始める。

(さっきの麻袋狐様がついてきている？)

雪緒は薄ら寒いような気持ちになった。

そんな「ほらー」みたいな行動、やめてほしい。

何度も振り向きながら、雪緒は盆を掲げて足早に縁側を進んだ。姿の見えないずるずる音が後ろに迫ってきている。

「──こわいんですけど！」

「なにがだ！」

雪緒は、ぎゃっと飛び上がった。ちょうど振り向いたときに、前方からなにかがぶつかってきたのだ。

「この粗忽者《そこつもの》め、しめしめとばかりに人の微睡《まどろ》み中に消えやがって！」

「白月様、脅かさないでくださいよ！」

雪緒を見下ろすのは、白月だ。人の形を取っている。雪緒が消えたことに気づいて、慌てて探しに来たらしい。

「あのなあ、おまえ様は少し俺の気持ちを考え──なんだそれ」

「油揚げの巾着を作っていたんです。白月様たちが起きたら、つまめるようにって！」

白月が怒りを中途半端な状態で止めた。

しばらく、獣姿のときのように不快げにぐるぐると喉を鳴らしていたが、雪緒の手から盆を取り上げると、その場にどかりと座りこむ。

狐尾が「おまえも早く座れよ」というように忙《せわ》しなく動いていたので、雪緒も隣に腰をおろした。

「……役に立たん小僧どもめ」

白月は、雪緒の頭の上と肩で眠る子狐二匹を冷たい目で見た。そんなひどいことを言いながらも起こそうとしないあたり、なんだかんだで子狐たちに甘い。

「このお屋敷、怪しいことが多すぎます。お狐様の数も多いし」

雪緒は先ほどの出来事を頭に思い浮かべながら、ぼやいた。

「狐の屋敷だぞ、多くて当然だろ」

白月はかわいくないことを言うと、包みを開いて油揚げの巾着を食べ始めた。

「おまえ様な、勝手に……、そばを……離れるな。心配……するだろ」

もぐもぐしながらの言葉でなければ格好よかったのに。

雪緒は微妙な目を白月に向け、それから、ふっと息をついた。

(ひなかの眼、太陽みたいに縁側をあたためているなあ)

監視されていると思うと嫌だが――このぬくぬくとしたやわらかな光は快い。

いまも狐たちの隠れ森に閉じこめられたままでなんの問題も解決しておらず、焦らねばならない状況なのに、予期せず休息の時間がもたらされたような、ふしぎな感覚に陥る。息切れして、ふと立ち止まってしまったときの、妙に落ち着いた気分に似ている。

白月も同じような感じなのかもしれない。

大鷺兄弟との合戦で気力を使い、少々緊張がとけてしまったのだろう。いつもより狐尾がふんわかしている。

「いいか、俺はこんな……油揚げの巾着なんかでごまかされたり……しないぞ……」

「徳と慈悲を包んでいても？」

ふと子狐たちの話を思い出して、雪緒は冗談を言った。

こちらが肩の力を抜いていることに気づいてか、白月が食べる手を止めて、目を瞬かせた。

「……ばかな。……待て。まさか本当におまえ様、至宝の術を会得したか……？」

白月が、油揚げの巾着と雪緒を何度も順に見た。他愛ない冗談に乗ってくれたのが、胸がきゅっとなるほど嬉《うれ》しかった。

「私、油揚げ比丘尼《びくに》と名乗ろうかな」

「嘘だろう。まことに……？」

……ひょっとして本気で信じかけている？

お狐様ってなぜ、油揚げが絡むと急に理性が壊れるのだろう。

「いや俺は、おまえに各里を行脚などさせんぞ。油揚げの聖だとしたら、なおさら」

「冗談ですよ」

「だれにも油揚げを渡すものか。……違う、おまえ様をだれにも渡すものか」

白月が慌てて言い直す。

「だいたいおまえ様、大鷲のやつとずいぶん親しげにしていたじゃないか」

急に話が変わった。油揚げで蕩《とろ》けかけたのをごまかすためにお説教を始めようとしている。

「どこが親しげだったんですか。私、絹平様に拘束されていましたよね？」

なにを見ていたんだと雪緒は思った。

しかし白月のほうも、なに言ってるんだという顔をした。

「あいつの腕のなかにおさまっていただろうが。それにおまえ様、前にはあいつらの嫁になったことだって」

と、責める途中で白月が口を噤《つぐ》んだ。眉間《みけん》に、表現しがたい皺《しわ》が寄っている。

大鷺兄弟の妻になったのは、幻の世でのことだ。そこでの体験については、軽はずみに触れられないような空気ができあがっている。

「……宵丸の野郎とも、なんだか奇妙なことになっているだろ」

「……白月様も、宵丸さんとなにかありましたか？」

雪緒たちは互いに探り合った。

自分たちは油揚げの巾着を挟んでなにをやっているのだろうと、雪緒は内心思った。

「雪緒はもっと警戒心を持て！」

白月は急に叫んだ。

雪緒の頭と肩にいる子狐たちが、びくっとする。

もしかして寝た振りをしているのかと思ったが、一瞬反射しただけのようだ。二匹はまたぷすぷすと鼻を鳴らし、深い眠りに入った。

「俺がどれほど注意しても、余計なものを見るし！　怪しい者にもほいほい近づくし！　相手を確かめずに戸を開けようともするし！」

「待ってください、最後の、相手を確かめずに戸を開けたことはさすがにないですよ！」

「あるだろうが！　俺は忘れておらんぞ。御前祭の少し前、夜中に安曇《あずみ》の野郎が屋敷に潜りこもうとしていたじゃないか。おまえ様は自らあいつを招こうとしていた。迂闊だぞ！」

「!?　なんの話ですか」

「宵丸なんか、番犬にもならん。俺がとっさに機転を利かせて追い払ってなきゃ、おまえはあの時点で食われている――いや、なんでもない」

白月は勢いをなくし、横を向いた。

雪緒は呆気《あっけ》に取られたあとで、そういえば、と記憶を掘り起こした。

諸事情で一時期、瑠璃茉莉《るりまつり》も見事な宵丸の屋敷に居候していたことがある。撫子御前祭《なでしこごぜんさい》の始まるあたりだ。

ある夜、白月が星啼文庫《せいていぶんこ》という古《いにしえ》の精霊の羽根を持って現れた。霊薬や禁術用の札の材料にもなる貴重な羽根だから渡しに来たと。確か、土間で翌日の食事の仕込みをしているときだった。当時の雪緒は喜んだが、その話をいま冷静に振り返ると、違和感がすごい。

〈くすりや〉の見世にやってくるならわかるが、雪緒が寝泊まりしていたのは宵丸の屋敷だ。そこにわざわざ白月本人が夜中、足を運ぶ。貴重といっても腐る類いのものでもないので、状況が落ち着いてから届けに来ても問題はないだろうに。

（その違和感とはべつに、なんか引っかかったことがあったはずだ）

記憶を必死にたぐり寄せて、雪緒は、あっと思った。

最初に、とんと土間の木戸が叩かれたはずだ。

その瞬間、なぜか声を出してはいけないと感じた。少し経《た》って、今度は白月の声が聞こえたので、安心して戸を開けた。白月は両手に星啼文庫の羽根を抱えていた。

手が塞《ふさ》がっていたのに、どうやって最初に戸を叩いたのか。

雪緒の質問に、白月は狐尾で叩いたのだと答えていたが――。

「……最初に来ていたのは、もしかして安曇さんだったのですか？」

「さあ」

とぼけられたが、これは間違いないだろう。

安曇は以前、雪緒を罠《わな》にかけようとして失敗したのち、宵丸に拷問を受けた。それが理由で宵丸を恐れていたが、しかし、あのときは例外だったのではないか。というのも、当時の宵丸は調子を崩していた。彼の不調時を狙って襲いにきたのだとしたら。

白月は、里全体に起きた変事が原因で雪緒が民に襲われることを危惧して、見回りに来ていたのではないだろうか。

（そんな前から狙われていたの、私……）

雪緒は今更ながら戦慄《せんりつ》した。九月よりもっと前から。

自分が知らないだけで、白月や宵丸に助けられていたことがほかにも多々ありそうだ。安曇以外からも守っていてくれたりとか。いや、薄々察してはいたが、本当にそうだったとは。

「ああー……、ああ……ああ」

雪緒は呻いた。

「なんの呪詛《じゅそ》だ。俺を呪う気か？」

白月が身を引き、失礼な発言をする。

「んもう！　怪って、本当にもう……もう！」

素直に礼が言えない！

「いいですよ、私いずれ油揚げ聖になりますから！　徳だろうが慈愛だろうがなんでも詰めてみせます、世の木々の葉だって全部油揚げに変えてやる！　油揚げの楽園を作りますとも、えぇ！」

「え……、なんだいきなり」

息巻く雪緒に怯《おび》えているくせに、少し嬉しげなのが憎らしい。そんなに油揚げが好きなのか。

「どうしてお狐様は油揚げを前にすると、理性と知性が空に飛び立ってしまうんでしょうね」

「おい、狐を侮辱するんじゃない」

「白狐一族以外の、ほかの一族の方々もなんでしょうか？　頭の白月様の影響で？」

「聞けよ、雪緒め」

「そもそも狐一族って、血族でわかれているんですか？　それとも毛並みの色？　妖力で？」

「ふふん、人にわかるもんかよ」

教えてくれないんだ。

「俺だって調べぬ限り、正確には知らんのに。本能で決めればいいんだ」

「どういうことですか。適当すぎませんか」

「なら聞くが、人間は、相手を一瞥しただけであいつはあそこの一族のやつだ、こいつはそこの一族のやつだと正確に判別がつくのか？　あの野郎は向こうの一族に婿入りしたけれどその子どもはべつの一族に嫁いだから同門ではなくなったと、ぱっとわかるのか」

……ああ言えばこう言う！

でも、正論に聞こえるので言い返せない。

「こいつは兄弟として生じたが、妖力が近すぎる、あるいは違いすぎる、という理由で属するところが離れることがある。同じモノから生じればおよそ血族扱いされるが、同時期に同条件で生じた場合でも兄弟扱いされるときがある。まったくべつの条件で生じたが、それでも互いの縁をつないだことで血族となることもある。血や妖力を分け与えたときも。逆に、罰されたことで一族から切り離されることもあるし。まあ、人よりは我ら怪、そこらへんに関しちゃ『混ざりやすい』という特性を持つから。色々なんだ」

白月はなんだかんだで説明してくれたが、これは理解が難しそうだ。追求すればするほど深みにはまる予感がしたので、雪緒はそれ以上の質問をあきらめた。

「いやいや、ごまかすなよ雪緒……。絹平のやつとなにを話したんだ」

白月が眉間に力の入った顔で雪緒を睨む。話を戻されてしまった。

「本当になにもないですよ。……白月様、やけに絹平様を気にされますが、仲良しですか」

「なんってであんな色魔と俺が仲良しなんだ！」

思った以上の強い反応をされて、雪緒はびっくりした。

「ああ、あいつの背を眺めて、いい教訓になったとも。俺は絶対にふしだらな真似はすまいと誓った。至る地に楼を建てるのはかまわないさ、鬼どもだけでは伝え切れぬ技芸を郷にもたらす、それがあいつらの役目だしな。だが、無知な妖怪どもに色事まで浸透させた罪は重いぞ、ばかものどもめ……」

白月が呪わしげにぶつぶつとつぶやき始める。

「……あの、白月様。ひょっとして絹平様とかなり親交がある？」

問うと、白月が口を閉ざした。狐耳がぴんと立っている。

「いまのお話を聞くと、絹平様は昔、白月様のなにかの師でもあったとか？」

白月が、無言で巾着を食べた。無視したいらしいが、雪緒は気になった。

「白月様は、古い怪でいらっしゃるんですよね。その白月様よりも、絹平様たちはもっと古いのですか？」

「……。…………。俺はもう、雪緒は欺《あざむ》かぬと決め……、なんでそう決めてしまった、浅慮だぞ。いや、いい。……答えてやる。やるとも。俺は誠実狐。真実をうたう狐なんだ」

なんだか恨みのこもった声で言われた。

「無理せずとも……大丈夫ですから」

「無理などしておらん！　そうとも俺は古い怪だ。だがな！　……おのれ。……おのれ！　最初の数百年は、野狐に等しい知性の皆無な……あれだ、……ただの狂ったけだもの……悪鬼のようなものとして生きていたかもしれず……」

唸りながらもひどく嫌そうに白月が自分の過去を口にした。

雪緒は本当に驚いた。

「俺に、衣をまとうことを教えたのが…………、絹平だな」

答えるまでの沈黙が長かったが、この話にも雪緒は驚愕《きょうがく》した。

（衣を着ること……。それは、人のように生きること、知性を与えたと同義じゃないだろうか）

食事に器を使うこと、靴をはくこと、髪をとかすこと。汚れた食器を洗い、着物も替え、爪を整え、法を知り、従い、書を読み、理解し、ものを作り、至ることの原理を覚え――それらすべてが含まれるのではないか。

雪緒の考えを肯定するように、白月が続きを話す。

「人は、裸を恥じるな？　なぜ羞恥《しゅうち》を覚えるのか、いや、それをなぜ羞恥と捉えるのか、怪はまずそこから学ばなければいけない。――果たして、それを人のように、当たり前に恥と感じる怪が、現在であってもまことに存在するだろうか？　それでも知恵なら、身につけられる」

白月は観念した様子で、狐尾をふさふさとゆらした。

「あいつらは、最も古いとされるイサナよりは新しいだろう。が、いつの者なのかは正確には知らん。あの大鷺どもが背負う役目とやらの中身も、詳しくは知らん。あれが気まぐれにこぼした言葉をつなぎ合わせて、たぶんそうなのだろうと俺が解釈しているだけだ」

白月は難しい表情で語った。

「大鷺どものような、ほかと違う妖怪が、郷にはちらほら紛れている。数は少ないだろうが」

現統治者の白月でも、十六夜郷《いざよいごう》の前途を決めかねない重要な仕組みを全部把握してはいないようだ。長寿の多い怪の感覚で言えば、白月は御館の座に至ってまだ間もないほうに区分される。目の届かないところがあってもしかたがない。

「それで俺は、しばらくあいつの楼ですごした。……これは人間が想像する妓楼とはかなり異なるだろうと、強調しておくぞ。俺はふしだらじゃない。学ぶことは多かったが、決して不品行では」

「は、はい」

「あの三兄弟の一人を俺は袖にしたことがある」

「はい——えっ？」

「おのれ。もういい。迷惑なやつらなんだ。雪緒もう、あまり関わるな。わかったな？」

もっと聞きたいが、こわい顔で言い聞かせられてしまった。

しかし、今回の騒ぎには絡まなくとも、有意義な話ではあった。

白月が時に妖しい振る舞いを見せるのは、ひとえに狐の習性というだけではなくて、楼で培った知識や経験が関係しているようだ。

考えてみれば、祖の化け狐が一応は『親』となるだろうが、白月を育ててはいない。

雪緒の身でたとえるなら、白月にとって大鷺兄弟は、設楽の翁のような存在だったのかもしれない。とはいえ、怪と人では成長の仕方も異なるから、この推測も見当違いの可能性が十二分にある。

「……余計な話をしすぎた」

白月が片手で顔を押さえた。後悔をしているというよりは、恥ずかしがっているらしい。

そういう感情を植えつけたのももしかしたら大鷺兄弟なのかと思えば、わずかに嫉妬《しっと》のようなものが心のなかに湧《わ》き上がる。いや、これは抱いてはならない感情だ。雪緒はすぐさま切り捨てた。

「これを食い終わったら、新たな屋敷へ移る」

白月は落ち着きを取り戻し、抑揚のない声で言った。

穏やかな休息の時はこれで終わりのようだ。

今後、白月とこういう穏やかな時間をふたたびすごせる日が来るのだろうかと考え、雪緒は目を伏せた。

◎肆・御加護につつみ　まほろばへ

――招かれざる客どもの訪れは、まだ終わらない。

白狐《びゃっこ》は、雪緒《ゆきお》を背に乗せて新たな屋敷へ移った。

そちらの建物もふしぎに満ちている。室内にいても絶えず雨音が響く構造だ。だが、実際には雨など降っていない。

白月《しろつき》はいままで以上に雪緒のそばを離れなくなった。人の形ではなく獣形を取り続けるのは、その姿のほうがなにかと動きやすいからだろう。浴場までついてこようとしたのはさすがに叱《しか》ったが。

だが、どんなに戸を閉め切って招かれざる客を厳戒しても、彼らは――虫は、ほんのわずかな隙間《すきま》さえあれば、するりと家のなかに潜りこむ。玄人《くろうと》の空き巣も唸《うな》る腕前だ。

次に現れた客は、由良《ゆら》だった。

出現のきっかけは、座敷で子狐たちと双六《すごろく》遊びに興じていた雪緒が、ぬるくなったお茶を淹《い》れ直そうと立ち上がった際、自身の袴《はかま》の裾《すそ》を踏んでしまったことだ。

軽くよろめいたあとで、ひとつ息を吐き、ふと視線を巡らせば、それでもうあたりの眺めは様変わり。

雪緒は、ふかしぎな盆踊りの場に立っていた。

「ここは……」

目の前には、たくさんの提灯《ちょうちん》を取りつけたやぐらがある。様々な絵馬や鈴で飾り立てられた木枠の中央には、巨岩が置かれている。

その巨岩にはフジツボのようにお面がびっしりと張られていた。過剰なほどの数で、ほとんど重なっているものもあった。面の種類はひょっとこやおかめ、老翁《ろうおう》など様々だ。神岩というには少々不気味な有様に思えた。

ぼやっとした明かりに照らされるやぐらの周囲には、陽気に踊る者の行列があった。

ところがこれも奇妙な集団だった。全員が鹿《しか》の顔を持つ獣人の怪《かい》なのだが、法被《はっぴ》ではなく十《じゅう》二単《にひとえ》や束帯、狩衣《かりぎぬ》、水干などの畏《かしこ》まった格好で踊っている。

踊る彼らの持つ扇や団扇《うちわ》から、ちらちらと淡く輝く花びらが流れていた。しかしいずれの者たちも驚くほどに小さかった。せいぜい六寸ほどだろうか。

奇異な眺めに雪緒が視線をさまよわせていると、巨岩のお面のひとつと目が合った。赤い狗《いぬ》の面だった。

「おい、ぼけな……、そこの女、ソレを受け取れ」

聞き覚えのある声で命じられ、雪緒はとっさに反応した。

「いま、ぼけなすって言おうとしたでしょう、由良さん！」

この声は間違いなく由良だ。

先の招かれざる客たちのように、獣や人の形は取らないのか。

「うるせえ、空耳だろ！　いや待て、勘違いするな、俺《おれ》は由良じゃねえ」

「由良さんまで、客の一人としてお狐様の隠れ森に来られるとは思いませんでした」

雪緒は腕を組み、しみじみと言った。

「あ？　多少なりともおまえに縁のある者が客に選ばれただけで……いや、だから由良じゃねえって言ってんだろ。俺の正体なんぞどうでもいいから、早くソレを受け取れよ」

赤い狗の面が髭《ひげ》を忙《せわ》しなく動かして、苛立《いらだ》たしげに催促する。

このお面も、いつかの狐面のように使用者の心情を反映して表情が変化するらしい。

「ソレって」

「やぐらにかかってんだろが。……黒の駒《こま》だ」

雪緒は、やぐら全体を眺めた。

やぐらの木枠にはたくさんの絵馬が飾られているが、黒く塗られているものはひとつもない。

くだんの駒はすぐに見つかった。畑を耕す鹿の怪の姿が描かれている。彼らが汗水流して鋤《す》き起こした畑からは、芽ではなく、蟹《かに》や海老《えび》、蛸《たこ》などの水生の群れが飛び出てきた。

これまでに見た駒の図は、どれも生きているかのように動く。

今回も駒の受け取りを拒否しようとして、雪緒は逡巡《しゅんじゅん》した。

白月をそろそろ本格的に怒らせるつもりなら、ここらで彼の忠告を無視するのもひとつの手だ。が、駒の受け取りだけではいささか弱い。

もっとガツンと一撃で決まるような方法で怒らせたい。

「……なあ雪緒、御館《みたち》に従っているってことは、やっぱり白桜ヶ里《しろざくらがさと》には入りたくないのか」

悩む雪緒に、赤い狗の面が少しばかり寂しげな響きを乗せて言った。

「まあ、そりゃそうだよな。いまも白桜は不浄の地のままだ。脆《もろ》い人の子が入りたがるわけがねえ。……だが、あれでも以前は、どこよりも香《かぐわ》しく優れた里だと称されていたんだ」

「あっ、いえ！　白桜はよい里だと思います。紅椿ヶ里《あかつばきがさと》の高台から、花咲く里の様子が遠くに見えるんですよ。郷で一番の、花香る優美な里ですよね」

雪緒は慌てて持ち上げた。

紅椿ヶ里と隣接する白桜ヶ里は、由良の故郷だ。思い入れもじゅうぶんな美しい地が他人から敬遠される状況に置かれている。彼にとってはやるせないことだろう。

「無理しなくていいさ。……俺は、自分が女鬼を娶《めと》る形で綾槿ヶ里《あやむくげがさと》に入りゃ、少なくともあんたに関しては最悪の状況を免れるだろうと思ったんだ。あんたにはいくつか恩がある。できる限りの厄は取り除いてやろうと」

うっと雪緒は両手で胸を押さえた。

由良という男は、怪にしては珍しいほどに性情がまっすぐで、誠実だ。恩人と思った相手には仔犬《こいぬ》のように素直に懐くし、惜しみなく好意も返してくれる。口はたいそう悪いけれども。

（直情的な怪だからこそ、恨《うら》みを抱けば、それを見て見ぬふりができないっていう危うい面もある）

今回に限っては美点が欠点に変わり、問題をより複雑にもしていた。

だが、本人にも自覚があって、その上で感情を制御できないでいる。余計な発言をすれば、彼をなおさら追い詰めてしまう。

「あんたはいま、厄介な立場になっているんだ」

「……はい」

「ただの無力な人の子のままならよかったが、御館の元嫁で、禁術を操れて、鬼を制御できて、おまけに純血の人間……」

他人の口からそれを聞くと、自分がなんだか大物にでもなったような気がしてくるが、錯覚だ。

「そういう面倒な条件が重なったせいで、あんたはこれから、すべての里の穢《けが》れを巻き取る大天神として祭り上げられるかもしれぬところまできている。もっと言うなら、あんたの穢れへの耐性如何《いかん》では、ほかの郷への貸与の恐れだってあるぞ」

「……えっ、なんですかそれ」

雪緒は顔を歪《ゆが》めた。

隠れ森に連行される少し前に、綾槿ヶ里の古老たちから、今後は浄化道具扱いをされるかもしれぬという懸念をちらりと聞かされたが、大天神とは。

それに、ほかの郷への貸し出し？　天神を？

(想像できる……、たぶんそんな提案を真っ先にしたのは、紅椿ヶ里の有翼の古老たちなんだろうなあ)

雪緒はなぜか、翼持つ種族の怪から疎まれることが多い。きっと相性が悪いのだろう。四つ足で地を駆けるもの、水の性質を持つ精霊の類《たぐ》いとは比較的友好関係を築けるのだが。

「早いか遅いかの問題で、あんたが穢れを多く抱える里のいずれかに封ぜられるのはもう間違いない。候補は、白桜に綾槿に梅嵐《うめあらし》だ」

「……ですね」

「そのなかで選ぶなら、たとえ穢れが最も強かろうと、白桜がいい」

由良は断言した。

「俺の故郷だ。あそこにはまだ、俺の兄弟だって残っている。あんたが長となれば、命懸けで守ってくれるだろう。俺のほうも、鬼と手を結んで綾槿の長となれば、いつでもあんたに援助ができる」

雪緒は、ぐうっと唸り、両手で自分を抱きしめた。

(この鵺《ぬえ》様ったら、本当に素直で優しい怪なんだよなあ！)

もしかしたら、数々の知り合いのなかで彼だけではないだろうか。なんの裏もなくこちらの身を案じて手を差し伸べてくれているのは。

「おい、こっちが真剣に話しているというのに、さっきからなんでわさわさと不気味な動きをしてやがる。狐にでも憑《つ》かれてんのか？」

赤狗の面が冷ややかに雪緒を詰《なじ》る。

この口の悪ささえなければ！

「でも、由良さんは、それで平気なんですか。……鬼様を嫁取りするなんて。結婚は、怪にとっても今後を大きく左右する重要な出来事じゃないですか」

「かまわねえ。というより、そこはあんたと持ちつ持たれつだ」

由良の声音がわずかにやわらぐ。

「あんたが鬼どもに一言添えてくれたら、すぐに食われることはねえだろ。俺が綾槿の頂に立つことは、他里の長《おさ》たちの推薦でもあるんだ」

「……それは」

雪緒は口ごもった。

それは、他里の長たちにとって……十六夜郷《いざよいごう》にとって、色々な意味で都合がいいからだ。

「いや、わかってるぞ。そんな不細工な顔をされんでも」

「ちょっと！」

「ほかのやつらに、俺が利用されているってのは、ちゃんと把握しているんだ」

雪緒は両手をにぎったり開いたりして、葛藤《かっとう》をやりすごした。

把握しているならなお、放っておけない。そういう軽い扱いが、知らないあいだに心に深い傷を与えることを、雪緒は知っている。

「このままだと俺は恨みに吞《の》まれて堕《お》ちる。俺が堕ちれば、兄弟たちも共鳴して堕ちる。もしかしたら、白桜の生き残りの民も同じ道を辿《たど》るかもな。そうなれば、他里にも害を及ぼすかもしれない。危険な存在だ」

「そんなの」

「浄化道具のあんたを俺のそばに置いて、神使の鬼のもとに隔離すれば安心だ、と考えるやつらがいるんだろ」

赤狗の面が、淡々とした声を聞かせる。

「……そこまでわかっているのに?」

「ああ。もう俺の望みは決まっているんだ。白桜の浄化と、あんたを救うこと。生き残った兄弟たちの安寧。これが叶《かな》えば、俺も堕ちずにすむ。あとは、できれば死んだ民たちの御霊《みたま》を送り出してやりてえが」

切実な願いは、雪緒の抱いた憤りを淡雪のように溶かしてしまう。

「だれに利用されていようが、俺自身の望みに沿っているなら、べつにかまわない」

雪緒は軽く足踏みすることで、身の内から湧き上がる衝動をこらえた。

こういう清廉な者もいるから、怪全体を憎み切れない。最後の最後でほだされ、振り向いてしまう。

「……私も、もうそろそろ、ここを出る予定です」

溜《た》め息ののちに、雪緒は白状した。

「あ？　そうなのか？」

「私の望みは、白月様の世の平穏です。そのためなら、なんでもします」

「御館のために？」

「お狐様の陣地たる隠れ森に居続けたって、状況は悪化するだけです。私の安全は守られるでしょうが、白月様の徳には結びつかない。でも、いまの白月様は、矛盾した行動を取られています。目を覚ましてもらいたいので、機を見て、出るつもりです」

「……なんかおまえたち、難儀なことになっていないか？」

赤狗の面が案じるような声を聞かせる。

「俺が言うなと思われるかもしれんが……、仮に善意であろうとあんたのその行動は、まず御館の怒りを買うだろう。だから、あんたはなにもするな。あくまでも俺たちがあんたを無理に外へ出すというていで進めねば――」

「いいえ」

雪緒は少し笑った。

「それではだめなんです。どちらにしても白月様は怒るんですよ。皆さんが私を脱出させても、私自身の意思で脱出しても。なら、より怒りを深めてもらえる手段のほうがいいんです」

「おい待て。どういうことだ」

赤狗の面が慌てたように尋ねたときだ。

そのお面の本体ともいうべき巨岩が、突然、ぴしっと音を立て、縦に割れた。こちらの会話を気にせずに周囲で踊り続けていた小さな怪たちの姿も、竹のように縦に割れる。

「何度も、何度も、小賢しい……!!」

怒りに満ちた白月の声が、天を切り裂く雷のごとくこの場に轟《とどろ》いた。

はっと瞬《まばた》きをすれば、雪緒はもうもとの座敷に戻っていた。

目の前に転がっている双六の賽《さい》が二つに割れていた。

その横に、潰《つぶ》れた蜻蛉《かげろう》の死骸《しがい》も転がっていた。

❀

「ああ、次だ。次の屋敷へ。我らの隠れ家が次々と虫けらどもに穢される！　呪《のろ》わしいったらない!!」

白月は、人の形を取ると、自身の羽織りを雪緒の肩にかけた。

右往左往する子狐たちを無視して、雪緒の腕を引っ張りながらいらいらと足早に進む。座敷を出て、縁側を突っ切り、履物に目もくれず庭へ下りる。

「隠すほどに人の子に執心しているのだと、これほど俺がわかりやすく態度で示しているのに、なぜ手を出してくる。俺ごとき御するのも容易《たやす》いと侮るか。生贄《いけにえ》が必要なら、ほかの人の子を攫《さら》えばよかろうに！　ああそうか、郷の人どもを攫い尽くして、不実な怪どもの前に生首を積み上げてやればわかってくれるのか！」

恨《うら》みを吐き散らして先を行くいまの白月に、付き従う雪緒を気にかける余裕はなかった。

雪緒は転ばぬよう注意し、足を動かした。

足元ばかりに意識を向けていたせいで、肩にかけただけの羽織りがずり落ちたことにすぐには気づけなかった。あっと焦ったときには、ばさっと音を立てて地に落ちていた。その衝撃に驚いたように、地に止まっていた虫が飛翔《ひしょう》する。蜻蛉だった。

見下ろした直後、雪緒の視野はぐるんと一回転した。

よろめいて、目を瞬かせれば、すでに景色はべつのものだ。

「――目がちかちかする」

雪緒は、ふしぎな世界に立っていた。

目の前には、縁側のある小さな家屋がひとつ。周囲は森。

ただし、すべてが鞠《まり》のように色鮮やかな文様を持つ折り紙で作られている。木々の枝で羽を休める小鳥も折り紙製だし、ふらふらと舞う蝶《ちょう》も。家屋も木々もなにもかも。地面にも、文様入りの折り紙が落葉のように敷き詰められている。

あからさまな作り物の世界だが、完成度が高い。細かい箇所まで凝っている。足元を這《は》う百足《むかで》も当然、折り紙製だ。とことこと歩く虎《とら》も同じ。どちらも手のひらに載せられるほどの大きさしかない。

「……えっ、待って、なんで虎と百足の組み合わせなの？」

驚いたあとで、雪緒はまじまじと折り紙製のモノたちを見た。

蝶に百足、虎。

(折り紙製の虫や虎を、どこかで見た覚えがある)

すると、雪緒の心の声が聞こえたかのように、地を這う百足や虎がぴたっと止まってこちらを向いた。

小さな虎は、雪緒の前まで歩み寄ると、猫のようにかわいらしくお座りした。

「暁星《ぎょうせい》の子よ」

重々しい口調で呼ばれた。折り紙なのに、会話できるのか。

「私のこと……ですか」

戸惑いながら自分を指差して聞き返すと、虎はうなずいた。

「そうだ。雪緒は三雲《みくも》の星だからな。こんにちは」

「はいご丁寧にこんにちは鬼様！　堂々と名乗って大丈夫ですか⁉」

三雲の天然挨拶《あいさつ》っぷりに唖然《あぜん》とし、雪緒は緊張を忘れて突っこんだ。

（まさかの鬼様までお狐様の隠れ森にやってくる？　もしかして由良さんはすでに、鬼様方と接触していた？　それとも鬼様の独断行動？）

三雲と名乗った虎は、雪緒の指摘に、あっしまった、と慌てた様子で折り紙製の胴体を膨らませた。隣の百足が、「んもう、こやつ……！」と叱るように、自身の細長い胴で、ばしっと虎の背を叩《たた》く。

「……。こっちの百足様の正体は耶花《やか》さんでしょう‼　そうでしょう⁉」

雪緒は叫んだ。

すっかり思い出した。先月の騒動の関係で、鬼里《おにざと》にしばらく厄介になったとき、三雲が虎を、耶花が百足を作っていたのだ。ちなみに、蝶を完成させたのは自分だ。

「いまは三雲であって三雲でない者なんだ。追及するな。だが雪緒には、別人だと誤解されたくない気持ちもある。困った」

はにかんでいるのがわかるような返答に、雪緒は「乙女《おとめ》か！」と、心のなかで呻《うめ》いた。

女人の自分より慎ましやかで健気《けなげ》な態度だが、正体は泣く子も黙る恐怖の鬼様だ。

「おい雪緒。こんにちは」

と、不遜《ふそん》な態度で話しかけてきたのは百足だ。

「なんですか耶花さん。こんにちは」

「ああ。私もまた私であって私では……、や、いい、いい。面倒だからもう耶花でけっこうだ」

百足が妙に人間臭く、ふうと溜め息を落とす。

ものぐさ鬼様め。

「今月の赤天女祭が滞っている。いつまでも油を売っていないで、早く狐の匣《はこ》から出てこい」

さすがは独自の理念のもとで生きる鬼、ほかの客たちとは違って言葉を濁さず、実に明快に現状を伝えてくれる。が、明快すぎて、雪緒はむしろ戸惑った。

「今月開催のお祭りって、ゆき祭と豊嘗祭《とよなめさい》、しづる祭などではなかったですか？」

ゆき祭とは、雪の意ではない。斎《いみ》と酒の意だ。また、由貴の意にもかかる。簡単にいうと神《み》酒《き》を供進する祭りである。

豊嘗祭……とよなめ祭は、秋を代表する穀物祭のひとつ。嘗は、『贄』……『にえ』とも読む。たくさんの穀物を捧げよという祭り。しづる祭は、鶴《つる》に関わる祭りではなくて、蔓《つる》細工の祭りのこと。カゴ祭りともいう。製作にはあけび蔓が一番使われる。

基本的にしづる祭は、先にあげた二種の祭事と組み合わせて執り行われる。あけび蔓の籠《かご》に、各供物を載せるのだ。あけびは縁起物とされている。

「赤天女ってなんですか？」

雪緒は頭のなかの文献を一通り確認したあとで尋ねた。

その名称の祭りは、聞いた覚えがない。

(十中八九、隠祭で間違いないだろうけれど)

だとしたら、雪緒が知らずともしかたのないことだ。

隠祭は、その中身も存在も一般の民には告知されない。各里の長、郷長、あるいは彼らの指名を受けた祭主が表向きの祭りとはまたべつに、密《ひそ》かに取り仕切る。

「赤天女を知らんとは、どういうことだ？」

紙製ながらも本物の虫のごとくぬるぬると滑らかに動く百足に、雪緒は逆に聞き返された。

こちらの無知を蔑《さげす》む声色ではなかったが、そんな常識的な事柄をなぜいまさら問う必要があるのか、という戸惑いが透けて見える。祭りの内容はともかくも、「赤天女」という名称に関してはだれでも知っているだろうと。雪緒も少しばかり困惑した。自分がただ物知らずというだけなのか、それともこれはあくまで鬼の内輪で語り継がれる話なのか。

「耶花、赤天女とは古い呼称だ。いまの若い者どもは、もうそんな呼び方はしないんだろう」

虎が横から口を挟む。

「そうなのか？　……最近の者は、面妖《めんよう》な新しい言葉ばかりを好んで使いたがる」

ふん、と百足が鼻白む。いつかの白月みたいな面倒臭いことを言っている。

「言霊《ことだま》だとて生き物だ。黴《かび》の生えた古くさい衣より、目新しい衣のほうをまといたがってもふしぎはないさ」

弟鬼に宥《なだ》められた姉鬼は、だが受け入れがたいというように、わかりやすくそっぽを向いた。

弟鬼……虎が、頑固者の姉を微笑《ほほえ》ましく見遣《みや》ったのち、雪緒を仰ぐ。

「赤とんぼのことだぞ、雪緒」

「そうですか」

雪緒はふうんとうなずき、片手を口に当てた。

なるほど、とんぼの細長い翅《はね》を天女の羽衣に見立てたらしい。なかなか粋な呼び方だ。

「とすると……風雅な祭りなんでしょうね。具体的に、なにをするんですか？」

ちょっと気をよくして尋ねながら、雪緒は蛍狩りに通じるような、雅やかな行事だろうかと当たりをつけた。郷愁を呼び起こすような風情のある眺めも脳裏に描く。

秋の垂り穂に休む赤とんぼ。谷の奥の渓流へと冠羽も見事な麗しの山翡翠《やませみ》が渡れば、小さな天女たちもまたそよ風とともに水田に飛来する。ささめく稲穂は西日を浴びて、蕩《とろ》けた金のように輝く。山を背にした光の大地の豊かさをそこに見る。宙を滑る翅の羽衣も夕映えの色に染まり、さぞ美しいことだろう――。

「赤天女をぶっ叩く祭りだ」

「なんですって？」

――郷愁も趣も霧散させる率直な虎の返事に、幻の景色に陶然としかけていた雪緒は目を剥《む》いた。

「鈍間《のろま》な赤天女どもをぶっ叩いて目覚めさせ、怒らせて、追い払う」

「どうしてそうなりました？　手のひらを返したように野蛮に走る必要がありますか？」

至って真面目《まじめ》に説明されたので、雪緒もまた大真面目に聞き返した。

「あいつらは、激しく怒らせないと、身が赤く染まらないだろ？」

「世の真理のようにおっしゃっても素直に納得なんかしませんからね。本当どういうことなんです」

「どうと言われても」

「赤とんぼは、赤とんぼじゃないですか！　もともとが赤い存在じゃないですか。怒らせたからって身が赤く染まるわけじゃないでしょう」

雪緒の反論に、虎が紙の尾をゆるりと振る。

「知らないのか？　とんぼは、生まれたときは透明なんだ。色無しだ」

「な、なんですって」

「秋のとんぼは腰が重くて、そうそう簡単に赤くならないんだぞ。しっかり怒らせ、恐怖させないといけない」

「……騙《だま》されませんよ！」

これだから、ふしぎ世界の住民は！

「だいたい、赤く染めたいというなら、ほかにも穏便な方法があるはずです」

「……虫けらどもを蹂躪《じゅうりん》して血を流せとでも？」

紙製の虎が、いぶかしげに尾をゆらす。

雪緒は、違うと片手を突き出した。

「より野蛮な方向にいかないでください。そうじゃなくてもっと……、たとえば、照れさせて紅潮させるとか！ ……真《ま》っ赤《か》な塗料をとんぼにぶちまけてみるとか！」

塗料をぶちまけることだってじゅうぶん野蛮では、と耶花が小声で口を挟んだが、無視する。

「照れさせる？ 虫けらどもをか？ 三雲には虫を口説《くど》く趣味などないぞ」

虎が心外だと言いたげに首を横に振る。

「私にもありませんけど!?」

反論してから、雪緒は気を取り直した。

（いけない、彼らの雰囲気に呑まれては。ふしぎはふしぎ。ふしぎはふしぎ……）

理性を守る万能の呪文《じゅもん》を唱え、話の軌道を戻す。

「……その、赤天女祭がいま、郷では滞っている状態なんですね？」

「そうだ。といっても、火急と騒ぐほどに差し迫っているわけでもないが。赤天女祭の開催は、この日とは明確に定められてはいない。今月の十日を迎えるまでにすませればよし」

虎が訥々《とつとつ》と説明する。

ものぐさな女鬼の百足のほうは、雪緒の足元で、気ままにもぞもぞと蠢《うごめ》いている。

雪緒は相槌《あいづち》を打ちながらも密かに考えこんだ。

（いまの話だと、外界ではまだ十日を迎えていないのでは？）

その日数以上をとっくに隠れ森ですごしている気がするが、やはりここは外界と時間の流れが違うのだろう。

時間のズレは、雪緒に妙な座りの悪さと軽い酩酊《めいてい》感をもたらす。胸がざわめく。自分がここでは……この世界では『異物』であるという事実を、魂が感じ取っているみたいだ。

「ほかの祭りも、だいたいが中旬以降だ。十月の初旬は、やはりなあ。神のおらぬ月だもの、皆、はじめのうちは息を潜めて忍び足にもなるだろうよ」

と、一人遊びに飽いたらしき百足が、ぬるりとした動きで雪緒を軸に一周し、言った。

「いまから里に戻れば、慌ただしくはあるだろうが、どの祭りにも間に合うだろう。が、身勝手な癇癪《かんしゃく》を起こして巣穴に引きこもってくれた御館に、懇々《こんこん》と道理を説いてもな。あのひねくれ者が他者の諫言《かんげん》を素直に聞き入れるものか」

「それで外堀から……私から攻めてみたのですね」

雪緒が話の先を引き取り、笑いかけると、百足はさざ波のように足を動かした。

「おまえにちょっかいを出せば、あれは動くだろ。なにしろ我が弟を憎み抜いている。……でも御館が完全に腑抜《ふぬ》けと化したなら、我らは遠慮せず雪緒を攫っていくつもりでいるが」

「耶花さん、もう少し言葉を選んでくださってもいいんですよ……」

「私はもう雪緒なんか、食ったほうがいいと思うのに、三雲がうるさいんだ」

「本音をぜひ分厚い半纏《はんてん》で包み隠してくれませんか」

「文句が多い。……雪緒だって本心では、私の弟に嫁ぐことが正解だとわかっているだろ」

説教が始まってしまった。

すぐ年上ぶる、と白月を詰っていた宵丸《よいまる》の気持ちがよくわかる。

「迷惑そうな顔をするな。おまえたちが事態を複雑にしてくれたせいで、私までもなぜか婿取りするはめになったじゃないか。だったら、ついでにおまえたちも祝言を挙げればよい」

「知っていますか。婚儀って、ついでで行うものではないんですよ――って、耶花さん、本当に婿を……鵺の由良さんの婿入りを歓迎されるんですか？」

雪緒は実のところ、一番の難関は耶花の意思だと危惧していた。白月にはあれこれと調子よく言ったが、果たして耶花が婿入りを認めてくれるだろうかと。

百足は、すぐには答えず、しばらく妙にうごうごと胴体をうねらせた。どういう感情の動きだろうと雪緒は悩んだ。

「……弟がな、私のように大様な者には、ああいう、些細《ささい》なことにまで口を出してきそうな小《こ》煩《うるさ》い男が合うだろうと」

「ん……？」

雪緒は、動きの激しい百足と、澄ましこむ虎を交互に見やった。

「なにより、雪緒と親しい者なら都合もよいだろう、とのたまう。私自身はまったくそう思わぬが」

ひどく億劫《おっくう》そうな調子で文句を落としているが、言い訳のようにしか聞こえない。

雪緒は目をぱちぱちさせ、あれれまあああ…あれあれ、と耶花の繊細な心のゆらめきを機敏に察した。自然と唇が綻《ほころ》ぶ。由良なら自信を持っておすすめできる。彼は善き男だ。

「……。雪緒の目つきが非常に不快だ。骨を噛《か》み砕かれたいのか？」

「鬼様も挨拶代わりのように脅す……。ですが種族的に、鵺様との婚礼に問題はないのですか？」

「ない。だれと添い遂げようが、鬼の血が薄まることもない」

そういうものなのか……？

雪緒は首を傾《かし》げたが、そういえば鬼の子って井戸から生まれるんだったかと思い出し、深く追及するのをやめた。

「我ら鬼衆、良きと思えば、しゃれこうべとだって結婚する」

「……あ、へえ〜！　愛は種族を超えますよね」

しゃれこうべが伴侶《はんりょ》って斬新だなあ、と雪緒は現実逃避した。種族云々の問題ではないという重要なところには目を瞑《つぶ》る。

「――しかし雪緒。おまえ、どこか奇妙だな。前と、違う」

百足が、ふと異質なものに気づいたように、雪緒をじっと見上げた。

「だれぞより強い呪いを浴びたか？」

「呪い？」

雪緒は焦った。

「……いや、これは……加護？　それにしては……」

百足の独白を聞き、雪緒は少しどきりとした。

加護。ひょっとしてその話は、宵丸の誓いと関係があるだろうか。

「確か私って、まだ三雲の祟《たた》りも受けているのでは？」

「それのことじゃない。……ううんよく見えぬ。借り物の体では、どうもはっきり見通せん」

懸念を乗せた声音を百足が聞かせたときだ。

「――まつろわぬ外道どもめ、四方山話《よもやまばなし》はそこまでだ」

怨みに満ちる声とともに、突如、紫色の毒々しい強風が雪緒たちを襲った。

地を埋め尽くしていた絢爛《けんらん》な折り紙が鳥の羽のように騒々しくはためく。家屋も木々も、はらはらと儚《はかな》く分解されていく。

――が、遙《はる》か彼方《かなた》へ吹き飛んでいくかと思われた折り紙は、急に重力を取り戻し、くるくると地を転がりながら、やっこさんやくす玉の形を作った。

そのやっこさんが、さらに化ける。赤に青に橙《だいだい》、紺、黄色と、芸者のように華やかな装束をまとった者たちの姿へ。ざんばら髪のかぶり物、腰には荒縄、腕や首には装身具。体躯《たいく》も立派な鬼衆だった。一抱えもある大太鼓を掲げ持つ鬼もいる。

（やっこさんとくす玉も、先月に鬼里で作っていたやつだ）

そう気づいて雪緒がくす玉に目をやれば、そちらは唐傘へと変化した。鬼たちは揃《そろ》いの動きで唐傘をすくい上げ、それをもって毒を含んだような紫色の強風を防いだ。

折り紙製の虎も、ここで真っ赤な着物に薄水色と黒の仁王襷《たすき》、蝶々結びの荒縄の腰帯、無造作に差した太刀《たち》、黒の革沓《かわぐつ》という出で立ちの、武神のような雄々しく美しい鬼へと化けた。吹き飛ばされかけた雪緒を腕のなかに庇《かば》い、やはり唐傘で強風を払う。

三雲、と小さく雪緒が呼べば、この武神のような鬼はすっと視線を落として、はにかんだ。髪と揃いの薄茶色の瞳《ひとみ》に、ちかりちかりと輝く恋の星が見えている。曇りはなく、咲き始めの春花のような初々しさだけがあった。

「……そう、おまえたちは必ず俺の隠れ森にやってくると思った」

恨みに嘲笑《ちょうしょう》も加えた声が、ふたたび降ってくる。

宙に、紫色の風がいくつも渦を作っていた。

その渦のひとつが像をなし、襤褸《ぼろ》切れのような紫色の単衣《ひとえ》や唐衣《からぎぬ》を着た大女の姿を作る。

（だれ!? これは、怪なの？）

その異常な姿に、雪緒は寒気を覚えた。

大女の乱れ髪は半分が抜け落ちている。ぎょろ目は黄ばみ、濁っている。白骨化した手足は大胆に折れ曲がっているし、下半身など蜘蛛《くも》のようだ。はだけた胸もはや乳房の形を持たず虚《うつ》ろに胸骨を覗《のぞ》かせている。口には、馬に装着させるようなハミが取りつけられていた。

――無情にも、地を這う不気味で哀《あわ》れな大女の背の上に、片手で手綱を引く男が乗っていた。怒りで目を赤く染めた白月だ。なびく羽織りは真っ黒で、血のように赤い楓《かえで》模様が描かれている。帯もまた、絞ればとろりと滴りそうな生臭い真紅の色をしていた。

「なんて酷《ひど》い男だろう」

そうつぶやいたのは、三雲の隣に並んだ女鬼の耶花だ。こちらは百足から化けている。

「目を見張るほどに美しく育つと評判の、海月《くらげ》の妖《あやかし》のなりをこうも歪めてまで我らの領域に飛びこむか」

「はは、俺はおまえどもを侮らん。鬼は曲者《くせもの》、水のように。なら、水の性質に合う妖の力なくては、鬼の領域へは渡れんだろうが！」

白月は牙《きば》をちらつかせて笑った。一見優男のようなのに、すごみのある笑顔と酷薄な眼差《まなざ》しがその優美な容姿を裏切っている。

「俺こそがまことの怪よ」

と、残忍なお狐様はおのれを誇る。

「ゆえにこうもしつこくかわいい人の子を誑《たぶら》かされたらな、どんな犠牲を払ってでも、薄汚い虫けらどもを踏み潰さねば気がすまぬ。怪とはこういう性《しょう》！　そら、我らが祖神も異方のおおものも、よくよく俺の健気さを、一途《いちず》さを!!　天晴《あっぱれ》なりやと膝《ひざ》を叩き囃《はや》し立ててくれるだろうな!!」

「ああ、御館。我らをまつろわぬ外道と詰るが、謙遜を。おまえこそが素晴らしき外道だ」

耶花が眉《まゆ》をひそめる。あまり表情を変えない彼女が不快感をあらわにしたのなら、心のなかではもっと強くそう思っているのだろうと雪緒は気づいた。

次いで、海月の妖という言葉に、ふと意識をとめる。どこかで聞いた覚えがある。

――幻の世だ。宵丸と祝言を挙げた日に、白月たちが笑談していた。

しかし、幻の世では、海月の妖の卵を得たのは宵丸だったはずだ。

(まさか、横取りをした？)

どんな理が働いているのか、白月にも幻の世の記憶が残っている。

疑惑の目を向けたとき、白月と目が合った。情を乞《こ》う、ひたむきな眼差しに思えた。

「妬《や》くなよ、雪緒。姿形が美しいからこの妖どもを手に入れたわけじゃない。なに、うまく孵《ふ》化《か》させればいかようにも操れる！」

――そう、本当にこういうお狐様だ。単なる美貌《びぼう》にひれ伏したりなどしない。目が眩《くら》むほどに容赦がなく、計算高い。

水の性質を持つ海月の妖を車代わりにして、鬼の幻術のなかに乗りこんできたということだ。けれども鬼の術は精度が高く、そこを突破したせいで海月の妖は心身に激しい損傷を受け、こうも変形してしまったと……。

「おまえ様だけだ、雪緒。おまえだけをずっと、俺は守り抜いている。我らの森に連れ去ってから、こんなにも」

白月がきっぱりと宣言する。

確かに、怪としては、化け物としては、一途で健気なのかもしれないと、雪緒は認めた。それはまったく人たる雪緒の望む一途さではなかった。

「だれが美しかろうが醜かろうが、俺にはどうでもいい。命乞いもなにもかも振り切れる。おまえ様だけだ、俺がこうも狂って、取り乱して追うのは……なのに、なぜわからない!!　なぜ余所見《よそみ》ばかりする、なぜその腐れ鬼どもを平気な顔で受け入れる!!」

祟ってやりたいと吠《ほ》えるその目に貫かれて、雪緒は身を強張《こわば》らせた。

(――あなたをわかっているから、この道にいる)

踏み外しかけているのは白月のほうに見える。が……、それすらも演技なのだろうか。

「御館はまこと、人を理解せぬ」

淡々と耶花が告げる。

いまの白月には、どうも逆鱗《げきりん》に触れるに等しい言葉だったのだろう。彼は、笑うように、は、と短く息を吐いた。

白月のまわりに浮かぶいくつもの紫色の渦から、子狐たちが姿を現した。彼らも、海月のようにも蜘蛛のようにも見える醜い化け物を乗り物代わりにしていた。

雪緒はふと思った。もしも。設楽《しだら》の翁《おきな》の存命中に、結婚相手を白月以外にと希望していたら、外道の本性丸出しのお狐様を知らずに気楽に生きていたのだろうかと。——いや、きっとそんな安穏とした未来は歩めない。八月に経験した幻の世のどれかが、現実になっていただろう。

「なあ鬼どもよ。おまえたちの里にまだ、仲間の鬼はじゅうぶん残っているだろう？　ならこの場の鬼どもを殺しても、郷の存続には影響しない。そうだろう？」

白月が期待をこめて言う。

「どうだろうな。私はこれでもひがしを担う頭だ。滅すれば、どこかしらに大きな歪みが出るかもな」

耶花は冷静に答える。

「なら、おまえ様くらいは生かそう。ほかは、斟酌《しんしゃく》せずともいいだろうな」

「我らの術内、その領域で暴れる気か？」

「そもそもが、俺の隠れ森のなかだろうが」

冷然と一蹴《いっしゅう》し、白月はちろりと雪緒を見た。傲慢《ごうまん》な視線の奥に、しかしどこか不安そうな色があった。

「おまえ様のためだ。俺という大妖《たいよう》が、おまえのために、血をまき散らして戦ってやる。ただ一人、おまえ様のため」

――そういうことではないのだ。

「白月様、鬼様たちを殺さずとも、私の命はとうに白月様のものです。全部捧げます」

雪緒は無用な争いが始まるのを食い止めようとした。

なのに白月は納得しない。

「捧げておらぬだろうが!!　――いや、違う。捧げるな、俺が捧げてかしずくんだ。そうでなくてはだめなんだろう。そうしなくては、おまえ様は前の姿に戻らない！」

もう戻らない。

もう遅い。

互いに求めるものが違う。

伝えようとして、雪緒は逡巡する。それは拒絶として白月の耳に届くのではないか。

「そうとも、証明してやる、雪緒。おまえ様は信じないが、俺は純粋に守りたいだけだ。ああ、この隠れ森でよく考えた。もうわかった、人の心の儚さを。おまえ様を本気でこわがらせてはいけなかった」

歯ぎしりするように言われ、雪緒はひやりとした。

（ずっと私をこわがらせたいと言い続けていたのに）

なぜ悔いるようなことを、いまになって言う。

「脅かしが不信を招く。雪緒はそういうたちなんだろ。恐怖に屈することなく、袖《そで》で顔を覆って拒絶する。なら、俺は俺のありさまを歪めぬように、おまえ様ではなくて、おまえ様以外を真に恐れさせよう。どうだ、これなら綿毛のように魂のやわい人の子でも、受け入れられるだろう」

白月がひたっと雪緒を見据える。

雪緒はまた軽い目眩《めまい》を起こした。そうか、白月はそこに辿り着いたのか。

（白月様は野望成就のために、人の、私の全部がほしいと思っている。祈りを生み出す『心』というものを全部。でも私をこわがらせすぎたせいで、心の一部でもある恋を取りこぼしてしまったと焦っている）

取りこぼした恋を復活させるためには、もうこちらを脅かしてはいけない。

だが、恐怖が力の糧となる怪の本質を捨てるわけにもいかない。

だったら雪緒以外の者を脅す。……他者を脅す様をぞんぶんに見せつけて、でも雪緒だけは傷つけないのだと、周囲に多大な犠牲を出す方法で証明するつもりでいる。盲目的に雪緒のみを贔屓《ひいき》し、宝物のように扱えば、感謝してまた香り立つ恋情を胸に宿すだろうと。なぜなら、そういう盲目的な献身を、白月こそが求めている。自分に注がれる情は、苛烈《かれつ》であればあるほどよいと。

白月にとっては、これが最大限の譲歩なのだ。おのれの信条を曲げて誠意を見せてやってい

るのだぞと。

「雪緒、見てろ。おまえ様はもうなにも捧げなくていい。俺が捧げてやる。鬼どもの首も、森

も、安寧も。宝玉よりも堅い誠実をくれてやる」

どうだ、これが恋だと悟りを得たように白月が訴える。

そうじゃないと雪緒は知っている。根本からなにもかも違う。

けれども、いまの自分はなにもかも白月に捧げると決めている。白月が彼なりの答えを見出

して断じるのなら、否定なんてしない。

人と化け物、重ならない価値観に傷つく時期はとうにすぎた。

うなずいたのに、白月は悔しそうな顔をした。

「もう、こわがらせない。おまえをこわがらせはしないんだ、雪緒」

はい、と肯定する雪緒の声にかぶせるように、三雲が「違う」と断罪する。

「雪緒の星は戻らない」

「黙れよ鬼、おまえがいると雪緒が惑う。肉の奥まで引き裂かせろ、さあ」

白月の怒声が合図となった。

狐と鬼の、何度目かの化け物合戦の始まりだ。止められない。

ここでは雪緒は邪魔者になる。

「雪緒様はこちらへ」と、前脚ばかりがちょろりと薄墨色の子狐の古蜜《こみつ》が、海月の名残りをわずかにとどめる崩れかけの〈乗りもの〉を操って、雪緒を同乗させた。〈乗りもの〉は蜘蛛のように地を這い、白月たちから距離を取った。

白月が軽く指をこするような仕草を見せた。すると、折り紙で作られた歪《いびつ》な狐がぽんっと空中に出現した。その折り紙製の狐にも雪緒は見覚えがあった。三雲たちとやっこさんや百足を折っていたときのものだ。

「いざやくれたる竹姫、須久須久《すくすく》と成し薙《な》ぎ進《たてまつ》れ」

そう諳《そら》んじて、白月はふっと折り紙製の狐に息を吹きかけた。

折り紙製の狐は次の瞬間、大きく膨れ上がり、化けた。

紫の霧をまとう、巨樹か〈だいだらぼっち〉かというほど大きな唐紅の十二単の姫君に。大女に乗る白月をゆうに超える背丈だ。

顔は、不気味な幽霊そのものだった。腫れた片目は垂れ落ち、あらぬ方向を睨《にら》んでいる。唇も溶けて乱杭歯《らんくいば》が覗き、鼻も削《そ》げ落ちていた。しかし背に流れる大垂髪《おすべらかし》は艶《つや》やかで美しかった。平額や櫛《くし》もきらきらと輝いていた。

彼女の手には雅やかな姿には相応《ふさわ》しくない、蜂《はち》の腹のような黒白の縞《しま》模様の薙刀《なぎなた》があった。

「そら、悪功の竹姫の御通りだ。臓腑《ぞうふ》を並べろ」

白月がせせら笑って命じた。

〈だいだらぼっち〉のように大きな竹姫は、剥《む》き出しの乱杭歯の隙間《すきま》から呪わしげな雄叫《おたけ》びを聞かせると、袖を翻《ひるがえ》し、両手で薙刀を振りまわした。その一薙ぎで生じた烈風が、身構えた鬼衆に猛獣のごとく襲いかかる。鬼衆の手にある唐傘が遙か彼方へ飛ばされた。地面に散乱していた折り紙もまた、一斉に飛び立つ鳥の群れのごとく吹き飛んでいった。

「狐は季節外れのひいな遊びでもお望みか。だが図に乗るなよ、雛《ひな》荒らしは我ら鬼の領分だ」

闘争本能を掻き立てられた三雲が、薄茶色の目を輝かせて応じる。

指先にふうと息を吹きかければ、爪《つめ》の隙間から黒煙が生じ、それが瞬く間に宙に広がった。

白月の生み出した竹姫に対抗するように、やはり〈だいだらぼっち〉めいた巨大な幽霊が出現する。こちらは、男の形だった。道袍《どうほう》めいた漆黒の長衣《ながぎぬ》に裳《も》、頭に黄金の蓮《はす》の道冠を載せた男幽霊だ。手には羽団扇と小槌《こづち》。鼻筋の通った瓜実顔《うりざねがお》だが、目が三つある。鬚《あごひげ》は足元まで伸びていた。そして左右の耳は、縦に二つずつあった。

不気味ながらも見目のよい男幽霊が優雅に袖を払い、先ほどのお返しのように竹姫に向けて羽団扇をひとつ扇《あお》いだ。

それで生まれた烈風を竹姫は再度の一薙ぎで防ごうとしたが、威力を殺し切れずに吹き飛ばされ、長い髪と裾《すそ》を絡ませながら後転する。竹姫の手から弾《はじ》かれた薙刀が勢いよく雪緒たちの上空へと吹っ飛ぶ。

雪緒は青ざめ、身を竦《すく》めた。あんな巨大な武器にぶつかったら、体が水風船みたいに破裂するに違いない。

みじめったらしく転がった竹姫に、男幽霊が微笑んだ。

鬼衆も煽《あお》るかのように礫《つぶて》に似たものを一斉に地にばらまく。いや、あれはひなあられか。大太鼓を持っていた鬼が、ばちを振り上げた。ドォンと一度、大太鼓を轟かせる。するとその瞬間、地中から勢いよく杉の木が無数に突き出てきて、一瞬で周囲の眺めを変えてしまった。あたり一面、むらむらと立ち並ぶ杉林。ふしぎなことに、その樹幹の周囲には多種の百合《ゆり》の花が咲いている。

「竹姫、俺の生み出すおまえがこれで負けるものか。男など祟り殺してしまえ！」

白月が鬼衆を睨みつけて吐き捨てると、竹姫が咆哮《ほうこう》した。獣のように四つん這いになり、理性のかけらもない動きで忙しなく大気の匂《にお》いを嗅《か》ぎ始める。

まさしく獣そのものの仕草だった。もつれた髪も乱れた着物もおかまいなしだ。

竹姫がまるで熊《くま》のように杉の木を手で薙ぎ倒し、甲高い奇声を上げながら男幽霊に向かって四つん這いのまま駆け出した。男幽霊は太刀でも構えるがごとく羽団扇を掲げ、大きく一歩を踏み切った。竹姫を羽団扇で薙ぎ払う。

横倒しになった竹姫の身は、杉の幹に衝突した直後、弾け飛んだ。

飛び散る肉片に、固唾《かたず》を呑んで幽霊たちの競り合いを見守っていた雪緒は目を剥いた。

いや、肉片ではない。あれは、ちぎれた折り紙だ。

（そうだった、あの大きな幽霊のお姫様の正体は、白月様の作った狐の折り紙だ）

雪緒はおろおろと白月をうかがった。

術が破られてしまったが、どうするのだろう。

おそらく鬼衆のほうは、白月を殺害する意図はない。が、白月のほうは本気で殺そうとしているようだ。

この場合、どちらが有利なのか。自身の術の領域にいる鬼衆か、白月か。いや、ここは現実の空間ではない。たとえ死んでも、実際の死にはならない――はずだ。どうなのだろう。

男幽霊がにっこりし、大きな手を伸ばして白月を捕らえようとする。

まさかにぎり潰すつもりかと雪緒は焦った。

「ふん、鬼のもとで作った憑代《よりしろ》では、俺の妖力《ようりょく》を食わせてもやはり競り負けるか」

この敗北は想定内だったのか白月は憎々しげにつぶやくと、〈乗りもの〉の大女に迷わず合図を出し、杉のあいだを縫うように後退した。立て直す時間を稼ぐための一時的な撤退だろう。

彼に従う子狐たち……雪緒と古蜜を乗せたものもまた、それに倣った。

〈乗りもの〉たちは、虫のように地を這った。雪緒は、狐たちとは違って、立った状態では体勢を維持できなかったので、亀の甲羅めいたでこぼこの〈乗りもの〉の背にしっかりと座りこみ、そこから転がり落ちないようにした。

「大丈夫ですよ、雪緒様」と、同乗している古蜜が雪緒の肩に移動し、励ましを聞かせる。

「白月様が物騒な発言をされましたが、我らも鬼どもも、ここで死んだりはしません」

それ以上は説明しようとしない古蜜を撫《な》でながら、雪緒はちらりと振り向いた。

鬼衆に狐たちを見逃す気はないようだ。

彼らは各々の体に刻まれている梵字《ぼんじ》めいた入れ墨を、まるで「しーる」のように指先でぺりりと剥《は》がし、息を吹きかける。それは、瞬く間に大きな白い鰐《わに》へと変化した。

鬼衆はその鰐を〈乗りもの〉にして、雪緒たちを追いかけてきた。三雲が生み出した巨大な男幽霊もついてくる。

雪緒は何度も彼らを振り向いた。

「鬼様もお狐様も、当たり前のように妖術《ようじゅつ》を操るんだなあ」

雪緒の独り言を聞き咎《とが》めた古蜜が、肩の上でもぞもぞと足踏みをする。

「我ら妖怪《ようかい》ですもの。人の目から見た『摩訶不思議』が我らの本質なのですよ」

「……うん」

今更の理解といえばそうなのだが、こうもぽんぽんと摩訶不思議を繰り出されると、なんとももやもやとした気持ちが霧のように胸中を覆い尽くす。夢と現《うつつ》の区別をつける必要も、彼らにはないのかもしれない。

これでは、人と怪で死生観が大きく異なるのも、やはりしかたのないことだ。

（ああ、そうか。夢と現の区別をつけなくてもいいけれど、その代わり、存在自体も曖昧《あいまい》になるんだ）

人は逆に、現実でしか生きられないけれども、存在が確かだ。

そんな考えを雪緒が弄《もてあそ》んでいると、ある地点で白月が大女を止めた。

子狐たちや、雪緒と古蜜の〈乗りもの〉も行進を止める。

「次は嬲《なぶ》ろうか」

白月は自身の尾の毛を数本取ると、それを指先でさっとすり合わせ、軽く宙に放った。

尾の毛は、白拍子の格好をした大猿の幽霊に化けた。身がわずかに透けている。これも先の竹姫のように〈だいだらぼっち〉か巨樹かというほどの大きさがある。

大猿はなりこそ人のようだったが、粗野な獣の動きで男幽霊に飛びかかった。男幽霊は、羽団扇ではなく小槌を振り上げた。それで大猿を叩き潰そうとしたのだろう。

だが、今回は白月自身の毛で生み出した大猿だからか、速さも攻撃力も男幽霊を上回っている。

大猿は振り下ろされた小槌を軽々と横にかわすと、蛙《かえる》のように飛び上がって男幽霊の頭にしがみついた。振り落とされないよう両手足を男幽霊の体に絡めながら、彼の頬肉《ほおにく》を噛みちぎる。

損傷した箇所からは、血飛沫《しぶき》の代わりに黒煙が滲《にじ》み出た。大猿は首にも噛みついた。野蛮な攻撃に情けはない。噛みついたあとは、土を掘り返す犬のように両手で傷口を引き裂いている。

男幽霊は声なき悲鳴を上げて、大量の黒煙を周囲にまき散らし消滅した。

「あれが我らの長の力です。痛快無比の残忍さよ」

古蜜がうっとりと誇らしげに言う。

この子狐は、千速《ちはや》に教えられた通り、妖の性質が強い。人との接し方に不慣れと取るべきか。妖怪の残忍さを当たり前のように誇られても、共感は難しい。それをよくわかっていない。

大太鼓を持った鬼が、ドオンドオンと二度、それを鳴らした。

合図を受けて鬼衆がまたひなあられらしきものを地にまく。途端、あたり一面に立っていた杉の木が変形し、枝ぶりも見事な檜《ひのき》に化ける。幹枝に雪を載せたような白い花の咲き乱れる樹木も多く見られた。

――この景色の変化になんの意味があるのだろう、と雪緒は考えこんだ。

先ほどとは逆に、今度は鬼衆が一時退却の姿勢を見せる。

つられたように白月率いる狐衆が彼らを追う。雪緒と古蜜の〈乗りもの〉も、その行軍の輪に加わっている。千速の姿もあったが、こちらの肩に乗る古蜜に気づくと、「そこはおれの居場所なのに！」というような、妬《ねた》ましげな顔をした。

「千速……」と呼びかけた雪緒の頬を、古蜜がうるさげにもふっと尾で叩く。

鬼衆がふいに逃亡をやめた。

「まったく狐の操る術は、どこまでも獣臭い」

嘆息して、耶花は指先をこすり合わせ、黒煙を生み出す。

その黒煙が渦を巻き、鎧武者《よろいむしゃ》の美女の幽霊に化けた。目は三つあり、やはり背丈は木々を超えるほど。

耶花は鬼のなかでもとくに古い者なのだという。そんな彼女が生み出した幽霊だからか、白月の大猿よりも強かった。ぎらりと輝く太刀で、襲いかかる大猿を一刀両断した。

鬼の大太鼓がドオンドオンドオンと三度鳴る。続けて、ひなあられが地にまかれれば、白い花樹と檜は柚《ゆず》の木の森に様変わり。合間にぽつぽつと芙蓉《ふよう》が咲いている。

次に一時撤退したのは狐衆だが、ある地点で立ち止まる。

「どうもくだらぬ謀《はかりごと》の匂いがするが……」

白月が物憂い感じの表情で懸念をこぼしながらも、また新たな幽霊を生み出す。胡服《こふく》に似た衣装を身にまとう巨躯《きょく》の骸骨《がいこつ》だ。ただし髪がある。結い上げた髪や衣装の形から、女の骸骨だというのがわかる。

女骸骨は大太刀を持っていた。この女骸骨はとても強く、鎧武者の太刀を叩き折り、首までもはね飛ばした。

ドオンドオンドオンドオン。大太鼓が四度鳴る。ひなあられのまかれたあとは、柚の木は消え失《う》せて、稲穂のつく前のまっさらな水田に変わる。

次に一旦退却したのは鬼衆のほうだ。畔道《あぜみち》を下がり、その途中で今度は弓矢を掲げた美しい官女姿の幽霊を招いて――。

勝って追い、負けて下がりの攻防を鬼と狐はその後二度、繰り返した。

水田から桜の園へ、桜の園から赤い実のなる伽羅木《きゃらぼく》の園へ。あたりの景色はそのようにめまぐるしく変化した。

雪緒は戸惑いとともに、この不可解な妖術合戦を静観した。

(なんだかこれ、ただの殺し合いとかじゃなくて、まるで儀式のように見える)

妖術合戦の開始以降、雪緒はそんな印象を拭《ぬぐ》えないでいる。

赤い実がちらちら覗く伽羅木の園で、鬼と狐が対峙《たいじ》する。

「邪気にあふれるモノばかり生成して、狐は心身に影が落ちないのか。難儀なことだ」

三雲が呆《あき》れた調子で言い、顔の前で両手を合わせた。

なかに虫でも閉じこめているかのように手のひら部分を少し膨らませる。彼は隙間から、ふうっと息を強く吹きこんだ。すると、黒煙が噴き出た。

黒煙は、真紅の長袂衣《ちょうけつい》をまとう麗しい天女の霊に化けた。肩の後ろに揺蕩《たゆた》う長い布切れは、天衣かと思いきや、とんぼのような薄い翅だった。結った髪の上には宝冠を載せている。目は三つで、いずれも半眼。薄い唇はゆるく弧を描いていた。

もちろんこの天女の霊も巨樹かというほどの大きさだ。

白月は端麗な姿の天女の霊を見上げた直後、片手を自身の喉元《のどもと》に添えて突然大笑いした。

「やあ、やはりなあ！　こういうことかよ！」

語気荒く吐き捨てて、狐の尾の毛を数本抜き取り、それをふっと吹く。

尾の毛の妖術で生み出されたのは、半透明のとても大きな白狐の幽霊だ。狐に変じたときの自分の分身でも作ったかと疑うほど、なりが似ている。

「鬼のくせに、狐を真似《まね》て謀を巡らすとは。ずいぶんと小賢しくなったものだ！」

嘲《あざけ》りながらも、白月の目はちっとも笑っていない。

「御館は人もわかろうとしないし、鬼のことも知らんのだな」

相手をしたのは耶花だ。なにを考えているのか読めない表情で淡々と言う。

「種族的には我ら、おまえたち妖怪よりも古いんだぞ。狐以上に慧眼《けいがん》だとも。謀も誘惑も得意に決まっている」

「はは、冗談にしたって、狐の特技を奪うなよ」

親しげに返して、白月は妖《あや》しく目尻《めじり》を下げた。指先でとんとんと自身の唇を叩く。

「本気で目玉をくりぬきたくなるだろ」

「前に、化かされるほうが間抜けと、狐どもが言っていたように思うが？　因果は実るぞ」

「――そうまでたばかる稚気をお持ちなら、ここらで我らと目隠し鬼でも楽しもうか」

白月が大女の背からおり、狐尾をゆらっと動かす。蝋《ろう》の火のゆらめきのような不穏さを感じさせた。

子狐たちが忍びやかに彼のまわりに集う。こん、と一斉に首を傾ける。

古蜜だけは護衛のためか雪緒のそばを離れなかった。

「狐火《きつねび》踊る八手の森で、途切れぬ黒い鳥居を渡りながら手を叩こう」

睦言《むつごと》を思わせる甘い口調で白月が言う。

こんこんこん。狐たちが鳴く。

「そう、鬼に目はない。これは目無し鬼とも呼ばれる遊びなのだから、あってはいけない。だろう？　鬼様よ」

耶花が警戒をあらわにした。

「遊びの掟《おきて》に従って、すべての目玉を差し出してくれ」

狐たちが今度は反対側に、こん、と首を傾ける。

「なに、どいつもこいつも目無しになろうが、簡単に死にはしないさ。さあ鬼様ども、手の鳴るほうへ」

白月が、手を鳴らす。狐たちが交互に、ぴょんと跳ねる。とととと、と姿の見えぬ獣の足音が響き出す。けらけらとだれかが笑っている。ざざざ、葉がゆれる。ざざざ。

――が、狐が招く不吉な音を打ち消すように、鬼たちが、ダン！　と足を踏み鳴らした。

白月が、おや、と感心するように狐耳を倒した。蠱惑的《こわくてき》と評したくなる仄暗《ほのぐら》い目で彼らを見ていた。

「……おまえの不始末を帳消しにしてやろうと奔走する我らの恩情を知りながら、呪ってくるか」

耶花が憤然として白月を責める。

「不始末か。だからなんだ」

白月は取り合わない。片手を上げて次の合図を出す。

白狐の幽霊が不吉な紫煙をまといながら、翅を持つ天女に躍りかかる。

不可解なことに、天女は抵抗する素振りも見せず、正面から獣の蛮行を受け止めた。牙と爪で嬲られても逃げ出さない。――術者の三雲が彼女に抵抗を許さなかったのか。

術で生み出された実体のない天女だが、それでもまるで贄《にえ》のようだと感じて、雪緒は顔をしかめた。

天女が黒煙をまき散らして消えたあと、鬼が太鼓を鳴らした。

新たな戦いが始まるかと思いきや、なぜか彼らは「満ちた」とひとつ吠え、一斉に地面に膝を落とし、白月に向かって礼をした。三雲だけが立ち尽くし、迷うように雪緒を見た。その態度を耶花が窘《たしな》める。

「三雲、だめだ。これ以上は御館を刺激せぬほうがいい。此度は雪緒をあきらめろ」

しかたなさそうに三雲が溜め息を落とし、ぢ、と舌を鳴らして太鼓を持つ鬼に合図した。彼らの種族独特の対話法だ。

鬼はうなずき、激しく太鼓を鳴らし始めた。音は地面も震動させた。

雪緒は、頭を掴《つか》まれて思い切りゆさぶられたような気持ちになった。耳の奥に、ぐわんぐわんと耳鳴りが広がる。

意識を撹拌《かくはん》するようなひどい目眩にも襲われ、耐え切れず目を瞑る。

そして瞼《まぶた》を開けば——。

もうそこは、狐の森。

猿梨《さるなし》と八手が生い茂る鹿楽《しからき》ノ森《のもり》、それも最初に寝泊まりしていた波浪形の屋根を持つ屋敷の前に、雪緒たちは戻っていた。

海月の〈乗りもの〉たちも、鬼衆の姿も、めまぐるしく変化していた景色も皆、煙のように消えている。ともに現へ帰還した狐たちの荒ぶる気配だけが、先の合戦の名残りとしてかすかに漂っている。

ひなかでもよなかでもない、地をじわりと炙《あぶ》るような夕焼けの刻だった。

雪緒は空を仰ぎ、祖の化け物の目を探した。影のなかを好き勝手に荒らされた祖の化け狐の怒りが、禍々《まがまが》しい夕焼け色をこの森に呼んだのかもしれなかった。

◎伍・十五でことぶき　宵《よい》に欠き

「──つまりは、祭りだ」

白月《しろつき》が怒りを押し殺して言う。

祭り、と口のなかで繰り返す雪緒《ゆきお》に顔を向け、彼は歩み寄ってきた。

こちらに手を伸ばされたので、ぶたれるのかと雪緒は身を竦《すく》めた。この反射的な態度に、白月は一度手を止めた。雪緒も眉《まゆ》を下げた。

「……おまえ様のことは、もう傷つけないと言ったろう」

狐耳《きつねみみ》をぴるぴる動かして咎《とが》める白月が掴《つか》んだものは、雪緒の肩に乗っていた古蜜《こみつ》だ。片手で乱暴に持ち上げられた哀《あわ》れな古蜜は、白月に恐れを抱いてか、かすかに身を震わせていた。

とっさに古蜜を取り返そうとした雪緒を、白月が視線ではね除《の》ける。

厄介者が去ったとばかりに千速《ちはや》が雪緒の肩に乗り上がった。白月のまわりに群がる子狐たちも、どうしてか、仲間の古蜜を辛辣《しんらつ》な眼差《まなざ》しで見つめている。

「おまえが森に虫を招いたな？」

非難の色の漂う白月の問いかけに、古蜜は縮こまった。否定しない。事実なのか。

「だが、おまえ一人の妖力《ようりょく》で森に虫を招けるわけがない。——ああ、白狐以外の一族と手を結んだか。そうだろう」

「わ、我らは、白月様のために」

「俺《おれ》のために、という言葉は、俺の命令にのみ従う者が口にすべきだ」

雪緒は、厳しい雰囲気の狐たちを見回したあと、あの、と声を上げた。

「これはどういうことでしょうか。……先ほどの鬼様方との競り合いの仕方が、なんらかの儀式のようにも見えましたが、それが祭りだったのですか。隠れ森に忍びこんできた奇妙な蜻蛉《かげろう》たちも、それに関係していたんですか」

白月は片手に古蜜をにぎりしめたまま、返答を待つ雪緒に目を向けた。だが、むっつりと押し黙り、なにも話そうとしない。

見かねた千速が、雪緒に頬擦《ほおず》りしながら説明する。

「ええ、祭りです」

耶花《やか》たちの言っていた祭り関連なのか。

「赤天女祭のことで合ってる？」

「この隠祭をご存じですか！　正解です。赤天女は虫に関連した祭り。我らの森に現れたのも虫。蜻蛉は、せいれい、ともいうでしょう？　ですので、精霊の見立てになります！」

千速が、ふすんと鼻を鳴らす。

「精霊とは、巡るもの、循環の性質を持ちますので、内側からだれかが招いてやれば、我らの森にだってするりと簡単に忍びこめるわけです」

「虫ってそもそも、どこだろうと侵入できるんじゃなかったっけ？」

そんな話を聞いた記憶が、と雪緒が聞き返せば、

「否定はしませんが、何匹も都合良く潜りこめるほど我らの住処《すみか》は脆《もろ》くありません！」

千速が不満げに毛並みを膨張させる。侮られたくないらしい。

「それで、その蜻蛉は、とんぼの擬《まが》い物でもあります。とんぼになれぬ、成らずもの。似て非なる存在です」

……ここに、白月の話していた「ならず者」がかかってくるのか。

「似て非なるからこそ、とんぼ――赤天女の見立てにはなれる？」

「はい」

よくできましたと称《たた》えるように、千速が大きく尾を振る。……肩の上に乗られているので、激しく動かれるとこちらの後頭部に尾がぶつかる。

雪緒たちの呑気《のんき》な対話に毒気が抜けたのか、白月が狐尾を下向きにゆらして吐息を漏らす。

「……蜻蛉はまた、陽炎《かげろう》にも見立てができる。その『陽炎』に幻術を重ねて、様々な者が森に入ってきたんだ」

「三雲《みくも》たちのことですよね」

認めたくないという顔をしながらも、白月はうなずいた。

「そうなのですよ、雪緒様！　虫の影に潜んで侵入してきたあの者どもはですね、我らに隠された雪緒様を取り戻しにきたー、と見せかけて、真の目的は白月様に赤天女祭を進行させることだったのです」

「祭りの進行のため……」

肩の上で息巻く千速を撫《な》で、雪緒は考えこむ。

「白月様が途中でその思惑を看破し、事を引っくり返さぬようにと、狡賢《ずるがしこ》く蜻蛉を利用したのですよ。『陽炎』の性質から、ゆらめいて本質を隠す、見えにくくする……意識をそらす効果を狙《ねら》ったのです」

「へえ……なるほど」

狐たちのやり方とそっくり、という本音を伝えたら、怒られそうだ。

「あの蜻蛉自体も、どこぞの精霊の加護を得ているに違いない！」

千速が、火花のように小さな狐火を生み出して、憤りを覗《のぞ》かせる。

「古蜜め、まんまとやつらの口車に乗って白月様を動かそうとした」

白月の手に掴まれて項垂《うなだ》れている古蜜を、千速はぎゅんと睨《にら》む。

「でも千速、古蜜は、白月様の立場が悪くならないよう、森に暮らすほかのお狐様方と協力し合ったんじゃ……？」

古蜜を見ながら雪緒が庇《かば》うと、縋《すが》るような視線が返ってくる。

「我ら白狐一族は、とくに白月様の尾のうちに属する妖狐《ようこ》なんですよ。どんな理由があろうと他一族と密約を交わしてはならぬのです！」

雪緒の擁護に、千速は肩の上でぴょこぴょこと飛び跳ね、反論した。

「それも、よりによって白月様と仲のよろしくないお方に近づくとは！」

千速は、きいっと叫んだ。

厳しく責め立てているが、古蜜は千速の分身で、弟分でもあるのではなかったか。狐たちにとっては身内より、主人たる白月への忠誠心のほうが重要なのだろうか。

「我らの白月様が狐の頭になられたゆえに、ここまで種全体が安定したのに。ほかのご兄弟では、どうなったか！」

「ほかの兄弟？」

鈴音《すずね》のことだろうか？

「……ええい、そこはいま問題ではないのですっ。一番大事なのは、白月様の成長ですよ！」

なにかごまかされたと思うが、「白月の成長」という耳慣れない言葉のほうに、雪緒は意識を奪われた。

言われ放題の白月の目が濁っている。が、千速の勢いは止まらない。

「女人に対してはじめて抱いた切ない感情。胸を掻《か》き乱す未知のときめきに翻弄《ほんろう》されて大いに戸惑う我らの長の成長を、陰ながら甘酸っぱく見守り、時には支え、時には邪魔者を嬲《なぶ》り尽くす。これこそが、誉れ高き僕《しもべ》というものではありませんかっ」

「やめろ、千速」

「はい！」

元気に引き下がった千速に、白月はまた吐息を落とした。

子狐たちは、千速に倣って白月をまぶしげに仰いでいる。

雪緒はなんとも言えない気持ちで白月を見た。

(千速の言う女人って、私のことで間違いない……気がする)

見方によっては確かに、自分は白月を翻弄しているかもしれない。彼の思い通りに動かないという意味で。

それにしても千速を含む子狐たちはこんなに愛らしい姿をしているのに、妙に俗っぽい面があるというか、男女のあれこれに詳しいというか。

人の世では、恋愛沙汰《ざた》は高い関心を集める事柄のひとつだが、もしかしたらそれは化け物たちの世でも同じなのかもしれなかった。

「……最初の屋敷で、雪緒が湯を使っているときに、怪しい腕が現れただろ」

白月が狐耳を後ろに倒し、不機嫌な顔つきで言った。

千速に好き勝手に喋《しゃべ》らせるよりも自分で説明したほうが、話が横道にそれずにすむと悟ったのだろう。白月は意外と、子狐たちに弱い。

「はい、紫色をした腕が」

「あれはおそらく鋼百合ヶ里《はがねゆりがさと》の使者だな」

雪緒は肩の上で心地のよい位置を探してもぞもぞする千速を腕に抱き直しながら、眉根《まゆね》を寄せた。

鋼百合ヶ里は、北の位置を占める里だ。

その地を治めているのは女長《おんなおさ》。そちらには知人もなく、訪れる機会もないので、最低限の情報しか入ってこない。一般の民の知識なんてこんなものだろう。

「次に宵丸《よいまる》の姿で現れたのは紺水木ヶ里《こんみずきがさと》の烏那《からすな》、黒芙蓉ヶ里《くろふようがさと》の化天《かてん》。綾槿《あやむくげ》は……井蕗《いぶき》といったか、ここは長不在ゆえに雪緒と縁のある妖《あやかし》に使者役を頼んだな」

白月が迷惑そうに雪緒を見た。

雪緒が自らの意思で彼女を招いたわけではないが、叱《しか》られた気分になって肩が強張《こわば》った。

「白桜《しろざくら》の代表は由良《ゆら》、葵角ヶ里《きづぬがさと》は先の不埒《ふらち》な鬼ども。紅椿ヶ里《あかつばきがさと》は俺が不在だから、あの腹立たしい大鷺《おおさぎ》兄弟を寄越した」

そこで子狐たちが縄でしめ上げられたかのように、ぎゅうう、と喉《のど》を鳴らした。大鷺兄弟との対決は思い出したくもない悪夢らしい。

白月は気にせず続けた。

「梅嵐《うめあらし》の使者が来ていないが、こちらも長不在。混乱続きで代理すら立てられなかったようだ。そう考えると、白桜の由良はやはり気骨がある。いや、長く続く祭りの重要性をわかっている……」

途中から独白調になってきた白月に、雪緒は気がかりだった質問をぶつける。

「絹平《きぬひら》様に少しお聞きしたのですが、ほかの姿に変身する者としない者がいると」

絹平の話では、自分たちは強い円《まど》かな怪《かい》だから変身は不要とのことだが、その意味がよくわからない。もう少し詳しい説明がほしい。

「……ん、ああ。虫どもは幻術と蜻蛉の性質を掛け合わせ、相乗効果を狙ったわけだが。本来手形を持たぬ者が無理やり我らの森に押し入ろうとしているんだ、さらなる目くらましが必要になる。あいつらが使ったのは夢を渡るに等しい術なので、そのぶん御霊《みたま》が無防備になるだろ」

雪緒は必死に話を呑《の》みこんだ。

(意識のみを飛ばしている……ううん、べつの器に乗り移った状態だけど、そればかりではないってことか)

潜入先が、現《うつつ》であって現にないお狐様の隠れ森だ。蜻蛉の器を借りていてさえも、魂が剥《む》き出しの状態に近い。守り切れない。そのため二重の保険が求められたと。

「自身の御霊を守るための変装なんですね」

「そうだ」

狐の森に侵入するのは、そのくらい危険らしい。

「では、変装を必要としなかった絹平様は」

ものすごく強いことにならないだろうか。

かつては白月の面倒も見ていたのだから、当然の強さなのかもしれないが。

「……あれは異なる世の、名持ちの妖怪《ようかい》で、本質に手を加えずこちらの世へ渡ってきた者だと聞く。たとえ十六夜郷《いざよいごう》で果てようと、異なる世のほうで『存在』が常に保護されている——世に浸透しているから、本当の意味での消滅は起こり得ないのだと、沼の主のイサナが以前語っていた」

白月は、苦々しげに言った。どうやらそこは秘めておきたかった部分らしい。かすかにだが羨望《せんぼう》が滲《にじ》んでいる。

「神にも人にも決してなれず、輪廻《りんね》することもない。永遠に妖怪のままの存在。だからこそ、割れぬ宝玉のように、妖怪として比類なく強い。そういう者だな」

雪緒は俯《うつむ》いた。そのあたりは絹平本人も同様の話をしていた。もとは藩《はん》の怪だという。

白月の説明とも一致しているのなら、事実なのだろう。

「たとえるなら、『いったんもめん』とか『からかさこぞう』みたいな、有名な妖怪……？」

頭のどこかからそんな言葉がぽろっと転がり出てくる。

ぼんやりとつぶやく雪緒を、白月がじっと見る。皆に冷視されてあれだけ畏縮《いしゅく》し切っていた古蜜や子狐たちまでも、動きを止めて雪緒を見つめた。

人外たちの、こういうふとした際の挙動に、たびたびどきりとさせられる。

ともかくも、白月の説明で、不明瞭《ふめいりょう》だったいくつかの部分は納得できた。

(私の奪還を隠れ蓑《みの》にした作戦なのはわかったけれども、じゃあ、あの黒い駒《こま》の役割はいったいなんだったんだろうか)

それにもうひとつ、いまの話のなかで、おやと思ったことがある。

(隠れ森へ順繰りに現れた使者方は、各里の長がつとめているというような印象を持ったんだけど、なんで?)

奇妙だ、と雪緒は違和感を抱く。

烏那や化天は長ではなくて、特定の技能を備えた匠《たくみ》の者であったはずだ。

長不在の綾槿ヶ里に関しては事情が事情のため、雪緒と縁のある者を選抜している。そこは納得できるのだが。

——これは未《いま》だ雪緒が彼らの正体を知らないせいで生まれた違和感だ。

ついでにこの二点の疑問もぶつけてみようと思った矢先、波浪屋根の屋敷から、女の形の狐が出てきた。年の頃《ころ》は二十歳ほどで、肩までの白銀の髪に片側のみが薄墨色の狐耳を持つ、ふくよかな体つきの女人だ。

彼女は八手形の団扇《うちわ》を恭しく持ってきて、それを白月に押しつけた。

白月は三度目、吐息を落とした。

「おまえも古蜜と企《たくら》んでいた口か？」

「いえいえ、あたしはただの空気の読める狐。そろそろ祭具が必要かと思って用意した次第ですよ」

明るく豪気な性《しょう》のお狐様なのか、白月の睨みにも負けず、あっけらかんと答える。

雪緒と目が合うと、彼女は、ぱちんと爽《さわ》やかに片目を瞑《つぶ》った。

「あたし、いまにも白月様に絞め殺されそうな古蜜と同じ血筋の狐よ。よろしくね」

これも朗らかに言い放ち、尾を振りながら屋敷に戻っていく。

（えっ……、古蜜の救助を託されたの？　それとも事実を述べただけ!?）

判断しかねて、雪緒はうろたえた。

鼻歌でも歌っていそうな彼女の軽やかな足取りからは、古蜜の助命を嘆願してきたというような深刻さを微塵《みじん》も感じ取れない。

当の古蜜のほうを見やれば、しょげ返っている。

どうしたものか、と雪緒は心のなかでつぶやく。たとえ白月の意に背いても彼の御館《みたち》の座を守りたい、という古蜜の悲壮な覚悟には共感できる。

雪緒は腕のなかの千速を肩の上に戻すと、白月の手からそっと古蜜を取り上げた。

「この子狐は、私がじゅうぶんに叱りつけておきますので……」

「雪緒様っ、おれ以外を甘やかす！　古蜜は裏切り者です。弱腰でいては狐の名折れ、弟分だからこそ許せません。しっかりと首を噛《か》み切るべきなのですっ」

千速が肩の上で飛び跳ねて怒った。耳元なのでちょっとうるさい。

狐一族は、懐に入れた者には甘くなるが、その一方で裏切り者には容赦がない。以前には、白月も妹狐の鈴音を手にかけている。

四度目の溜《た》め息をつきそうな白月の口に、雪緒はとっさにむぎゅっと古蜜の前脚を押しつけた。白月の目がふたたび濁る。

「いまは古蜜の沙汰に時間を費やすときではありません。ええ、郷の繁栄のためにもお祭りを恙《つつが》なく進めないといけませんよね」

「……やめろ、雪緒。小僧を顔に押しつけてくるな。もういい。そいつはしばらく追放する」

古蜜は悲しげにうるうるしたが、ひとまず処刑は免れたはずだ。

白月は鬱陶《うっとう》しげに古蜜を眺めると、ぷいと顔を背《そむ》け、数歩前に出た。

「鬼どもとの競り合いの様が儀式のようだと言ったな。そうとも、まんまとあいつらの思惑に乗せられた。一戦越すたびに、景色が様変わりしたろう？」

白月がちらりと振り向く。不意打ちの流し目を食らい、雪緒は密《ひそ》かに動揺する。

「はい。確か最初は杉林に変化したと思います」

うなずく雪緒を見てから、白月は視線を正面に戻す。

ふさふさとゆれる白月の狐尾に目を向け、雪緒は見惚《みと》れた事実を隠そうとした。

「それと百合だ」

「そういえば、多種の百合も咲いていていましたね」

「この二つは、鋼百合ヶ里の象徴。次は檜《ひのき》と水木の森に変わった。これは紺水木ヶ里の象徴。檜と水木の森は、次に柚《ゆず》と芙蓉《ふよう》の森へ移り変わった。黒芙蓉ヶ里の象徴だ」

その次は水田、桜の園、伽羅木《きゃらぼく》の森——水田は、米が美味《おい》しいと評判の綾槿ヶ里、桜は、白桜ヶ里で、伽羅木は……鬼里《おにざと》だ。

「各里の景色に次々と変化していたのですか？」

「梅嵐以外のな。競り合いで、それぞれの里をゆり動かす、という見立ての儀を行ったんだ。……いや、やらされた」

苛立《いらだ》たしげに答えると、白月は女人の狐ににぎらされた八手形の扇を、庭周辺の木々の方角へ向けて大きく動かした。途端、強風を招くと言われる天狗《てんぐ》の団扇のように、大風が周囲に吹き荒れた。礫《つぶて》を当てられたかのように木々の葉がばたばたと音を鳴らす。

「ゆり動かし、風で叩《たた》けば、秋が飛ぶ」

「秋——？」

三雲の言葉が雪緒の脳裏に蘇《よみがえ》った。赤天女をぶっ叩くという、情緒のかけらもない言葉を。

「……あっ？」

さざ波のようにゆれる木々の葉が、ちかちかと輝く。思い返せば、なぜかここの樹木には、硝子《ガラス》のように透き通った葉が混在していたのではなかったか。

白月が八手形の扇でもう一度大風を呼んだ。この扇はどうやら赤天女祭の祭具らしい。

雪緒が目を凝らすと、緑のなかに紛れこむ硝子色の葉が、いきなり赤く染まって枝から離れ、風に流れた。――いや違う。一斉に飛び立った。あの正体はもしかして。

「――とんぼ？　とんぼですか？　えっ透明な葉の正体って、とんぼの翅《はね》だったんですか？　あちこちの木に、色無しのとんぼが大量に止まっていたってことですか？」

混乱する雪緒の肩の上で、千速がじっとりと古蜜を睨みながら答えた。

「止まっていたわけではありません。とんぼは木から生まれるものです」

「木から？　どうしてそんな生まれ方になるの？」

とんぼの幼虫は、水生ではなかったか。

たびたび人間の常識が試される。

「どうしてと言われましても雪緒様、虫は、〈き〉とも呼ばれる最も古い生き物でしょう？　そこから、〈木〉に通ずるわけです。とくに秋のとんぼは紅葉するモノですので、樹木から生まれるのは理にかなっています！」

「えー!!」

最近の雪緒は、妖怪世界を彩る奇抜な道理と法則に翻弄されっ放しだ。

「うるさい……」と、白月が鬱陶しげに雪緒たちを一瞥《いちべつ》し、また扇を動かす。

赤く輝く翅を閃《ひらめ》かせてとんぼの群れが上空を目指す。すると面妖《めんよう》なことに、大風に叩き起こされた赤とんぼの怒りに感化でもされたか、木々までもがじわじわと紅葉し始めた。

雪緒はふと目を瞬《まばた》かせた。

赤天女が上空で踊れば、木々の合間を魔法のように茜《あかね》が駆ける。そこに祖の化け狐の眼《め》がもたらす夕日のような強い光が降る。赤く燃え立つ木々の葉に、黄金の色取りを添える。真っ赤《まか》な衣に金の刺繍《ししゅう》を施すかのようだ。そして風が螺旋《らせん》を描く。葉を騒がせる。ゆれれば、葉は磨いた赤珊瑚《あかさんご》のように艶《つや》めく。木々が秋を知る。これは美しい眺めだ。棚引く秋の美しさだ。

「これで秋が郷の里を巡るだろう。有無を言わさず祭りの神輿《みこし》に担ぎ上げられたのは、気分が悪いが……」

一仕事を終えたというていで白月が言う。

そちらを見れば、この美しい狐の男の髪も夕焼けのような赤みを帯びた光に彩られ、秋をその身に宿していた。狐耳の毛も淡く輝いている。眼差しは優しげだ。老いと若さの二つを同時に感じさせる。魔性の者だけが持つ、理性を掻き乱すような妖《あや》しい美貌《びぼう》だった。

魂から見入られたんだなあと雪緒はあきらめのような気持ちを抱く。見入られて、抗《あらが》いきれなかった。その結果、いまを迎えている。

きっと食い尽されるまで気を狂わせられるに違いなかった。

「なんだ、そんなにじろじろと俺を見て」

白月は、口では突き放すように言いながらも、はにかんだ。

酷薄な微笑はよく見るが、年端もゆかぬ少年めいた表情は珍しいように雪緒には思われた。

「……いえ、赤天女祭はこれで無事に終えることができたんですよね？」

「本来は紅椿ヶ里の祭りの場で祭物も揃《そろ》えて行うんだが……」

白月はなんとなくという手つきで扇をぱたぱたさせた。

「きっと里のやつらがべつに用意しているだろう。――ああ、いや、それらも我らがすべて見立てで強行したか」

「鬼様方との競り合いで、ですか？」

「そうだ。見立てと言えども俺と鬼どもが引き合い押し合いの波穂のさまを演じたのだから、月は満ちた。じゅうぶんな『賑《にぎ》やかし』になったろうよ。何事もなければ、来年にかけて、きっとよく穀物が実るに違いない」

豊作が期待できるのならめでたしだろうに、皆に担がれた状況がよほど悔しいのか、白月の表情がまた曇り始める。

何事もなければ、というあたりに少々薄暗いものを感じるが、皆の機転で来年の春以降の不作を回避できたのは確かだ。それでも気に食わないものは気に食わないし、感謝より先に怒りが生まれるらしい。

こういうときの傲慢《ごうまん》極まる考え方も人外ならではかもしれない。

どれほど人の挙動、倫理観を真似《まね》て仲間を集い、里を築こうとも、彼ら妖怪は自分の利得が最優先で、弱者が強者に合わせるのが当然と確信している。

けれども、人の暮らしを毎日なぞっていけば、それも次第に板についてくる。長い年月をかけて波が岩を削るように、少しずつ妖怪独自の法則が崩れてきている気がしてならない。

強者の白月に対して、逆らう者、苦言以上の不満を投げつける者、そして暗躍する者が増え始めているように雪緒には思える。

一方で、郷の人間は減少し続けている。

この調子では百年待たずに、混血の人間すら姿を消すかもしれない。

自分の考えに沈みこむ雪緒を見て、白月が扇をにぎりしめた。

「なぜそんなに浮かない顔をする。……まさか鬼どもとの合戦に心を痛めたか」

「いえ……」

雪緒は表情を取り繕った。

人族の将来など、自分が心を悩めてもどうにもならないことだ。

「……おい、本当に俺は、海月《くらげ》を愛《め》でるために育てて手元に置いていたわけじゃないからな」

「えっ？　ああ、はい！」

なんの話かと思ったが、あれか。

〈乗りもの〉扱いされていた海月の妖《あやかし》。

（愛でるとか愛でないとかいう次元の話じゃなかったな）

というのが雪緒の本心だ。

海月に憐憫《れんびん》を抱く余地もないくらい、白月の残忍さが突き抜けている。あそこまでいくと、こちらもつられて感覚が麻痺《まひ》してくる。

「……それに、祭りの出来についても、雪緒が責任を感じる必要はないぞ」

返答に詰まる。

「俺が統治する郷なんだ、どうしようと俺の勝手だろ。従わずに刃《やいば》を向けてくるやつらが悪い」

お狐様はつんけんと言い放ち、尾をゆらす。

雪緒は正直なところ、こうした化け物特有の身勝手さ、傲慢さが嫌いではなかった。嫌い抜くことができなかった。

「なんの心配もいらない。おまえ様は安心して俺の懐のうちでぬくもっておけばいい」

白月は優しく言うと、ぽいと祭具の扇を放り出し、雪緒の頬を両手で包んだ。扇は地に落ちる前に、子狐たちがわたわたと受け止めた。

「どういう意味でしょうか？」

なんとなく嫌な予感がして、雪緒はおずおずと聞き返した。

白月は労《いたわ》るように微笑《ほほえ》んだ。

「隠され続けろということだ。もうおまえ様を傷つけない」

どうだ、俺はうまくやれているだろう、と問う声が雪緒は聞こえた気がした。

雪緒は、屋敷のそばに建てられている狐の顔の形をしたお宮に閉じこめられた。

◎陸・尾裂《おさ》きのきつねも　たえがたき

白月《しろつき》には鈴音《すずね》のほかにも、兄弟が存在する。

蛭子《ひるこ》のような者から抜け目のない者まで、生じ方も様々。すべての兄弟狐《きつね》の名を把握しているわけではない。数もまた、知らぬ間に増減する。そういうものだ。

白月の記憶に引っかかっている者はわずか数匹で、そのうちの一匹を『藁成《わらな》り』という。ひとかけらも祝福を持たぬ生まれの白月とは逆に、誉れある「御使い」として望まれながらも傲《おご》りがすぎたため、祖の化け狐の怒りを買った黒狐だ。

欲の化身たる黒狐はひたすら智徳に唾《つば》を吐き、結果、隠れ森に軟禁された。

藁成りを、すぐに常闇《とこやみ》に落とすのは危険だった。「御使い」の役割を期待されて生じた者なのだ。落ちれば、鬼神に化けかねない。ある意味、聖職者を還俗させるように、時間をかけて藁成りの身から「神威」を削《そ》ぎ落とす必要があった。

紅椿《あかつばき》ヶ里《がさと》に戻った白月がまずなさねばならないことは、この藁成りの殺害だった。

というのも、いまは白狐一族の一員となった子狐の古蜜《こみつ》が頼ったと思われるのが、藁成りだからだ。もとは、古蜜は黒狐一族の出で、藁成りに気性が近い。生じたばかりの頃《ころ》は古蜜も全身の毛が黒かった。だが藁成りに対する祖の化け狐の怒りと呪詛《じゅそ》が黒狐一族全体を青ざめさせ、毛の色を落とさせた。色を失った黒狐のほとんどがほかの一族に吸収された。

同じ狐という種族であろうとも、毛の色が違えば性《しょう》にも差異が現れる。そう容易《たやす》く馴染《なじ》むことはできない。揉《も》めて、殺し合って、黒狐一族はずいぶんと数が減った。

月日が流れたその後、白月の立身を契機に、祖の化け狐の呪詛は薄まった。眷属が指導者となって郷を導き、徳行を重ねることを、祖の化け狐が喜んだのだろう。藁成りを閉じこめていた宮の戸が、ついに先月開いたという。皮肉にも、白月が屋城《やしろ》の座敷牢《ざしきろう》に閉じこめられていたときに。

まったく、だれもかれもこちらが動けぬときに、好き勝手な真似をしてくれる。

ついでに言うなら雪緒《ゆきお》なんてその頃、宵丸《よいまる》と手に手を取って綾槿《あやむくげ》ヶ里《がさと》に逃げてくれた。思い出すだけで、はらわたが煮えくり返る。

おかげで白月は、ただでさえ多忙というのに、やらねばならないことが山のように増えてしまった。最初に解決すべき件が、逃げた雪緒を連れ戻すことだったわけだが――。

(雪緒たちもだが、小僧め、余計なことを)

白月は隠れ森を出て、紅椿ヶ里の屋城を目指しながら、今回最も浅慮な行動に走った古蜜を恨んだ。

古蜜は珍しく早い段階で白月の白狐一族に馴染んだ狐だ。白月にもよく仕えてくれていた。しかし、同族だった藁成りのほうにも、まだいくらかの情を抱いている。

（だからといって古蜜は、俺《おれ》の寝首をかこうとしたわけじゃない）

離反の意はなく、純粋に白月の今後を案じてなにか打開策はないかと藁成りに相談を持ちかけただけだろう。が、白月を蹴落《けお》としたい藁成りにとっては渡りに船、滞りそうな祭りを進行させる手助けをしたという徳を積み、甘言を弄《ろう》して紅椿ヶ里の古老どもに取り入ることができる。

あれは白月と違って、人を餌としか思っていない。

非道か否かといった性情の問題ではない。

狐は捕食者で、人は食料。藁成りは明確にそう区分している。

各里に暮らす善良な「人々」をつまみ食いしたのが藁成りで、だからこそ祖の化け狐の不興を買った。おかげで、郷に存在する人間の数が激減した。

紅椿ヶ里に封ぜられていた天神を食ったのはまたべつの兄弟で、こちらを『あかり怪《げ》』という。藁成りとあかり怪、どちらも危険な狐だが、早急な対処が必要なのは前者だ。

（俺は人族を守っているんだぞ、雪緒）

利己的なあやかしどものなかでこんなに人寄りな狐はいるものかと、白月は雪緒に主張したくなる。なのに、人間はいつも狐の悪い面ばかりを見る。百の善行よりも一の悪行にばかり気を取られ、心を曇らせる。

ちょっとくらいこわがらせて、なにが悪いのだろう？

本音を言えば、いまでも白月は不服でたまらない。

(だが俺以上に卑劣なのが藁成りだ)

人食い狐の藁成りが森の外へ解き放たれた。白月が入れ替わるようにして雪緒を隠れ森に連れこんだのも、自由を得た兄弟狐への懸念が頭の片隅にあったせいだ。

祖の化け狐は、人族の滅亡を望んでいない。

雪緒は覗《のぞ》き魔やらなんやらと不敬な発言を繰り返してくれたが——祖の化け狐の眼《め》が浮かんでいるあいだは、よほど冒涜《ぼうとく》的な行いをせぬ限り、雪緒が隠れ森のなかで狐どもの牙《きば》の餌食《えじき》になることはない。藁成りだって手は出せない。人を食いすぎて罰を受けたやつだ。

多少の食い気の範囲にとどめておけば、目こぼしもあったのに。

そう、食いすぎなければ。

あるいは、重要な存在に手を出したりしなければ。

いまの藁成りはもう、祖の化け狐の下で同じ過ちは犯せない。

(雪緒、我らの祖の化け狐は、暇潰《ひまつぶ》しに覗き見ばかりされていたわけじゃないぞ。見守っていたんだからな)

無知ってこわい。無邪気な暴言に、白月が内心どれほどひやひやしていたか、雪緒は知らないのだ。我らの祖の化け狐が寛容で本当によかった。狐をもっと称《たた》えるべきだ。

(けれども隠れ森の外までは、祖の化け狐の監視も行き届かない)

人の肉は美味で、骨も味わい深い。色事にも使える。徳ももたらしてくれる。妖怪《ようかい》どもに狙《ねら》われる要素しかない。蕫成りもそこを理解し、早々と隠れ森を去ったのだ。祖の化け狐の目が届かぬ場所へ。

蕫成りを仕留めねば、と白月は胸のなかで唱えた。

❁

紅椿の上里、政《まつりごと》を行う屋城の一室に、怪《かい》たちが集まっていた。

密談の場である。

「白月をこらしめようか」

蕫成りはそう議論の口火を切って、古老どもを眺めた。

半分は乗り気の姿勢を見せ、ほかは警戒心たっぷりの表情を、咎《とが》める表情を、嫌悪の表情を、狡賢《ずるがしこ》い表情を……、白月の腰巾着の楓《かえで》という怪崩れの男は涼しげな表情を維持している。

残念だと蕫成りは思い、微笑《ほほえ》んだ。こいつの顔の変化を一番見たかったのに。

「わたしのあにさま、白月は、無力な人間の娘に入れ揚げて、ついには郷の未来を担う重要な隠祭までおろそかにし始めたね。御館《みたち》が責務も果たさず放埓《ほうらつ》にすぎる日々を送るなど言語道断だろう。色に溺《おぼ》れたらいずれは政も腐ると、白桜ヶ里《しろざくらがさと》の長《おさ》がその身で証明してくれたというのに」

兄とは呼んだが、人の形を取ったとき、年上に見えるのは藁成りのほうだ。目も大きく眉《まゆ》も太く、体格も勝っている。女めいた端麗な顔立ちの白月とは違って、藁成りには武者のような荒々しさがある。

魁偉《かいい》の自覚があるぶん、藁成りは、普段は穏和な態度を心がける。

そのほうが、相手の心をとらえやすいからだ。

「幸いにして、あにさまは御館の座について日が浅い。いくらでも世を正す方法がある」

藁成りは、片手で自身の長い黒髪を梳《す》いた。

本当は、人の姿なんて取りたくない。狐は狐のままでいい。が、狐姿のときだって、白月と藁成りは対極の位置にある。優美で神々しい兄狐と、真っ黒で悪神めいている弟狐。藁成りは五尾の先まで黒く、体躯《たいく》も大きい。

藁成りは、災いの化身のようと噂《うわさ》される自身の黒狐姿に満足しているが、人の姿を完璧《かんぺき》に取れる者こそが優秀というくだらない風潮がある。昨今のあやかしどもときたら、怯弱《きょうじゃく》で困る。どいつもこいつも猿真似ばかりに精を出し、妖怪の本能をないがしろにしている。

「……その正す方法とは、白月様を廃せよというものか？」

古老の一人が嗄《か》れた声で聞く。

「事をなしたあとは、あなた様を代わりに立てよと？」と、隣の古老も懐疑的に藁成りを見た。

藁成りは笑みを深め、黒い狐耳を横に倒した。

ほかの古老たちが堰《せき》を切ったように話し出す。

「早計ではないですか、藁成り様。白月様は強い方だ、容易に排除などできまい」

「いまは郷の維持のために尾を落とされている。だから妖力《ようりょく》も抑えられているだけではございませんか。もしも白月様がその尾を取り戻されでもしたら、郷がどうなるか」

「雷王《らいおう》様の不届きな浅略で郷全体が安定を欠いたのだ。転覆の危機を白月様が食い止めた。なら、多少の蛮行には目を瞑《つぶ》るべきだ」

――古老のなかには、白月を持ち上げる者もいる。

恐れる者もまた存在する。

「そもそも数の多い狐一族を敵にまわせば、どれほどの祟《たた》りが郷に巡るのか。あそこは多産の猫一族や蛇一族と並ぶほど種族全体に活気があり、妖の能力も豊富だ」

「狐一族は祟りも深いが情も深いと言います。眷属《けんぞく》の狐たちが白月様に背くとは思えません」

「獣性の濃いあやかしなら、なおさらだ。強さゆえの身勝手さを好み、敬う傾向にある。その感覚はもちろん、我ら自身にも心当たりがある」

「我らは、白月様が長であられること自体に不服を唱えるつもりはない。少しばかり郷を顧みていただきたいだけだ」

本音を言え、と藁成りは心のなかで嘲笑《あざわら》う。人のように体面を重んじてどうする。

「だが――できるならば、獣の王を担ぐよりも、沙霧《さぎり》様のような徳も格も高い方を頂に押し上げるほうが、世は安定するのではないか」

「言うな。それだと、御せぬ」

「しかし、先の祭りの場で綾槿ヶ里の精霊が嘆いていたように、獣の妖怪が御館の座を奪う期間が長かった」

「だから、精霊や半神が立てば神威が勝ちすぎるだろうがっ」

喧々囂々《けんけんごうごう》、藁成りの存在を放って、古老どもは次第に醜悪な本音を晒《さら》し出す。

彼らにとっては藁成りでさえも若造の範疇《はんちゅう》にすぎない。無意識に格下扱いをし、軽々しく牽《けん》制《せい》する。

「いやいや、わたしを御館にせよという話では」

藁成りがにこやかに謙遜すれば、古老どもはぴたりと口を閉ざす。

「ただ、わたしはあにさまと同族で、これでも大妖《たいよう》だ」

しかし、と古老が渋る。

謀《はかりごと》の怪たる狐に口で勝てると思うのか。

「はは、昔は『御使い』にも選ばれていたんだが。神威は削《そ》がれて、俗世に馴染んだ。そうであるから、解放された。いまは単なる一個のあやかしだ。どうかな、あなた方の意に沿う者ではないかなあ、わたし。これなら次の御館が決まるまでの代理の長にもなれるだろう」

古老どものの心のゆれが、手に取るようにわかる。

まったく脆弱《ぜいじゃく》で、頭にくる。

「……だが、どうやって白月様を説得するのだ」

古老が上目遣いで問う。

『説得』だと。笑わせる。

「だれも敵わぬわたしのあにさま。なら、わたしと同じ道を辿《たど》らせようか」

「それは、どういう……」

藁成りは、その問いに素知らぬ顔をする。

代理で終わらせる気はないが、結果としておのれが御館の座を得られずとも藁成りはかまわない。妖怪の本能を尊重する掟《おきて》を設けたいだけで、権力への執着は微塵《みじん》もないからだ。

そんな野心が少しでも胸にあったなら、もっと『御使い』の定めにも未練を向けていただろう。それすら藁成りには、本能を束縛する窮屈な鎖にしか思えなかった。

現御館の白月に倣って甘ったるく濁った狐一族の堕落ぶりが、とにかく見過ごせない。狐は確かに情が深く、一度慕えば末代までも、とはいうが、そのぶん裏切り行為には容赦ない。

あの女――と、藁成りは、兄の白月が執着する人間の女の姿を頭に描く。隠れ森に一度戻った際、女を見た。

凡庸な娘だった。これまでに藁成りがつまみ食いした人々と、さして変わらぬ普通の女。

――いや、なにかの加護を身に張りつかせていたか。それに贄《にえ》の捧げ方も知っていた。

だが、その程度だ。

信心深くて健康な女など、ずっと昔には珍しくなかった。白月がおのれの評価を落としてまで重宝する価値はない。

(目が曇ったんだろう、あにさま)

それもこれも、人に憧《あこが》れ、猿真似を繰り返したせいだ。

(あにさまも眷属どももも、人間に媚《こ》び、仲間扱いして、隣を歩こうとする。獣心を忘れたか。その手は肌を撫《な》でるためではなく、引き裂くためにある。なのに、人のように衣をまとい、政を行って……、吐き気がする)

挙げ句、人の娘に溺れただと。

気でも狂っているのかと藁成りは憤りを抱く。

だから、白月を暗い檻《おり》のなかに閉じこめてやろう。かつて藁成りがいた場所に追いこんでやる。数百年も反省させれば、藁成り好みの、爪《つめ》の先まで妖怪らしい澄んだ気性を取り戻すに違いない。ああ、昔々の白月は、それはもう素晴らしかった。吐き出す怨毒《えんどく》の息で肉も骨も穢《けが》し、溶かしてしまう狂ったけだもの。かつての白月なら愛せる。いまは、食い殺したくなる。

妖は妖として生きろ、神にも人にもなれるものか。

それが藁成りの信念だ。

(でもまずは……ああ、腹が減った)

なにか食わねば。

食うために、だれを動かそう？

❁

藤の花のごとく札をたっぷりと格子戸に下げた狐形のお宮は、外から見たときよりもなかが広く感じた。ほのかに土臭さを感じる。

六畳ほどはあるだろうか。床は白木の板で作られている。窓はない。正面側の格子戸以外の出入り口もない。天井は低めだが、立ち上がれぬほどではなかった。

室内に置かれているのは紫色の座布団と手燭《てしょく》のみだ。

雪緒は、座布団の上に腰を落ち着け、黙考した。膝《ひざ》の上には、一緒に閉じこめられてしまった古蜜が乗っている。

「……千速《ちはや》にいつか殺されそうです」

古蜜がしおしおと言った。

ああうん、と雪緒は一拍遅れて曖昧《あいまい》に答えた。

お宮に監禁される前、千速は「なんでおまえまで雪緒様と一緒に入るんだ！」と言いたげに、たっぷりと恨みのこもった目で古蜜を睨《にら》んでいた。

最近の千速はどうも必要以上に雪緒に肩入れしているように思えてならない。もはや仲間扱いしていないだろうか。自分よりも古蜜をかわいがるのが許せないみたいだ。

獣って独占欲が強いよなあ、と雪緒はしみじみした。

いや、人間以上に、愛情は均等にわけられるものではないと知っているというか。それだから縄張り争いも熾烈《しれつ》になるのか。

「雪緒様、私は間違っていたでしょうか？」

古蜜が寂しげに項垂《うなだ》れて尋ねた。

「私はただ、白月様がほかの妖怪たちに侮られたり失望されたりするのが嫌だったのです。あんなにすごい方はいないのに」

「うん、白月様は唯一のお狐様だよね」

雪緒は相槌《あいづち》を打ち、古蜜の頭を撫でた。

「道に迷われているのなら、僕《しもべ》たる私がちょっと場を整えて差し上げればよいと思いました。そうすれば、白月様はきっとだれもが目を奪われるほどの荒ぶるさまを見せてくださるに違いない。私の考え通りになったはずです」

「そうだねえ」

雪緒は同意した。

白月や狐たちには不評だったが、古蜜の暗躍とその根底にある望みは、いまの雪緒の信念にも沿っている。

少々気になるのは、古蜜がいったいだれを頼って策を練ったのかというところだが……狐族は数が多い。雪緒の知らない相手の可能性もある。

「私も、白月様のためなら、たとえ憎まれようともなんでもしたいと思うよ」

「そ、そうですか！　雪緒様も同じ考えを！」

共感を得られて嬉《うれ》しいのか、古蜜が元気を取り戻す。

「白月様は、雪緒様を傷つけぬとおっしゃった。それなら、私も決して雪緒様に牙を剥《む》くことはありません！」

「うん、ありがとう」

膝の上で尾をぶんぶんと振る古蜜を撫でまわし、どうしようかと雪緒はふたたび考えこむ。

「……ここを出ないと、なにもできないよね」

雪緒の指を甘噛《あまが》みしていた古蜜は、雪緒の決意を聞いてきょとんとした。

「どうして宮を出る必要があるのですか？　白月様は雪緒様に安全な場所にいてほしいのだと思いますが」

「私の身の保証よりも白月様の安全や名誉のほうがずっと大事じゃない？　古蜜はどう思う？」

「はい、それは！」

ともにいるのが白月至上主義の古蜜でよかった。これが千速だったら、大いに渋られただろう。

「なるほど、雪緒様は白月様を支えるために外へ出たいのですね。でしたら私も同じ思いですが……私には宮の呪符《じゅふ》を破く力がありません。あれを取り除かねば、外へ出られないのです」

古蜜は格子戸を見つめて、またしょんぼりした。

呪符というのは、そこの外と内どちらともにびっしりと貼りつけられている札のことだろう。

(……宵丸さんを呼ぼうか)

雪緒もそちらへ視線を投げ、ふたたび思索のなかに沈む。

せめて愛用の煙管《キセル》でも所持していれば自力での脱出も不可能ではなかっただろうが、残念ながら隠れ森に連行される前に取り上げられている。砂粒ほどの妖力も持たない雪緒では、錠前の役割を果たしている呪符まみれの戸の開閉は困難だ。

だが、ようやく行動を起こす機が訪れた。これを逃すわけにはいかない。

白月が自らの意思で雪緒のそばを離れたときくらいしか、逃亡が成功する見込みはない。他者に攫《さら》われたときではだめだ。先の例を見てもわかる通り、雪緒が誘拐されたら白月はすぐさま追ってくる。行動に移すための時間も作れない。

(いまの宵丸さんなら、私が強く呼ぶだけで駆けつけてくれる気がする。格子戸の強力な呪符も笑顔で剥《は》がしてくれそうだ)

裏切る心配のない彼の手を借りるのが最も安全で、時間も浪費せずにすむ。

そうと確信していても、雪緒は胸に蔓延《はびこ》る懸念を払拭《ふっしょく》できずためらい続けた。

だれよりも頼りになる強い大妖。すでに雪緒はひとつ、彼に頼み事をしている。そこにもうひとつ頼み事を上乗せしても、彼はきっと嫌がらない。

（わかってはいる。白月様を優先することは、ほかの者を切り捨てることと同じ）

雪緒は暗澹《あんたん》とした気持ちを抱く。

白月の野望が途方もないぶん、犠牲も過多になる。あたり一面焼け野原になることくらい簡単に想像がつく。回避も阻止もできない未来だ。

けれども、純粋な恋情を向けてくれた者までこうも都合よく使い続けるというのは。

雪緒は中途半端に湧《わ》き上がる罪悪感を恥じて両手で頬《ほお》を叩《たた》き、深く息を吐いた。ふいの奇行に古蜜が困惑していたが、視線を返すこともない。

（自分の身すら駒《こま》にすると決めた。でも私はどうしたって人だから、岐路に立つたび迷う。そこはいい。……変える必要はない部分だ。でも、機を見誤り、無駄にしてはいけない）

雪緒の選択も、そのくせすぐに波打つ心も、宵丸はたぶん見通している。許されている。

――その許しさえ、いずれは手のひらで転がさなければならない。

「あっ」

宵丸を呼ぼうと覚悟した直後、古蜜が声を上げた。

お宮の格子戸が、外側から固い音を立てて開かれる。

それをしたのは、古蜜と同じ血筋だと告げた白銀の髪のお狐様だ。

彼女は、驚く雪緒と古蜜に、にこりとした。

「さ、御館様の居らぬうちに早く出て」

彼女はなんの説明もなしに小声で催促した。

雪緒は容易に乗らず、疑いの目で彼女をうかがった。

(どうしてこのお狐様が私たちを逃がそうとするんだろう?)

古蜜の救助のついでに雪緒にも手を差し伸べようとしているのか——いや、それはどうだろう。雪緒の取りなしがあったからこそ古蜜は処断されずにすんでいる。彼女には危険を冒してまで古蜜の解放を急ぐ理由がない。

(それに、白月様が編んだ強力な呪符を解除できるほどの妖力を、彼女は持っているの?)

どうも違和感が——と、警戒を強める雪緒の耳に、妙なぼそぼそ声が届く。

(……なに?)

戸を開いた彼女の背後に、もう一人いる。

「……出っだっ出す、人の子このここをっ出ししてそれからからおっそれっう、おううっそれでそそれうう厭《いや》だ厭だやあああめめ目、人の子がおれを見てる見て見みぃっ見るなよちくしょうちちぐいいいっ、ああっあっおおれっがっ醜いからみにみっ醜いからっらあっ」

つい真剣にぼそぼそ声に耳を傾けてしまい、雪緒は全身が粟立《あわだ》った。

狂人の独白のような、異様な迫力と不気味さを、そのぼそぼそした声に感じ取る。

「雪緒様、お早く」

女人のお狐様が再度急《せ》かす。

よく見れば彼女の笑みは不自然に強張《こわば》っており、顔も首も汗で濡《ぬ》れている。片側ばかりが薄墨色の狐耳だって後ろに倒れている。背後の連れを心底恐れている。

(どういう関係だろうか。味方ではない？　脅されて、私たちの逃亡に手を貸している？)

雪緒と古蜜は恐る恐るお宮から出た。

いまは逆らわぬほうがいいと、頭の片隅に忠告の声が響く。

女人のお狐様の背後に控えていたのは、風体からして不気味な者だった。

灰色か茶色か判別できないほどに汚れた毛羽立つ麻布を、頭からすっぽりとかぶっている。

ひどい猫背のようで、頭頂部の位置は雪緒の胸元までしかない。が、声音からして男性だろう。身を覆う麻布は、猫背のせいもあってか、十二単《じゅうにひとえ》のように引きずっている。裾《すそ》は泥で真っ黒だ。袖《そで》からちらりと覗く手はでこぼこと変形し、黒ずんでいる。

亀の甲羅を連想させるその歪《いびつ》な手に、たくさんの呪符がきつくにぎりしめられていた。この不気味な者がお宮の呪符を剥がしたようだ。その代償だろう、黒っぽい血が彼の手から滴っている。呪符の効力で化膿《かのう》もしているらしい。

雪緒は自身の袖の布を裂き、不気味な者に近づいた。

自分が薬師であることは、意識するよりも先に行動に現れた。そのことに、雪緒は少し苦しいものを抱いた。

「……いまはちゃんとした手当てができないので」

ひぃと怯《おび》える不気味な者から呪符を捨てさせ、血と膿汁《うみしる》で汚れた手に布切れを巻きつける。

「これ、すぐに浄化して薬を塗ってくださいね」

「おっあっああっひっ人の子ぉっ、しろっ白月のしっろっ、えっ、え、おれおれえにっ」

なにを言いたいのかよくわからない。雪緒は対話をあきらめた。

「雪緒様、この者とあまり関わってはいけません」

古蜜が狐耳を後ろに倒して、あからさまに警戒しながら雪緒を窘《たしな》めた。

「それは人でなしではなく、真の『泥沼』です。同族からも忌避されるような、災神に近い存在になって――」

薬師の意識を優先させた雪緒に多少なりとも危機感を植えつけようとしたのか、緊張を隠さぬ古蜜が早口で言葉を重ねた。

だがその途中、まるで蛙《かえる》が舌で餌《えさ》を仕留めるかのように、見た目からは想像できないすばやさで、不気味な者が腕を伸ばし、古蜜を鷲掴《わしづか》みにした。そして麻布の内側に……自身の顔のあるだろう位置に持っていく。一瞬のことだった。悲鳴すら上げる暇もなく、古蜜は不気味な者

に食べられた。ばりぼりごりぐちゃりという咀嚼《そしゃく》音が猫背の麻布のなかから鈍く響いた。

雪緒はなにが起きたかとっさには頭が働かず、放心した。

「おまえっ!」

さすがに狐の女人が血相を変え、不気味な者に飛びかかろうとした。

けれども、不気味な者は獣じみた動きで女人を地に押さえつけた。抵抗し、起き上がろうとする女人に、不気味な者が覆いかぶさった。

彼のまとう麻布が、ばさりと広がり、女人の姿を隠した。蠢《うごめ》く麻布のなかから先ほどのように、非道の咀嚼音が響く。やがて、血だまりが地面に広がった。

雪緒は腰を抜かし、その場にへたりこんだが、はっと正気に返って地を這《は》った。古蜜たちの非業の死に、心を痛める余裕はなかった。

逃げなければ、自分も食われる。

しかし、少しでも距離を取ろうとするこちらの気配を感じたのか、うごうごしていた麻布が動きを止めた。

雪緒は、こちらを向く不気味な者を戦慄《せんりつ》の目で見つめた。

「どっ、どおっどどっ、どこいいっ行くの?」

◎漆・狗肉《くにく》に二儀をと　あそばせば

雪緒《ゆきお》は後悔していた。

お宮のなかでうだうだと迷ったりせず、宵丸《よいまる》をすぐに招くべきだったのだ。

そうしていれば、正体不明の不気味な麻布男に連れ去られることもなかった。

麻布男は、逃げようとする雪緒を捕まえると、お宮のまわりに立っていた柏《かしわ》の木に近づいた。どっしりとした太い樹幹に、指で鳥居の形を描く。するとその鳥居の向こうから、光芒が差しこんできた。

雪緒はまばゆさに耐え切れず、瞼《まぶた》を閉ざした。光は瞼の裏も焼き、意識もつかの間、真っ白になった。

次にこわごわと瞼を開けば――秋色の山。

狐《きつね》たちの故郷である鹿楽《しからき》ノ《の》森《もり》を抜けたのだろう。十六夜《いざよい》郷《ごう》のどのあたりかも判然としない山中に、雪緒たちは立っていた。

地の傾き具合や呼吸のしやすさを考えると、麓付近にいると推測できる。

紅葉が西日に燃え、天も地も黄金をまぶしたような赤に変わっていた。

あの太陽は、本物だ。祖の化け狐の眼《め》ではない。

赤い光が降り注ぐなかを、雪緒は、いたずらに行ったり来たりしていた。

自分の意思ではない。雪緒の腕を掴《つか》む麻布男が、行っては戻りを無為に繰り返しているせいだ。

(あの場で殺されずにすんだだけ、ましだったと思うべき?)

古蜜《こみつ》たちをぺろりと平らげた悪食の麻布男が、ここでいったいなにをしたいのか、さっぱりわからない。どういう立場で雪緒を連れ出したのかも、やはりわからない。

雪緒の味方でないことは確実だろう。白月《しろつき》の味方でもなさそうだ。しかし、隠れ森にいたのだから、狐族の者だというのは確定している。

――いや、隠れ森に滞在していようと、必ずしも狐一族の者とは限らない。雪緒のように客人として訪れていた可能性も皆無ではない。

まさか鬼衆の仲間だろうか。生誕直後の若鬼は理性を持たない。

(……想像していたのと違う)

雪緒は心のなかでその仮定を退けた。鬼の仲間とは思えない。

鬼は、人もあやかしも分け隔てなく貪《むさぼ》るくらい無慈悲だが、ふしぎなことにどこか澄んだ雰囲気がある。

雪緒の目には、危険な鬼よりも身近にいる妖怪《ようかい》たちのほうが――正直な話、よっぽど欲まみれで、生臭く思える。俗物的とも言えるだろうか。人とは決定的に異なる存在でありながら、身に抱える欲深さだけは妙に似通っている。鬼は逆で、人と同じ姿を持つが、心の在り方はもっと上に置かれている。そんなふうに雪緒には思えてならない。

意味なく反復的な行動を取る麻布男は、どちらかと言えば妖怪寄りの空気があるように感じられる。顔を確かめればなにか掴めるかもしれないが、彼は人の視線を憎むかのように深く布をかぶっている。麻布を無理に引っ剥《ぱ》がすのも、顔を覗《のぞ》きこむこともためらわれる。実行した瞬間、激高され、命を取られそうだ。

古蜜たちを迷わず食い殺したこの男に、雪緒はしばらく恐怖を抱いて無抵抗のままでいたが、次第にその感覚も薄れてきた。

山の日没は早い。あっという間に夜が襲いかかってくるだろう。その前に、どこかへ――。

(そうか。もう隠れ森のなかじゃないから、本物の夜だってやってくる)

あらためて認識し、雪緒は身を震わせた。

ここまで忘れていた当たり前の寒さをようやく実感する。

隠れ森は羽織りがなくても快適にすごせた。だがいまは十月で、日暮れを迎える山の下にいる。人には少し肌寒い。

「……あの、ここはどこですか？　どこへ向かっているんでしょうか」

雪緒は不透明な状況にたまりかねて、とうとう麻布男に尋ねた。

麻布男はぴたっと動きを止めると、突然呻《うめ》き始めた。唾液《だえき》がごろごろと喉《のど》に絡んでいるような音がした。何度目かに肌が粟立《あわだ》ち、雪緒はとっさに腕を引こうとしたが、麻布男は解放してくれなかった。

「うっどっど、おれえおれおれはあっ白桜《しろざくら》、白桜にいっいーっいいいっ連れつれっつつおっおれ、人の子をおっ」

甲高い声になったり急に低くなったりと、不安定な調子で麻布男が言う。

雪緒は逃げたい気持ちを抑え、辛抱強く接することにした。

「白桜《しろざくら》ヶ里《がさと》に向かっているんですか？　……私をそこに連れていきたい？」

「うっうううん、うんっうっ」

がくがくと麻布男がうなずく。

話し方は強烈だが、意思の疎通はちゃんと取れるとわかって雪緒は安心した。

恐怖が薄れた代わりに、古蜜たちを平らげたことに対する激しい嫌悪や怒りの感情が目覚め始める。

しかし、雪緒は以前よりもずっと妖怪たちの死に、慣れてしまった。恐怖が長続きしない。抱く怒りと嫌悪も腹の底に封じ、見て見ぬふりができるほどに変わっていた。

「どうして私を白桜に連れていきたいんしょうか。だれかにそうしてくれって、頼まれましたか？」

雪緒は意図的に優しく尋ねた。

麻布男は呻いたり片腕で頭を抱えたりを繰り返したのち、口を開いた。

「おっおれはあっやくっ、やくーくっ約束をっひひ人の子をくく食おうおーおうっ一緒にいっいいいいっ」

雪緒は余計な質問をしなきゃよかったと本気で後悔した。

（だれかと一緒に私を食べる約束をして、お宮から連れ出したの？）

皮肉なことに、雪緒を食べたいと企《たくら》む者に複数心当たりがあるせいで、彼の仲間を絞れない。

「だってでもっおっ、おれおおおれはおれ、おっおまえはおれれおれを醜いと言わないから、いっいっいっ」

一か八かで男を突き飛ばし、逃げようかと考えていた雪緒は、それを聞いて気を取り直した。

これはもしかして。

「……あなたは、私を逃がそうとしてくれてますか？」

行ったり来たりを繰り返していたのは、自分を自由にするか連行するかで悩んでいたためなのか。

期待をこめて見つめると、麻布男はまたがくがくと頭を上下に振った。

「おっうううっうん、でってでもひーひっ日が日が暮れるうっからっ」

麻布男が苦悶《くもん》の声を聞かせる。

「暮れっ暮れたらおおっおれはだめだ、おれはおれでなくなってえっえっええっ俺《おれ》になるっから、おまえを逃がせなくなる」

雪緒はこの肌寒いなかで、じわりと背中に汗をかいた。

気のせいか、麻布男の話し方が少しずつまともになってきていないだろうか。

「ねえ、ここはどこの山なんでしょうか」

「こっここっらいっ羅衣山《らいやま》の下、まだ距離がある、ひっ人の子の足でははあっ、頼りない」

羅衣山。紅椿ヶ里《あかつばきがさと》と白桜ヶ里の背後に聳《そび》え立つ山だ。その霊峰の周囲を、なだらかな稜線《りょうせん》の山々が小魚群のように彩っている。

おそらくここは紅椿ヶ里に面した連山のどれかの麓だろう。

麓付近という情報が正しいのなら、雪緒でも一人で紅椿ヶ里に戻れそうだ。薬草の採取目的で、何度も連山の麓に足を運んでいる。

「私を心配してくれているんですね、でも大丈夫ですよ。宵丸さんが……お迎えが来るんです」

「むっ迎え、迎えに」

「はい。……あなたは、一人で白桜ヶ里に行けますか？」

ともに紅椿ヶ里へ戻るつもりはなかった。

麻布男を本気で信じているわけではない。

このわずかな会話のあいだに、西日に暗さがまざり始めている。それに雪緒の勘違いなどではなく、麻布男の言葉が聞き取りやすくなってきている。それがいいことだとはとても思えなかった。

「そっそう、そう行けるいっ行ける俺は行ける」

「よかった。気をつけて行ってくださいね」

雪緒は必死に愛想笑いをした。

早くこの男のそばを離れたくてたまらなかった。

「うっうん、もっっもうおれからっはは離れたほうがいい」

本心を見透かしたような発言に、偽りの笑顔が凍る。

「おまえはみっ醜いおれに慈悲を見せた、だからおれも一度は助けよう。でも夜が駆け足でおりてくる。おりてくる。おり。夜の俺は優しくない。早くお行き」

「──はい。ここまで送ってくださって、ありがとうございました」

「礼。礼はいいことだ。おまえも気をつけて」

いつの間にか猫背ではなくなっている麻布男を見上げてから、雪緒は駆け出した。

背をきちんと伸ばせば、男は長身だった。白月と同じくらいありそうだった。

❀

あっという間に日は沈んだ。

視界が悪くなっても雪緒は足を止めなかった。前方に集中しないと木々に衝突する恐れがあったが、それでも。

こういうこわくてたまらない孤独な夜を、雪緒は知っていた。一人で駆けまわるその心細さも、焦りも。

(あれはもう、十年以上も前になる)

雪緒は自分の乱れた呼吸をぼんやりと聞きながら、幼い時代を追憶した。白い月の浮かぶ夜のことだった。

――帰りたいと願っていた。その一心で外へ飛び出し、幼い雪緒は自分の家を探して走りまわった。もとの家も家族も思い出せないのに、魂に刻まれているかのように、ただ帰りたくてたまらなかった。あたたかいものが待っていると信じていた。

小川の横を走り抜け、大木の脇《わき》を通り、道々に立つ灯籠の明かりに落胆し……、「違う」と雪緒は歯を食いしばった。こんな景色は知らない。自分の家の近くじゃない。

なにも覚えていないのに、それだけはわかった。ここはとても遠いところだ。迷子なんだ。帰れないんだ。帰りたいのに、だめなんだ。

「迎えに来てよ」と、雪緒は心のなかで、だれかに叫んだ。だって、だれかが来てくれるはずなんだと、雪緒はどうしてか知っていた。ああ、そうだ、迎えはあった。あったのだ。帰れるはずだった。――なのに、一人にされてしまった。

置いてかないでよ。帰してよ。帰すって言ったのに。嘘《うそ》つき。帰して。雪緒は何度も願った。

実際、声にも出していたかもしれない。

けれども月は変わらず白々と、凍えるほどに白々と、果てまで深い夜にしんと浮かぶばかりで、泣くのを堪《こら》える雪緒を慰めようとはしなかった。雪緒が氷に変わって砕ける瞬間をきっと待っていた。

走りまわる途中で、草履《ぞうり》は脱げた。――草履なんて、はいたこともなかったから、紐《ひも》でこすれた指のあいだが転げまわりたくなるほど痛かった。皮が剥《む》けていた。それを見て、当時の雪緒はたまらず、ううっと泣いた。「痛い、痛い」と、うわごとのように口にした。助けはなかった。

もうだめだ。死んじゃうんだ。私、捨てられた！

雪緒は、赤い太鼓橋の下に身を隠して悟った。

家の近くの道路横に捨てられていた、ぼろぼろの兎《うさぎ》のぬいぐるみを思い出した。綿が飛び出ていて、とても汚いやつ。あれと同じだ。私はあのぬいぐるみに変わってしまったんだ。

橋の際にある灯籠の明かりが、気力をすり減らす雪緒のもとまで漏れてきていた。

雪緒が知る明かりは、こんなのじゃない。もっとぴかぴかしていて、赤に青に黄色と、複数あって……。

「なんでなの？」と、雪緒は自分の身を抱きしめながら、泣き言を漏らした。

どうして私はたった一人でここにいるんだっけ？　なにをしたかったんだっけ？　頭がぐるぐるした。丸裸になったような気がした。——大事なことを忘れてはいけないと、そう自分に言い聞かせていたはずなのに、お腹《なか》も空いていたし、すごく疲れてもいたし、とにかくもう寂しくて、全部わからなくなった。自分の名前ももうどこかに置いてきてしまった。深い喪失が、雪緒の心を焼いた。

そのとき、突然、ふわっと白い光が頭上に注がれた。

夜空の月の光が急に強くなったのかと思って、太鼓橋から少し這《は》い出れば、真っ白な毛並みの、近所の飼い犬よりもずっと大きな生き物が、土手の際から雪緒を見下ろしていた。

雪緒はぽかんとした。そんな生き物は見たことがなかったから、恐怖よりも驚きが勝っていた。尾の複数ある、ふわふわの狐だと遅れて気づいた。

子供心にも、これは特別な狐だとわかった。雪のような白い毛は淡く発光していて、神々しかった。

「狐さん」

呼びかけると、白狐は、こてりと首を傾《かし》げた。

言葉が通じているように見えたことに勇気を得て、雪緒はさらに太鼓橋の下から這い出た。

「私の家、どこか知らない？　私、寒くて、帰りたい」

白狐が近づいてきた。すごくもふもふしていてあたたかそうだった。

雪緒は恐る恐る手を伸ばした。

白狐は嫌がらなかった。毛並みは、雪緒の手が埋まるほどふっかりとしていた。生き物の体温があった。それが雪緒を安心させた。

寒さ以上に、ひとりぼっちが狂いそうになるほどに耐え難かったのだと、雪緒は悟った。

「お母さんはどこ？　お姉ちゃんは？」

ペットとも暮らしていたはずだ。猫だっけ？　犬だっけ？

「どうしよう、帰り道、わからない。どうしよう……」

雪緒は、顎《あご》が痛くなるほど歯を食いしばった。

泣きわめいたら、この狐にも見捨てられてしまうかもしれない。そうしたら、体から、白い綿が飛び出してしまう。

「お母さん、お父さん、助けて。痛い、足が痛い……、お母さんって、だれだっけ？」

過去がぼろぼろと崩れていく。自分が消えていく。

――記憶が、水に流れていく。

そうだ、私の記憶は、ダムの水に浸してあげた魚の餌になってしまった。死んでいた魚がごめんねと謝った。苦しそうだったから、いいよと言ってしまった。死ぬのってつらいよね。そう思ったから。

あの魚に会えば、記憶は戻るだろうか?

「死にたい」

死ぬってわからないのに、言葉が漏れた。だってもう全部嫌になってしまった。

白狐が窘《たしな》めるように、雪緒の頬《ほお》を鼻先でつんつんした。

雪緒はまた歯を食いしばり、白狐にしがみついた。白狐は、しかたないなあとでもいうように、尾で雪緒を包んだ。

いくらか手足にぬくもりが戻ってから、白狐はふいに、雪緒の襟首をぱくっと咥《くわ》えた。そのままのんびり歩き出す。

「ええ……、私、狐の子どもじゃないよぉ」

仔猫《こねこ》がこんな感じで母猫に運ばれていたのを見たことがある。

無理やり見上げて、抗議すれば、白狐が金色の目を細めた。空の月よりずっときれいに雪緒を照らしていた。

「私のこと、自分の子どもだと思ったの?」

白狐は答えず、雪緒を連れて進む。

どこかに帰る足取りだった。帰る場所がある者の足取りで間違いなかった。

それは雪緒の魂を守った。連れ帰ってくれる者がいる。迷子になっても、こうやって。

「……いいよ、私、狐の子だよ」

人間の子を、自分の子だと勘違いして連れ帰ろうとする、かわいそうな親狐。一緒にいてあげる。そうしたら、雪緒も壊れないですむ。

「私が、たくさん家族になってあげる」

だから連れ帰って。

一緒に帰ろう。帰りたい。

(――どこに?)

……――雪緒は、ふと目を瞬《まばた》かせた。

甘い夢を見ていたような心地だった。

状況は、なにも変わっていない。

記憶のなかの自分のように、いま、暗い場所を一人きりで走りまわっている。

雪緒はかぶりを振って、夢の名残りを消し飛ばし、走ることに集中した。周囲に響くのは、自分の荒い呼吸だけだった。

(違う、……足音が)

雪緒はぞっとした。

後ろからだれかが追いかけてきている気がしてならない。それが恐怖による妄想か、信ずるべき直感なのか、冷静ではないいまの雪緒には正しく判断できなかった。

いや、妄想ではない。

なにかが確実に自分を追跡している。地を蹴《け》る獣の足音だ。

雪緒は歯を食いしばり、足を動かす速度を上げた。

折れた枝葉に埋もれている地面は走りにくくてしかたがない。

そう苛立《いらだ》ったそばから雪緒は転倒しかけた。次の瞬間、黒い影がざっと横に出現する。ひっと仰《の》け反る雪緒に、黒い影が飛びつく。

その場に横に倒れこんだ雪緒は、手足を引きちぎられて血を啜《すす》られるという妄想に取り憑《つ》かれ、きつく目を瞑《つぶ》った。自分の心臓の音が重い太鼓のように、恐怖に痺《しび》れた体のなかに響いていた。

「……おーい」

よく知る男の声に、諦念《ていねん》すら抱きかけていた雪緒は、勢いよく目を開けた。

青い羽織りを引っかけている宵丸が、覆いかぶさるような体勢で雪緒の顔を覗きこんでいた。提灯《ちょうちん》代わりなのか、いつもは出さない尾の先を蛍《ほたる》のようにふんわりと光らせている。

「んも～、おまえが呼んだ気がしたから、急いで来てやったのに、なんで逃げるんだよ。俺と山を駆けたいのか？　夜の山は危ないんだぞ」

宵丸は頬を膨らませ、どこか呑気《のんき》な調子で雪緒を叱《しか》った。

雪緒は一瞬、現実を見失ったような気持ちになったが、すぐにわなわなと身を震わせた。

「……すごく！　まぎらわしいです!!」

「はっ？　なにが？」

「どうして飛びかかってきたんですか！」

宵丸はどうやら獣姿で雪緒を追いかけていたらしい。

「どうしてって、疾走しているおまえを止めようとしただけじゃないか。そうしたら、大げさに倒れるんだもん。俺のほうが驚いたぞ」

「てっきり私を襲うつもりかと思ったんですよ！」

雪緒はほっとしたやらなんやらで、八つ当たりしたくなった。本気で怒っているわけではない。感情を持て余しているだけだ。

「雪緒うるせ～、ほら、いつまでも地面に転がってんなよ」

と、迷惑そうな宵丸に腕を掴まれ、立たせられたが、飛びついてきたのはだれだと思っているのだろうか。

(獣の習性で、逃げる者をつい捕らえようとしたんじゃないだろうか、宵丸さん……)

この思いつきを口にしたら、宵丸に怒られそうだ。

「……なんだよ、物言いたげな顔をしやがって」

「いえ。……迎えに来てくださって、ありがとうございます」

「うーん。人の子め」

なんでか怒られ、頬を軽くつままれた。時々、宵丸の情緒がわからなくなる。

「ひとまず、俺の屋敷に行くか」

そう方針を決めると、宵丸は提灯代わりの光る尾を雪緒のほうに近づけ、首を傾げた。

「なんかおまえ、会うたび歯を食いしばってんなあ。力抜け」

そんなことはないと言い返そうとして、雪緒は考えこみ、肩の力を抜いた。

宵丸が満足げに笑った。

　　　　　　　　　　❁

いつかの輿《こし》入れの夜を連想するような道のりだった。

八月に体験した幻の世のひとつで、雪緒は宵丸に嫁いだ。そのときに黒獅子《くろじし》の背に乗り、平屋建ての瑠璃茉莉《るりまつり》の屋敷に入った。黒獅子しか迎えは来なかったというのに、見えぬ行列が後尾に続いていた。行列は、金の粒を道にばらまいていた。

いまは宵丸に嫁ぐために瑠璃茉莉の屋敷へ向かっているわけではないが、あの夜と同様に、見えぬ者たちが後尾に続いているのがわかる。ただし、道にまいているのは金の粒ではなく、青い粒。瑠璃の粒だ。

それらが地面にぶつかると、ちらちらと青い輝きを放つ百足《むかで》の群れに化け、雪緒たちの横を駆けまわる。あるいは小鳥群に化け、星のように瞬きながら宙を舞う。

黒獅子姿に化けて雪緒を背に乗せる前に、「雪緒の気配を消しとかねえと、里に入った瞬間白月に気づかれそうだなあ」とぼやいていたので、おそらくこの神秘現象は雪緒のために発生している。見えぬ行列は宵丸の眷属《けんぞく》で、周囲を駆けまわることでこちらの気配を隠してくれているのだろう。

一人では恐ろしかった夜道も、宵丸となら安心して進める。

（宵丸さんは、いつも迎えに来てくれる）

雪緒は感謝とともにそう考え、ふと首を捻《ひね》った。

だが昔、最初に迎えに来てくれたのは白狐……白月だ。

払いのけたと思っていたのに、夢の余韻はまだしつこく雪緒のなかに残っていたらしい。

そう、太鼓橋の下まで迎えに現れたのは白狐――だけども、その前は？

雪緒は、神秘現象を目に映しながらも、自分の過去を深く覗きこんだ。

もっと前のことだ。もっと……。

（あれ……）

ダムで死んだ魚を見つけて、天国にいけますようにと祈りながら水中に入れて。そのとき水中に姉の姿が見えた気がして、それで。

「助けてほしいかい？」と、だれかが――。

いや、違う。これはこちらの世界に渡ってくる前の雪緒の願望だ。助けがほしかった。行方不明の姉が見つかるようにと、何度も神社に参拝し、祈った。ねえ助けて神様。お姉ちゃんを見つけて。私、なんでもするからお願い。それだけでも足りなくて、空想の神様まで頭のなかに作り、姉の救助を繰り返し夢見た。どんな願いでも叶《かな》えてくれる万能の神様。素敵な神様。

……待て、ダムとはなんだ。頭が痛い。

「ねえ、宵丸さん」

雪緒は無意識に呼びかけた。

黒獅子は振り向かなかったが、ぴこっと耳が動いた。

「私、ずっと前に、宵丸さんの背に乗ったことが……いいえ、抱き上げられたことが、ありませんでしたか？」

黒獅子の足が一度止まった。すぐに歩き出す。

「鹿《しか》がたくさんいたようなところで」

鹿ではなくて、人だったか。竜だったか。魚だったか。それとも。

(だめだ、思い出せない)

これが本当の記憶なのかもわからない。

「すみません、変なことを言いました」

雪緒は小声で謝罪した。

あまり声を出さないほうがいいだろう。

黒獅子は返事をしない。でも心なしか、耳が垂れている。

雪緒は手を伸ばして、黒獅子を撫《な》でた。

だれと鉢合わせすることもなく雪緒たちは無事に紅椿に入り、上里にほど近い位置にある瑠璃茉莉の屋敷に到着した。

屋敷の前に立つと、懐かしいような、それでいてずいぶん久しぶりに訪れたかのような、ふしぎな感覚が雪緒の胸のうちに湧《わ》き起こる。

(ここのところは、あっちの里へ行ったりそっちの里へ向かったりと、忙《せわ》しなかったから)

いまだって瑠璃屋敷に長居できるわけではない。

出迎えに現れた女童に──いつかの世で由良《ゆら》に殺されたあの女童だ──宵丸は下がるよう合図してから、雪緒に目配せして屋敷の奥へ向かった。

宵丸の屋敷の間取りはおよそ覚えている。簡単にいうと、屋敷の左端側に土間や水場、板間、納戸、居間などが上下に設けられている。その居間から右側へ続く廊に各部屋が並ぶ。右端側には式台を置いた玄関がある。雪緒たちが通ったのはこの玄関で、以前に披露宴の場となった座敷もこちら側に作られている。

宵丸が足を向けたのはもっと奥、床の間と押し入れを設けている六畳ほどの板敷きの部屋だ。調度類はひとつも置かれていない。床の間には掛け軸ではなく、緑色の壁いっぱいに直接雷神の墨絵が描かれている。大胆な筆致で、少々ぎょっとする。

部屋の中央には緋毛氈《ひもうせん》が広げられていて、そこにいくつかの包みが用意されていた。

「俺は有能だから、ご要望のものは全部揃《そろ》えてやったぞ。……くそぉ、あの鯉《こい》野郎には会いたくなかったあ」

宵丸が包みの脇に胡座《あぐら》をかき、ふんぞり返ったあとで、悔しげな顔をした。

「鯉野郎って……。六六《ろくろ》様はお元気でしたか？」

「お元気じゃなくなればいいのにって思ってる」

なるほど、六六は息災のようだ。

安心して、雪緒も彼の正面に座る。

この包みの中身が、宵丸への頼み事だった。

「本当にありがとうございます、宵丸さん」

宵丸の手助けがなければ雪緒の道はまったく違ったものになっていただろう。

それを思うと、自然と頭が下がる。

「あー、あーっ！　もぉ〜！　べつに文句なんてねえけどぉ、ほーら！　前に俺が言った通りになった！　雪緒は神妙な顔をしながら俺を騙《だま》す！　悪女！」

宵丸は叫びながら横に倒れた、と思ったら子どもの癇癪《かんしゃく》のように手をばたばたさせ、すっと真顔になって座り直した。

これは放っておこうと雪緒は思った。

「あれほど俺が心を砕いて、二度と魂分けみたいな真似《まね》はすんな、すっごい禁術だと諭したのに！　またしれっとやろうとする！」

ばたついたり座り直したり怒ったりを数度繰り返す宵丸を横目に、雪緒は手前にある包みのひとつを開いた。

「聞いてんのか、こらっ」

「宵丸さんの話を私が真剣に聞かなかったことがありますか？」

「こっちも見ずに言いやがって！　雪緒がどんどん悪くなる！　人の子育成指南書、使えねえな!!　こういうときの対処法まで書いとけよ！」

「――待って、いまなんと？」

「あん？　なにも言ってません～」

つれなく横を向く宵丸に目を向け、雪緒は困惑した。

なにかが意識に引っかかった気がするが、まあいい。いま集中すべきは、目の前にある道具のほうだ。緋毛氈の上の、一番嵩《かさ》のある包みに雪緒は手を伸ばした。

開いてみると、なかにあったのは呪符《じゅふ》で封じられた壺《つぼ》だった。

ここに用意されたものはすべて、蛍雪《けいせつ》禁術で自身の傀儡《かいらい》を作り出すための特殊な材料だ。童子の髪や胎盤、孔雀《くじゃく》の嘴《くちばし》に提灯花、猿の脳髄に左手など、自分だけでは集め切れないものが多数のため、それらを入手できそうな六六への交渉を宵丸に頼んだ。

「この部屋をしばらくお借りしていいですか」

　特殊な材料を扱うため、いつもの手順ではできない。時間もかかる。

「急げよ。俺の屋敷内だとはいえ、いつまでもおまえの気配を隠しておけないぞ。もって数日、早けりゃ一日で勘づかれるだろうよ。俺はおまえ贔屓《びいき》だからと、複数のやつらに見張られているみたいだしな」

　真面目《まじめ》に警告したあとで宵丸はふたたび怒り出し、ばんばんと床板を叩《たた》いた。

「おまえってやつはさあ～！　すっごい脅したのに！　だめだと言ったのに！」

「今回は一体分しか作らないので、私本体が行動不能に陥ることもないはずです。単純な歩行くらいならできます」

「あー、あー！　あー!!」

　宵丸は全身全霊で「認めねえ！」という反応を見せるが、それでも雪緒を本気で止めようとはしない。

　見捨てないと、どんな頼みも聞くと、彼は以前にそう誓った。

　雪緒はその誓いのこわさを、本当の意味ではきっとまだわかっていない。が、いまは彼以上に信頼できて、かつ多少の無理難題も叶えてくれるような有能な者がほかにいない。

「……宵丸さん、傀儡は保険のために作るんです。私は白月様のために死ぬけれど、できるなら、その前に少しでも役に立っておきたい」

宵丸が無言で顔をしかめた。

「いつ殺されてもいいと思っていたんですが、お狐様方の隠れ森に入ってから、思いがけず様々な方が私に会いにこられました。白月様には強気で宣言しておきながらも本当は、自分の価値にあまり自信がなかったんです。でも、彼らと対面して、もう猶予なんてないぞと横面を張られたような気分になりました。死ぬにはまだ早いみたいです」

雪緒は壺の呪符を剥がし、蓋《ふた》に手をかけて、独り言の口調で話した。

「白月様は私の心のすべてを手に入れたいのに、恋の部分を……、その米粒ほどの大きさの感情を取りこぼしてしまったと思われた。それも奪わなければ終われないと焦っていらっしゃる。ご自身の執心を恋心に置き換えてでも得ようとしています」

そんなことはしなくていいのに、と思いながら壺の蓋を外す。途端、強烈な――毒霧のように凄《すさ》まじい異臭があたりに漂った。ぐちゃっとしたものがなかに収められている。

「私の恋は白月様には野望を阻む害悪でしかないけれど、だからといって失うわけにもいかない。ほかのだれかに渡されるのも許せない。なら、私が害悪とはならないべつの思慕に作り替えてしまえばいい……尊信する方向に。白月様が望まれる形のものなら、悩ませることもありません」

そのはずなのに、白月はここへきてなぜか、矛盾した行動を取り続けている。信心を恋に戻せ、と乞《こ》うような態度を見せる。

おかげで話がおかしなことになってきた、と雪緒は内心で嘆息する。

「白月様は私が勝手をするのをきっと嫌がるでしょうね。まだ全部を手にできていないのに、私が離れた地へ行けば、心までも離れるかもしれないと疑っておられる。たとえ永遠の誓いを立てようとも、人はとても移り気で、簡単に感情を枯らすから油断ならないって」

宵丸が座り直し、こちらの胸のなかを覗きこむような顔をする。

「白月様が嫌がっても、私はやっぱり、高みへと押し上げるための黄金の階《きざはし》に化けなきゃいけない……でも白月様の怒りは燃え盛る炎のようで、触れただけで呆気《あっけ》なく死んでしまうかもしれないから、念のために傀儡を」

白月と雪緒の事情を知らなければ支離滅裂でしかない独白のような言葉の数々を、宵丸はしっかりと聞き取った。もぞもぞと雪緒ににじり寄り、横から見つめてくる。

「神獣以上の存在に化けたいという白月の宿望に、気づいたのか。その上で、命を賭《と》してあいつを押し上げる一手になるつもりか？」

「はい」

「……そうか」

宵丸がわずかに身を引き、視線を落とす。

「俺は少し勘違いをしていたみたいだ」

と、宵丸は静かに言った。

「白月に振り向いてもらうための打算的な献身ではなかったか。雪緒はもう、これっぽっちも白月と結ばれる気はないんだな」

「そうですね。成就の夢は、私には大きすぎました」

「結ばれたら、それは白月の野心を粉々にする。だから手を取り合う道は求めずに、自ら供物になる道を……」

宵丸はかすかに笑った。

「いや、おまえ……こいつはすごい。人とは、本当にわからんものだ。好きになってもらえなくてもかまわぬからそばにいたい、というような報われぬ情念ともまた違うんだろ」

その段階はとうにすぎたというべきか。そこまで純粋ではいられなかったと恥じるべきか。

悩みながらも包みの中身の確認を続ける雪緒の頬に、宵丸の視線が刺さる。

「おまえはよくも悪くも妖怪どもに匹敵する禁術を手に入れた。そんなやわい情念を抱えるだけでは満足できない。いや、ただ想《おも》う以上のことができると気づいてしまったからこそ、立ち止まれないのか」

確認作業を続ける雪緒の手を、宵丸は急に取った。

目を丸くする雪緒の体の向きを自分のほうに変え、にぎった両手を軽く振る。

「なあ、それはもうおまえ、恋というものではなくないか？」

「いいえ、私の唯一の、生涯の恋です」

迷わず否定すると、宵丸はつまらなそうに手を離した。

「ただ、白月様本人にはもう伝えられない恋です。白月様が私への執心を恋に置き換えるのなら、私は恋を信心に変えます」

力をこめて雪緒が宣言すると、宵丸は、むっと眉《まゆ》をひそめて考えこむように俯《うつむ》いた。

これからは、恋は少しずつ固い信心に変わったのだと、白月に信じさせる。

その戦いがすでに始まっている。

いつか宵丸にもそう勘違いしてもらえるよう、雪緒は自分の心の変化を小出しにしていかねばならない。爪《つめ》の先で刻むように、少しずつ皆の認識を変えていくのだ。

（いまはまだ、私が意地を張っているだけだろうと、白月様も、宵丸さんも、本心では思っている）

優しくしてやれば、そのうち心の強張《こわば》りも溶けて、また淡い花を胸に咲かせるだろうと。なにせ人は、ゆらぎやすいから。

（――怪《かい》の、人に対するそうした認識も逆手に取ろう）

移り気な人、だから誓いを立ててもすぐにゆらぐ。ゆらぐ様も何度か意図的に見せる。いまみたいに。いかにも「人」らしく。それでも迷いながら突き進み、やがて本物の信仰に化けたと、最後に『完成』した姿を見せる。少しずつだ。

そうして雪緒は、白月も異界の神々も最後まで騙し切ろうと目論《もくろ》んでいる。変わらなかった恋だけを後ろ手に隠して。

（やり遂げよう）

恋に生きて死ぬ。雪緒はふっと笑いたくなった。身勝手な野望だろうと、そこに「恋」という言葉がつくだけで、なんだか劇的できれいな言い回しに変わる気がする。無視できない価値を得る。その価値が、雪緒はほしい。自分がこのふしぎな世に渡ってきた意味、ここまで生きてきた意味は確かにあったのだと、だれかに、もう顔も思い出せない大切なだれかたちに、大声で叫びたくなる。

恋に生きるくらいなのだから、不幸じゃない。不幸も幸福もおかまいなしに、自由に生きて死んだだけだと。

「……まあ俺も、もう腹をくくっているからいいけれど！」

考えるのが面倒になったらしい宵丸が、ぱっと顔を上げた。

雪緒はうなずいた。そうだ、自分も腹をくくったのだ。

「でもな、どんな思いで雪緒が献身的に振る舞おうと、白月の望みなんて叶うもんかよ」

「――なぜ？」

線を引かれたような気持ちになって、雪緒は唇を歪《ゆが》めた。

「あいつがどういう者に化けたがっているのか、具体的に知ってんのか？　無謀に尽きる」

「具体的にって……」

困惑する雪緒を、宵丸は鼻で笑った。

「いや、いい。とにかく術を完成させたいなら急げ。腹は立つが、俺はおまえがどれほどばかげた選択をしようと受け入れるって決めてんだ。お、これもある意味、信心に近いよな」

わざとなのか無意識なのか、宵丸は凪《な》いだ目を雪緒に注ぐことが増えている。

✽

もともとの作戦は、宵丸に禁術の材料と仕事道具の煙管《キセル》を隠れ森にこっそりと届けてもらったのち、白月に囮《おとり》の傀儡を接触させ、その隙《すき》に脱出、それから由良たちの待つ白桜ヶ里へ直行するというものだった。

雪緒の推測が正しければ、白桜ヶ里へ辿《たど》り着きさえすれば、あとはなんとかなるはずだ。

(白月様は、私がまた傀儡を操って欺《あざむ》いたと気づいたら、烈火のごとく怒るだろう)

事前に計画を看破されるのもまずい。そのため、宵丸の交渉がすむまでは、基本的には従順な態度を心がけ――だが従順すぎても猜疑心《さいぎしん》の強い白月には逆に怪しまれるので、時々形ばかりの反論もして――余裕があれば外界の情報集めに勤《いそ》しむ予定だった。が、こうも次から次へと森に「招かれざる客たち」が訪れるとは予想だにしなかった。

挙げ句に隠祭までも白月に指揮させる流れを作るとは。

雪緒の計画を嘲笑《あざわら》うように、不測の事態が連続した。

それに、思い出すだけで心を重くする、古蜜の死。千速《ちはや》ほどに気安い仲ではなかったが、愛らしい子狐だったのに。別れが唐突すぎて、まだ感情をうまく整理できない。

怪とは長寿、あるいは不老の者が珍しくない。なかには不死をうたう者もいる。その不死も完全とは言いがたく、「何事もなければ」という条件がつきまとう。自分より強い者に襲われたら消滅する。

(あの麻布男は何者だったんだろう。彼と裏で手を組んでいた者も謎《なぞ》だ)

宵丸にそれとなく協力者の有無を尋ねてみたが、そんな者はいないし、当然だれも森に寄越してはいないとのこと。

嫌な予感に苛《さいな》まれながらも雪緒は傀儡用の札を作ることに集中した。

薬師の立場上、一般の女性が飛び上がりそうな嫌悪をもよおす原料……昆虫類の干物だったり動物の臓腑《ぞうふ》だったりを扱う機会も多いが、そういった天然の生薬に慣れていてさえも、傀儡に使用されるものを手に取るのはためらってしまう。

「をぎまつるたまはわなり、こは美《うま》し身依《みよ》りしみやしろ、きよに構造しあはにぎなるものと取りつくらむ」

おぞましいもの、そうでないものを切り分け、混ぜ、焼き、煎《せん》じて、灰を墨に変える。溶かしたのち、筆の穂先を漬けこむ。

傀儡の図を描くには、札も大きなものを使う。

「わはこれ、あはわざのみに」

まず描くのは母体を表す門だ。その中心に、自分の名を顔に記した女の絵。恙《つつが》なく動くよう手には草を持たせ、首が折れぬよう頭には冠の重しを乗せ、歩行できるよう足には沓《くつ》を。臓腑が漏れ出ぬよう身には衣を。見張っているという意を示すため、衣には「目」を無数に描く。色も加えねばならない。腐臭が漂わないよう花の汁を。重力が宿るよう黄土の顔料を。集中しながら、門の外側に祝詞《のりと》を記す。これは天地に背かぬ者と示すため。

札作りが完成すれば、あとはいつもの手順で進められる。

札を炙《あぶ》り、トントン刻んで、煙管の雁首《がんくび》に詰めこむ。火をつけ、吸う。

この瞬間が一番嫌いだ。煙が体内を巡るとき、複数の笑い声と、獣の鳴き声と、波の音が響き渡るから。禁術であることを、つくづく思い知らされる。

（成功するだろうか）

雪緒は体内を循環する轟音《ごうおん》に耐えながら、ふと不安を抱いた。

傀儡の術は失敗しやすい。

姿形に問題がなくも、五感を正常につなげられないことがある。意識が鈍ることも。

だが、もし失敗したとしても、札を新たに作り直す時間があるかどうか。

宵丸はこの術がよほど気に食わないのか、壁際に避難したきり、近づいてもこない。とはいえ、部屋を出ていく気もないらしい。

「うつしたまえあのみや」

煙を吐き出せば、宙でぐるぐると円を描く。雪緒は目眩《めまい》に耐えた。煙を吐き出すとき、体内の気も一緒に抜かれるような感覚がする。


「――雪緒、出るぞ」

使用した道具の片付けの途中、宵丸が急にこわい声を聞かせた。

「だれかに気づかれたかもしれない。外を見張っていた眷属の気配が消えた」

不吉でしかない発言に、雪緒は息を詰めた。

「いまから白桜ヶ里に向かう。あっちのやつらは、おまえを拒みはしない。俺は直接会っていないが、鯉野郎が白桜のやつと段取りをつけていると言っていた」

「六六様が？」

「おまえが安心できるよう、ってか、行き違いにならんよう文くらい寄越せよと言ったんだがな。言葉を紙に残すとそれはそれでのちに厄介なことになる、そんなこともわからんのかって、面倒臭くて小難しいことをだらだらと言われた。鯉うるせ～って感じだ」

宵丸は嫌な顔をした。

「手助けしてくれるんなら、もっと積極的に役に立ってくれっての。なんであういう頭の固い精霊って自発的に動こうとしないんだろうな。命令されなきゃなにもできんっつうかさあ。魚だからか？」

六六への文句を挟みつつ早口で告げると、慌てる雪緒を無理やり引っ張って、宵丸は土間側へ急いだ。

沓を履く時間も惜しいというほどに急《せ》かされ、雪緒はあたふたしながら屋敷を出た。

「白月様に気づかれたんでしょうか。それともべつのだれかに？」

「わからん。そこまで特定できん」

お宮からの脱出には白月もとっくに気づいているはずだ。その後に雪緒が宵丸を頼ることも間違いなく読んでいる。

だがまさか、目と鼻の先にある宵丸の屋敷に逃げこむとは思わないだろう。というより、愚直に紅椿ヶ里に戻ってくるとは考えないだろう。疑《うたぐ》り深い性格だからこそ、まさかそこまで間抜けな選択を雪緒たちがするわけがない……と白月は深読みし、その可能性を真っ先に切り捨てる。

宵丸も、そこらへんの読み違いを狙《ねら》って、あえて自分の屋敷に入ったのだ。だが、それも一時の時間稼ぎ。白月が騙される時間は短い。

（やっぱり一日も持たなかったかあ）

雪緒は眉根《まゆね》を寄せて頭上を見た。深々と更ける夜。闇《やみ》が濃い。できるなら半刻だけでも体を休めたかったが、悠長なことは言っていられないようだ。

宵丸は屋敷を出てすぐに、宙を睨《にら》みつけ、警戒の声で言った。

「なんかすっごい嫌な感じの気配だ。もたもたしていたらまずいことになる。……俺の背に乗れ」

雪緒の返事を聞く前に、宵丸はすばやく黒獅子姿に変身した。

逆らわずに背に乗れば、宵丸は静かに地を蹴った。以前みたいに、雪緒を乗せたまま楽しげに飛び跳ねたり咆哮《ほうこう》したりすることもない。

しかし、わずか十歩も進まぬうちに、宵丸が動きを止めた。

「宵丸さん？　なにか……」

雪緒は尋ねかけて、言葉を切った。

天がぴかりぴかりと光っている。星の瞬きのわけがない。世の果てまで墨をぶちまけたような深い夜だ。ほんの少し前にも、闇が濃いと思ったばかりだった。

（青白い矢が）

空で明滅を繰り返すものは、流星ではなく、こちらに降ってくる炎の矢だ。

宵丸が乱暴に雪緒を背から振り落とし、人の形に戻る。声も出せぬほど驚く雪緒を庇《かば》うように片腕で抱えこむと、大地をダンッと勢いよく踏みつける。すると地中の至る箇所から、白と黒の百足が宙へ飛び出した。

百足は一瞬で大蛇のように膨らみ、雪緒たちを守るようにぐるりと周回した。その直後、無数の矢が迫り、地に突き刺さった。

「ぐっ……！」

宵丸が痛みに呻く。百足群が盾になっても、すべての矢を防ぎきれない。

宵丸に抱えこまれていた雪緒は、我に返って必死にもがいた。

彼の足や肩に、青白い炎をまとった矢が刺さっている。この炎の色は――狐火《きつねび》だ。

「宵……っ！」

名を呼び切る前に、宵丸は、雪緒の体を力一杯突き飛ばした。今度は頭上からではなく横から矢が飛んできて、宵丸の腹を貫いた。

地面に転がった雪緒は、一瞬呆《ほう》けて動きを止めたが、慌てて身を起こそうとした。だが、近づくこともできなかった。

白い大狐の群れが真っ暗な木々のあいだから出現し、猛獣のごとく宵丸に襲いかかった。その勢いのまま、宵丸の身を向こう側の木々の奥へ連れ去ろうとする。

「宵丸さん!!」

雪緒は立ち上がり、喉を引き裂くような大声で叫んだ。

けれども、やはりそれ以上はなにもできなかった。

なぜなら自分の臑《すね》にも矢が突き刺さっていた。

雪緒はそれをぽかんと見下ろし、ふたたび地に倒れこんだ。

地面に体が衝突する前に、だれかが雪緒の腕を掴んで支えた。

「――やあ」

優しく声をかけてくるその者を、雪緒は見上げた。

なんだか白昼夢でも見ているかのような気分だった。うまく焦点が合わない。

「白月様」

無意識に呼びかければ、その者の輪郭がやっと定まった。まるで、呼ばわったことで形が鮮明になったかのようだった。

その者は白月で間違いなかった。冴《さ》えざえとした金の目が、雪緒を見つめていた。

――雪緒が勝手な行動を取れば、白月は烈火のごとく怒る。それはわかっていた。だが、早い。こんなに早いとは。

「食っていいか」

優しく問われた。

「いいだろう？」

雪緒は思考を打ち切り、目を瞬かせた。

（いつもであれば……もう少し感情的な顔をして怒りの理由をはっきりとぶつけてくるのに）

もう怒りを向ける価値もないと思ったのだろうか。

(読み違えたのは、私のほう?)

隠れ森で何度唆《そそのか》しても白月は我慢を続け、雪緒を食べようとはしなかった。だから、たとえ怒りのままに痛めつけられることはあってもすぐには殺さないだろう。雪緒はそう結論づけていた。楽観的というよりは過去を踏まえての判断だ。

(肝心なところで見誤ったのか)

執心を恋心に置き換える面倒さに、白月はついに嫌気がさしたのかもしれない。

「ああ、でも俺は、人を食うのは実のところ、久しぶりなんだ」

世間話でもするかのような軽い口調で白月は言う。

「まずい妖《あやかし》なら食ったんだが、そのしけた味にうんざりもしていたところで。だから気分を高揚させるためにも、少し逃げまわってくれないか」

「――宵丸さんは、解放してくれますか」

白月は答えず、にこりとして、雪緒を軽く突き飛ばした。足を負傷していた雪緒は、踏みとどまることもできず、その場に倒れこんだ。

「ほら、行け」

雪緒は混乱したまま、地を這った。

いまの白月は話が通じない。いや、もうまともに話をする気すらないのか。

それとも、怒りが勝ちすぎて我を忘れている状態なのか。

（もしもそうなら、時間を置けば正気に戻ってくれる？）

とにかく逃げないといけない。雪緒は必死に這いずり、距離を取ろうとした。緩慢な進みだった。

「う……っ」

雪緒は呻いた。矢で貫かれた箇所が燃えるように熱い。痛みで全身が汗ばむのに、震えが走る。歯を食いしばり、匍匐《ほふく》する。呼吸が乱れる。

「遅い」と、背後から髪を乱暴に掴まれ、強引に頭を上げさせられる。

「それで逃げる気、あるのか？　虫けらだってもう少しましな動きをするぞ」

白月が不快げに罵《ののし》る。

「まったくおまえは役に立たないな、雪緒！」

「わ、私は——」

「そのくせ図々しい。宵丸を解放しろだと？　おまえのせいでいま、俺の眷属に食われかけているのに？」

髪を鷲掴《わしづか》みにする白月の手から逃れようと苦心していた雪緒は、その言葉に息を止めた。

振り向くより早く白月は、雪緒の髪をにぎったまま首を自分のほうに向けさせた。こちらの苦痛や屈辱に一切頓着しない乱暴な手つきだった。

「人というのは、甘い顔をすればどこまでも勘違いしてつけあがる！　いい加減、腹に据えかねる」

白月様、とつぶやけば、反論のようにでも聞こえたのか、薙《な》ぎ倒すように髪を振り払われる。

雪緒は勢いよく地に倒れた。その拍子に髪がたくさん引きちぎられ、頭部がずきずきした。

「俺が真の人でなしだと、なぜ人はわからないのか」

白月が傲然《ごうぜん》と言う。人の浅さを嘆いている。

「ああ、こうやって人の形を取っているから、わからないのかな。なら、これで」

白月は指に絡みついていた雪緒の髪を、ぱっぱっと振り落とすと、白狐姿に変じた。金の瞳《ひとみ》が嗜虐的《しぎゃくてき》に赤く染まり、にんまりと弧を描く。

そこにいるのは、人でなし。化生《けしょう》。恋を知らぬ化け物。

雪緒の恋は、地の底に落ちたあとでさえも、気が狂いそうになるほど試される。

これでも、これほどの化け物でも、まだ甘ったるく好きだと言えるのか？　恋にとどめが刺されたか？　――そう耳元で囁《ささや》かれる。それをするのは雪緒のなかに住む魔物だ。もう一人の自分。

「わ、私は、あなたを……っ」

雪緒は、震える唇から言葉を振り絞った。

呑《の》みこまれるな、覚悟はしていただろうと自分の気持ちを立て直す。

「命乞いか？」

白狐が冷然と言う。

狐姿でも声を出せたのかと、雪緒はぼんやり思った。その無用な思考を振り解き、喉につかえていた言葉を吐き出す。

「全部を、白月様に！　人でなしのあなたに、なにもかもを！　そのために！」

「どうでもいい」

訴えを遮って白狐が雪緒の腕に食いつき、獲物をいたぶるように振り飛ばす。いや、実際、食う前の余興として、ろくに抵抗もできない雪緒をいたぶっている。

地を転がりながら雪緒は深く息を吐いた。頭が割れそうに痛かった。全身がそうだった。

「なあひょっとして、勘違いしたのか。もしかしたら、俺がおまえに恋情のひとかけらでも持ったかと」

白狐が笑った。

「かわいそうな人の子よ。狐はとことん化かすと知っているだろ。――だれが惚《ほ》れるか」

知ってる。よく知っている。

「おまえは利用価値のある餌《えさ》だ。俺の糧となるだけの者。そんなこともわからないとは、これだから人は」

「なら私はあなたを、高みに押し上げる、貴重な餌になります」

駒《こま》にもなれないなら餌でいい。それなら、そう――。

「油揚げ。徳を包んだ、餌に……」

なんでも包めるのが油揚げだ。

そうでしょう？

「だからな、図に乗るな」

白狐が冷酷に雪緒を見下ろす。

本気で殺す気だ。食べる気だ。

時間稼ぎができない。白月が落ち着く時間が――いや、冷静なのか。これが本音なのか。

「身の程知らずの人が傲《おご》った夢を見るから、白桜が穢《けが》れた」

囁き声が雪緒の鼓膜に滑りこむ。

耳を塞《ふさ》ぎたくなるのを堪えれば、新たな毒を垂らされる。

「鬼も誑《たぶら》かし、綾槿《あやむくげ》ケ里《がさと》にも穴を開け、大妖《たいよう》も巻き添えにしたな」

本当に白月は弁が立つ。口で勝てるわけがない。

「気分はどうだ。おまえったら、まるで悪神か、災厄のようじゃないか！　さすがに俺でもそこまで悪行を重ねたりはしないのに、人とは生きるだけで災いを呼ぶ」

怯《ひる》むものかと雪緒は思った。

「――多くの巻き添えを出すほどの力が私にあるのなら、それもすべて！　白月様に!!」

雪緒は自分の野望、形を変えた恋を燃やし、誓いを振り絞った。執念のような狂熱の誓いだった。白月の嘲笑《ちょうしょう》さえどうでもよかった。憎まれようが、無価値と蔑《さげす》まされようが。見えない希望に縋《すが》りつく虚《むな》しさを、もう噛《か》みしめることもない。なにもかも失うことで、自分を見失わずにすむ。雪緒はようやく曖昧《あいまい》な者ではなくなる。

「鬱陶《うっとう》しい！」

「あなただけが、私の星です。だから階を、高みへの」

雪緒は白月しか見なかった。この人でなし以外に見るものなどなかった。

「災厄を詰めた薄汚い皮袋め、死ね」

白狐が死神のような目をして、雪緒の喉元に噛みついた。

✽

遠き大神の一撃のような、稲妻に等しい力がほしかった。

一個の妖力《ようりょく》なんて空を割る光の槌《つち》に比べたら児戯も同然だと白月は知っていたからだ。

ようやく瑠璃茉莉屋敷に辿り着いた白月は——、その光景を目にした瞬間、白狐に変じて地を駆けた。

その勢いを殺さずに、自分と瓜二《うりふた》つの姿の、人の子を食らう狐に飛びかかる。

縺《もつ》れ合うようにして地を転がりながらも、白月はソレの横腹を噛みちぎった。ソレの血が白月の毛並みを真《ま》っ赤《か》に染めた。気にとめず、怒りのままに、憎悪のままに、恐怖するままに――ソレの前脚や尾を引き裂いた。

ソレが動かなくなったところで、白月は正気に返り、人の姿を取った。

全身から立ち上る耐え難い感情が、浴びた血のように濃密に白月を彩った。呼吸の仕方も忘れそうだった。

「雪緒」

ぴくりとも動かず地に伏す娘に、白月は転がるようにして近づいた。

翅《はね》をもがれた虫のようなありさまに、白月は息を呑んだ。

ひとしきりいたぶられたのだろう、雪緒の長い髪は乱れ、血を吸って顔にべたりと張りついていた。血まみれの首は、うなじから鎖骨にかけての皮膚が大きく食い破られ、首も折れかかっていた。喉に噛みつかれた際に、骨にまで衝撃を与えられたようだ。手足は土と擦り傷まみれで、恐怖にもがいたのか、痛みにもがいたのか、数本の指の爪が剥がれかかっていた。

白月は、雪緒の顔に張りつく長い髪を取り除こうとして、やめた。

苦悶に満ちた顔をしていたら、どうすればいいのだろう――たとえこの殺された雪緒が、傀儡であっても。

「本物じゃない。本物の雪緒では……」

傀儡だからと、雪緒自身ではないからと、そう胸を撫で下ろすことが白月にはできなかった。一度目のときだってできなかったことが、どうして二度目にできるのか。どうしてまた、この恐ろしい姿を見なくてはいけなくなったのか。血にまみれたこの未来を潰《つぶ》すために、雪緒を大事に懐に抱えこんだはずなのに、なぜだれもわかろうとしないのか。雪緒本人でさえも理解しない。

それはまったく白月自身の因果だった。

牙を剥く因果を、白月は恐れずにはいられなかった。

丁寧にあたためられてきた卵のような白月の因果。それが孵《かえ》った。

表現しがたい苦痛が胸を襲い、どっと全身に汗が噴き出た。白月は傀儡を抱えこんだまま、しばらく放心した。

夜空には力なく星がいくつか瞬くばかりで、白月が飛ばした狐火がなければ、あたりは真っ暗だったことだろう。

救いのない夜だと白月は考えた。白月に対して、救いがない。色々なものが死に絶えた夜のように思えた。

牙を剥く因果は、白月自身にではなく、雪緒に狙いを定めている。

なぜなら、白月自身がずっと雪緒を贄《にえ》扱いしていた。

「俺の行為が……」

白月がそうしたからまわりも倣った。やがて、孵ったばかりの雛《ひな》のような因果も、これは贅だと目を向けた。定着させてしまった。——苛烈《かれつ》になるだろう。これから、雪緒が定めを逃れるたびに因果の力は勢いを増す。より牙が磨かれた狂犬のように雪緒を追いかける。もっと強烈な死に様を晒《さら》せ、と唾液をまき散らして吠《ほ》えながら、飛びかかろうとする。

「——逃げてくれ」

逃げ切ってくれ。いや、だめだ。人の足では逃げ切れない。連れ去らないと。だが連れ去っても無駄だったじゃないか。次はなにをすればいい。

後悔が雪崩《なだれ》のように白月の心に押し寄せてくる。やっと恋情を知ったからこそ白月は、前よりも目が開かれた。見える感情が多くなった。

(どうすれば、因果に目隠しできる)

償いだけでは目隠しにならない。白月の恋情が、目隠しになるはずだった。けれども、もう雪緒は。

(どうすれば)

白月は視線を雪緒に戻した。

「なあ……おまえ様を好きになってしまったぞ」

どこかに隠れているだろう雪緒本体に届かないかと、白月は軽く傀儡の身をゆさぶった。残念ながら傀儡は死んでいる。雪緒本人とのつながりも切れているのは明白で、それでもあきらめられずにいる。

「遅すぎると言われても、俺は長きを生きる狐様なんだ。腰が重いと知っているだろう。だから、もっとじっくり、俺と」

人は優しく甘いから、その優しさで怒りも溶かしてくれるから、今回だって。

――遅いだろうか。

もう輝くように笑ってくれることはないのだろうか。

白月までつられて若やぐような表情が瞼の裏に蘇《よみがえ》り、すぐさまこの血まみれの姿に取って代わる。恐ろしくなる。

「胸が痛い」

白月はふしぎな思いで、つぶやいた。

なぜ恐ろしくなると、胸が痛むのだろう。なぜ花が踏み潰されたような気持ちになるのだろう。わからない。わからないことを、知ってしまった。途方に暮れた。

そうしてだんだんと、白月はうろたえ始めた。

「え……、なぜこうも」

こみ上げる感情にさらにおののき、本格的に混乱する。胸の痛みが、こんなにも夜空を恐ろしく見せることまで知った。

「悪かった、こんな目にあわせて」

いままで、なぜ平気でいられたのだろう。

なぜ軽はずみに傷つけることができたのだろう。

それは、してはならないことだったのに。

「でもおまえ様、どうしてこんなに脆《もろ》いんだよ。もう少し、頑丈でもいいだろ……」

茫然《ぼうぜん》とする白月の目の端で、手足をもがれて地に転がっていたソレが蠢《うごめ》いた。己そっくりな白狐の姿がゆらぎ、兄弟狐の——薬成《わらな》りの姿に戻る。

血まみれの薬成りは、白月を見て、恐怖に濡《ぬ》れながらも嬉《うれ》しげに笑った。

ぼやけていた焦点が薬成りに定まると、感情も怒りに覆われ、意識が冴え渡った。白月は冷然と薬成りを見た。

白月には兄弟が複数存在する。基本的に同じほどの力を持つ自我の強い者とは、ともにすごさない。よほど相性がよくない限り、殺し合いになる。白月は自分の生まれから、騒がしいのは好まないし、一人でなんでもできてしまう。そのため、兄弟といえども、薬成りに向ける感情はどうしたって希薄なものになる。

「勝手をしやがって。雪緒を宮から連れ出したのはおまえか」

白月が調子を取り戻して問えば、薬成りは素直に肯定した。

「うん、わたしたちだ」

「私たち？」

白月の引っかかりを無視して、藁成りが荒い息の下、続ける。

「それ、小賢しい娘だったよ。苦しめてから食おうと思ったのに、ただの屑《くず》を詰めた皮袋だった。残念だ」

「——なぜおまえがわざわざ雪緒を狙う」

問えば、瀕死《ひんし》のくせに藁成りは白月を見下すような表情を浮かべた。

「なぜって、餌だろ」

「……そうか」

理屈ではないのかと白月は納得した。

人を食い物と見る兄弟、それが解き放たれて雪緒を襲う。因果の凄まじさを理解する。だが今回は、雪緒の機転で因果がかわされた。白月の心を引き裂きながらの回避だった。

因果はますます猛烈な勢いを蓄えるだろうが、それにしても利口な娘ではないか。か弱いだけの人の子だったらとうに死んでいる。そうだ、こういう場面で知恵を度胸に変えられる人の子だから、恋知らずの白月までとうとうほだされてしまった。

白月は視線を藁成りから雪緒に向けた。

その隙に、藁成りが地を這って逃げていく。

人とは違うので、手足をもがれても動ける。

ここで白月が追う必要はなかった。一人で瑠璃茉莉屋敷に来たわけではない。木陰に、楓《かえで》が待機している。藁成りが古老どもを煽動《せんどう》して白月に枷《かせ》をはめようとしていると報告してきたのは楓だ。

楓は妖力に恵まれなかったが、いまの藁成りの状態なら彼でも捕らえられる。

（あれを殺すのはあとでいい）

白月は、雪緒の顔に張りつく髪を取り除こうとして、ふたたびためらった。こんな些細《ささい》なことが、こわいのだ。

「雪緒。また無茶を……」

首を噛まれて、どれほど痛かっただろう。どれほどの痛みが、本体に返ったのか。

雪緒の受けた痛みを想像して、白月はひどく気が塞いだ。

人はすぐに壊れる。それについてはずっと前から知っていた。なのに、いまはじめて知ったような感覚に苛まれる。知った上で、散々傷つけておきながら――、いや、やはりわかったような気でいただけだった。他者の痛みを自分のもののように受け止めることなど、なかったのだから。

いま真剣に理解し始めて、だから人の脆さに怯《おび》えている。衝撃を受けている。

「傷は、妖力ではくっつかないのか」

だったら針と糸で縫えば治るのか。だが裁縫などしたこともない。

破れた首の皮膚をつまんでみたが、血で指が滑るし、これを縫い合わせたところで雪緒が目覚めるとは思えなかった。妖怪なら、肉が失われてさえいなければ、いずれ勝手に修復される。首を切り落とされても、すぐにくっつけてやれば死なずにすむことだってある。

「どうして簡単に殺せるくらい、人は脆いんだ」

それはわからない。白月にはまだ答えのわからないことだ。

「なあ、本当に脆いのか？」

死ななければ、胸は痛まないのか。簡単に傷が塞がるようになれば？　……いや、なにか違うような気がする。

知らないことを知ったら、なおさら知らないことが増えるとは思いもしなかった。恋情ひとつでこうも見方が変わるのか。

「おまえの痛みを想像したって、俺に傷ができるわけでもないのに」

白月は自分の首に触れた。傷はない。なのに、息苦しい。もうずっと息苦しい。想像しなければ、もっと息苦しい。ずっとずっと切ない。

「雪緒、起きてくれ。もう傷つけない。決してしない。壊れないでくれ」

血まみれで襤褸《ぼろ》切れのような雪緒がかわいそうなのか、一人でここにいる自分がかわいそうなのか、白月はひたすら考えた。嫌だと思った。とにかくだれにも会いたくない。雪緒を抱えていたい。どうすればいいのか、本当にわからない。

悄然《しょうぜん》とする白月の耳が、ふと物音を捉えた。

とっさに音のするほうに――屋敷の広縁に目を向け、白月は血の気が引くのを感じた。部屋の奥から現れたのは、苦しそうに喉をさする雪緒だった。

（これは、本物）

この瞬間になってようやく、なぜ藁成りがわざわざこちらの姿に化けていたのかを白月は考えた。

油断を誘うためではない。

白月の振りをして、雪緒を散々苦しめたのち、食うためだ。

けれども――雪緒が死ななかった場合、いまの白月の姿と、この状況は彼女の目にどう映るのか。

✲

――凄まじい眺めだなあ、と雪緒は感嘆すらした。

事切れた血まみれの自分の傀儡を、同じくらい血まみれの白月が抱えこんでいる。

彼が飛ばしたのだろう、宙に躍る狐火が、屋敷の前で繰り広げられたこの惨劇をあらわにしていた。

雪緒の首を噛んだあとに食うのを白月がやめたのは、それが本物ではなく傀儡だと気づいたからだ。

（完成した傀儡の精度は、悪くなかった）

多少の感覚の鈍さはあったが、手足もしっかり動く。視野も良好で、他者の判別もできた。

分身を編み出したのは雪緒だけではない。宵丸もだ。そちらは雪緒の札製ではなく、自身の妖力で作っている。

自分たちの分身を先に外へ出して囮にし、そのあいだに裏手からべつの道を通って白桜へ逃げるつもりでいた。ところが白月の到着が速すぎて、雪緒たちは屋敷から出られなくなった。へたに動けば、気配に感付かれる。囮を用意した意味がなくなる。

宵丸の分身は、白月の眷属たちに木々の向こうへ連れ去られたあと、殺された。

分身と感覚を共有させていたようで、狐たちの妖力を浴びすぎた弊害か、宵丸はまだ動けないでいる。

雪緒も傀儡の喉に噛みつかれた瞬間、ぶつっとつながりの糸が切れ、その衝撃で短いあいだ気を失った。

意外にも、先に動けるようになったのは雪緒だ。一度目のときの、祭りの場で迎えた擬似的な死を、体が覚えていたためかもしれない。痛みにも順応している。

白月に傀儡と気づかれたなら、本体である自分たちが屋敷に隠れていると突き止められるのも時間の問題だ。

そのため雪緒は自ら姿を現した。宵丸が目覚めるまで、時間稼ぎが必要だった。

警戒しながら白月の出方をうかがえば、彼はどこか茫然とした表情を浮かべている。

雪緒は、少しふしぎになった。あれが傀儡とわかればさらに怒りを募らせるだろうと覚悟していたが、いまの白月にそんな気配は感じられない。

「――違う」

白月は、ふいに強張った顔で言った。

「これは、違う」

もう一度、否定を繰り返す。

「違う、雪緒。――違う!!」

白月は叫んでから、はっとしたように血で濡れた自分の口元を袖で何度も拭《ぬぐ》った。

――そんなことをしなくても、大丈夫なのに。

「わかっています、白月様」

雪緒はできるだけ優しい口調で声をかけた。

実際、雪緒は少しも傷ついていなかった。

「勝手をしたのは私ですもの。殺されてもしかたがない。……殺されてもかまわないと、お伝えしてもいました。ですので」

「雪緒、そうじゃない!!」

白月が必死な表情を見せて、あぐあぐとなにかを雪緒に伝えようとする。だが、なににそれほど動揺しているのか、うまく声を出せないでいる。

白月はゆれる目で執拗《しつよう》に自分の口を拭った。頭から血を浴びたような有様だったので、口を拭った程度でなにか変わるわけでもない。

「これは、だから、違う……！　おまえの血じゃない、そうじゃないんだ」

――本気で噛み殺すつもりではなかったと言いたいのだろうか。

ちょっと脅すだけのつもりが、勢いあまって首を食いちぎってしまったと。理性を飛ばすほどに激怒していたから、それはいつもの自分とは違うのだと訴えているのか。

「頼む、信じろ、信じてくれ、俺は本当に」

「はい、白月様」

雪緒はうなずいた。

たとえ嘘でも、白月が信じろと願うのなら、雪緒はもう拒まない。

とりあえずいますぐに殺されることはなさそうだ。そちらのほうがよほど重要だった。

「雪緒」

白月は、しかし希望を塗り潰されたような眼差《まなざ》しを寄越した。

「信じます、白月様」

「――俺は、おまえを殺さないんだ」

「はい」

「本当にもう、傷を与えたりはしない!!」

白月の目は、言葉を紡げば紡ぐほどにきらきらと苦悩の輝きに濡れた。よほど懺悔《ざんげ》をしたいのかと雪緒は察し、傷つけないように微笑《ほほえ》んだ。

「それは傀儡ですので、本体の私の身には怪我《けが》のひとつもありません。気に病まないでください」

「──殺していない」

「はい。私がお宮から無断で出たせいです。でも白月様、出たいとは考えていましたが、知らぬ方が迎えに来たんです。あの方はいったい」

「殺していない」

「白月様?」

「雪緒、人の子。……一番美しい花を敷き詰める。なにに怯える必要もない花の褥《しとね》で安らかに微睡《まどろ》めるように」

「……それ、なんだか聞いた覚えがありますね」

白月は、困り果てた様子で傀儡の雪緒を抱きしめた。まるで雪緒本人ではなく、傀儡に懺悔しているかのようだった。

「私は丈夫ですので、花の上じゃなくたってどこでも眠れますよ」

雪緒は落縁のぎりぎりまで行って、身を屈《かが》めた。

白月の不安定な視線は傀儡に固定されたままだ。

「必ずあなたのために死にますから、いまは殺さないで」

声をひそめて伝える。

ぴくりと狐耳が動いたが、それでも白月はこちらを見ない。

「高みに立つ白月様をいつか見るのが、私の夢なんです」

白月が、抱えている傀儡の顔にべったりと張りついていた髪の毛を指先で丁寧に払った。雪緒の位置からでは傀儡の顔は見えなかったが、白月の表情なら確かめられた。星のひとつも輝けない深い夜がおりてきたような、そんな表情と眼差しに思えた。雪緒は、傀儡の自分が最期にどんな顔をしたのか、覚えていなかった。

「ですから、役に立たないなんて言わないで」

「――殺していない。俺じゃないんだ」

白月は、ぼんやりとそう言った。

会話は、それ以上できなかった。

屋敷の奥の襖《ふすま》を蹴倒す勢いで黒獅子が飛び出てきた。振り向く暇もなく雪緒の襟首を咥え、ぶんっと自分の背にうまく放り投げる。

背に着地したと雪緒が認識したときには、傀儡を抱えて地に座りこんだままの白月を置き去りにし、黒獅子はもう駆け出していた。雪緒は慌てて黒獅子の背にしがみついた。

夜目のきかない雪緒への配慮なのか、黒獅子の身は淡く金色に輝いていた。びゅうびゅうと流星のように周囲の景色が流れた。いや、自分こそが流星に乗っている気になってきた。

黒獅子は、あっという間に里の境の犀犀谷《さいさいだに》まで疾駆し、途中に流れる大川も飛び越えた。

そしてそのあたりから、空気が変わり始めた。

以前は、穢れた白桜ヶ里から滲《にじ》み出る瘴気《しょうき》で大気が黒ずんでいた。

いまは夜中で、空気の黒ずみを確認するのは難しい。が、それ以上に気を引くものがある。

いつかの「朱闇辻《あかやみのつじ》」に入りこんでしまったときのように、ドンドンと太鼓の音が聞こえてくる。

「えっ……」

目の前を、神輿《みこし》が横切った。標縄《しめなわ》を咥えた達磨《だるま》が輿に担がれていた。

(な、なにあれ?)

雪緒は唖然《あぜん》とした。

気がつけば、前方の道の左右に金色の瞬きが見えた。透き通った幻の稲穂が道の左右にぐんと広がっていた。

黒獅子が横を駆け抜けると、稲穂は風圧を受けたように散り散りに舞い上がって、星々に化け、空へと逆さまに流れていった。だが一束分だけが雪緒の上に落ちてくる。

雪緒はうろたえながら、なんとかそれを掴み取った。飛ぶように地を駆けていた黒獅子が、達磨の神輿が登場したあたりから気を利かせて速度を落としてくれていたのもありがたかった。いまはゆっくりとした散策の足取りに変わっている。

これは、と尋ねかけた雪緒を窘めるように、黒獅子がぶるぶると鬣《たてがみ》をゆらした。雪緒は黒獅子の背の上で、大人しく細い束を抱きかかえた。

太鼓の音の合間に、だれかの笑い声のような、囃《はや》し立てる声のようなものが聞こえてくる。同時に、奇し言を奏する声もあった。それは、かっかーかかしかしこみもうしもし、と続いた。うごなはりはべる穂レどもきき食へ、此のビ山に坐す麻母利部《まもりべ》、あかし国をたいらけく志呂《しろ》し食《め》せ、さやりましあらびこむまがつ迦微《かび》どもをはらい排《そ》けませ、たてまつり祓《はらえ》つるき、ませやヒトナリ、よろこびよろこび千年万歳。万歳。万。万、万バ、バー、ヌァーバ。

――……幻の黄金の田が消えれば、次に現れるのは一頭の鹿だった。雪緒たちの前方にいる。これも黄金で、体が透けていた。

雪緒を乗せた黒獅子がそちらへ近づく。

黄金の鹿は黒獅子の脇腹のほうにまわって、雪緒に顔を近づけた。

雪緒は仰け反りながらも、ふと鹿の立派な角に指を伸ばした。すると、鹿の姿は溶け、右の角が地を耕す熊手《くまで》に、左は僧の杖《つえ》のような鹿角《わさづの》に変わった。落下する熊手と鹿角を間一髪のところで掴み取る。とりあえず熊手と一束の稲穂は目の前に……黒獅子の背中に乗せ、長さのある鹿角だけは意外に軽かったこともあり、手に持った。

(宵丸さん、なにかすごいことが起きていますよ)

そんな驚きをこめて黒獅子の鬣をちょいちょいと引っ張れば、「おとなしくしろよ、こいつめ」というように喉を鳴らされた。

目を瞬かせれば、ドンドンという太鼓の音が近かった。

ふと左右を見ると、動物の面が描かれた朱漆と黒漆の大太鼓、小太鼓が交互にずらりと宙に浮かんでいた。それらの面が、「ドンドン」と口にしていた。

(え、不気味)

雪緒は素直な感想を持った。

狐の面はないのかと、雪緒は左右を眺めた。

左を向き、右を向き、左を向き……それを何度か繰り返してふたたび左を向けば、太公望のような釣り人がいきなり真横にいて、雪緒は驚きのあまり黒獅子の背から転がり落ちそうになった。

黒獅子は迷惑そうに首を動かしたが、慌てふためく雪緒のことなど無視することに決めたのか、歩みを止めなかった。

「ふほ」

釣り人は、親しげに笑むと、木の釣り竿《ざお》を雪緒に無理やりにぎらせた。

（いらないんですけど……）

右に杖を持っていたので、それは左手で渋々受け取る。よく見ると釣り糸は地中にもぐっていた。無意識に引っ張れば——地中から、金魚群がどぱっと飛び出してきた。大漁だった。そのなかに、異様に大きな金魚……いや、大鯉がまざっている。白と黒の斑《まだら》模様で、目玉は桃色。

（あっ？　この大鯉様って！）

龍神のような大鯉に、気のせいでもなんでもなく、飛び上がり様に尾びれでべしんと背中を引っぱたかれた。かなり痛かった。どれほどの勢いかというと、雪緒を乗せる黒獅子までも全身をびくっとさせたほどだった。

叩かれた拍子に、雪緒の着ていた衣は青い紗衣《しゃぎぬ》の広袖《ひろそで》に変わっていた。星空のように煌《きら》めく衣で、宵丸に乗っている状態であっても、裾は地を引きずるほど長い。

赤天女は叩かれると赤く染まるという言葉がふいに脳裏をよぎり、それと似ていると思って、雪緒は渋面を作った。

空へと泳いでいった大鯉と金魚群を見上げれば、実に気ままに遊泳中。釣り人の姿は消えている。

（もうなにも持てないなあ）

そう悩む雪緒に配慮することもなく、次が現れる。

最初はすぐには気づかず、そろそろ幻想絵巻も終演かと思っていた。が、背後になんらかの行列がついてきていた。

恐る恐る振り向くと、様々な体長の鹿たちが後ろにいる。仔猫ほどだったり、象を超えたりするものもいた。鹿たちは、振り向いた雪緒に気づくとあらゆる種類の鳥に化け、空ではなく地中に飛んでいった。

鳥はしばらく地中を飛びまわると、ふたたび地表に出て鹿に戻った。四足で進んでいたが、少しずつ背を起こし、衣をまとった鹿の頭の獣人に変身する。彼らは自分の角を折った。それは彼らの手のなかで熊手に変わった。

鹿の獣人らは、ざくざくと土を耕しながら歩いた。掘った穴から蟹《かに》や海老《えび》、蛸《たこ》などが出てきた。

周囲は、真っ暗な海に変わったのかと勘違いするほどだった。頭上を魚群や、龍神のような大鯉が泳いでいる。

雪緒はぼうっと眺めながら、遠い過去でだれかと手をつないで楽しんだはずの、「とんねる水槽の水族館」を思い出していた。思い出したそばから、その記憶は泡のように消えた。

真横を星啼文庫《せいていぶんこ》が通り抜け、くるりと尾を翻《ひるがえ》して頭上を泳ぐ。青い穂のような尾が優雅にゆれていた。一見、『りゅうぐうのつかい』のようだけれども、本当は鳥なのだとか。白月が以前、言っていた。

青い尾羽根が一枚落ちてきて、それが雪緒の頭頂部に乗った。取ろうとしたが、あいにくと両手は塞がっている。そこで雪緒は首を動かし、振り落とそうとした。ふるふるフル布留。尾羽根は頭の上で瑠璃の冠に変わった。

「ドンドン」と、獣面の太鼓たちが鳴くなか、雪緒は視線を正面に向ける。

「ドンドン」

「ドンドン、ドンかかかしこみまをし、ドン」

「きき食へ」

「ドンドン、まいられ」

「ドン、瑠璃の麻母利部たてまつらく」

「ドンドン」

「おふるものの根に抜きて、ドンドン」

「おろがみまつらく」

「拝」

「拝」

——最後の太鼓が「ドン」と鳴き、シンと静まり返った。

これは雪緒の白桜ヶ里への渡り、大戴《だいたい》の儀だった。

◎捌・とまれかくまれ　佐保恋し

雪緒《ゆきお》は、隠れ森に現れた「招かれざる客たち」が奇妙な黒い駒《こま》を渡そうとしてきた時点で、もしかすると彼らは、自分に対してなんらかの儀を勝手に始めているのでは、と疑っていた。白桜ヶ里《しろざくらがさと》に到着さえすればなんとかなると信じたのは、手を貸してくれるだろう彼らの存在が頭にあったからだ。

といっても、純粋な善意を信じたわけではない。彼らの総意と展望を綾槿ヶ里《あやむくげがさと》の古老から聞いている。

(私を白桜に封じたいと思っている)

雪緒に否やはない。

彼らは一様に駒を受け取れと要求してきたが、それはおそらく引っかけのようなものだろう。真の狙《ねら》いは、雪緒が駒を「見る」ことだ。見た時点で、受け取りが成立する仕掛けだったに違いない。

白月《しろつき》は彼らを各里の使者と説明していた。三通りの意味で「使者」だったのだ。事を順に振り返れば、彼らが幾重にも欺《あざむ》いてくれたのがわかる。はじめは、攫《さら》われた雪緒の救助と見せかけて、白月に赤天女祭を指揮させることが狙い。そうと思わせて、だが本命は大《だい》戴《たい》のための種を蒔《ま》くことだった。

白月の怒りを買うと承知した上でその作戦を強行したのにも、理由があるだろう。

今月には、ゆき祭りなどが控えている。雪の意ではないが、「雪緒」を見立てにできる。雪緒にとって有利に動く祭りが揃《そろ》っている月で、大戴に吉と出る。

いったいだれが策を立てたのかと、雪緒は呆《あき》れと驚きと称賛《しょうさん》の入り交じった複雑な思いを抱く。

儀とは天地への表明であり、そこに祝福を乗せて民に宣布するもの。行うことに意味がある。見せられた駒はそれぞれの里からの祝意のしるしで、「捧物《ほうもつ》」の意図もあったに違いない。

こうまで格上の我らに望まれたのだから、ゆめ引き下がるなと。

冷徹な眼差《まなざ》しで動いた彼らのなかで、由良《ゆら》が雪緒の今後を一番案じてくれていた。彼の兄弟の協力も得られるという。

少なくとも四面楚歌《そか》ではないというだけで、雪緒には希望が感じられた。

だが。

「なんでこんなに里を包む穢《けが》れが濃くなってるの？」

雪緒は白桜の境、石柱の立つあたりを通過したところで、しばし足止めされていた。

雪緒を乗せている黒獅子《くろじし》が警戒を強めて、何度呼びかけてもそれ以上先へは進んでくれないのだ。ついてきていた大鯉《おおごい》や小魚群はこの異常を知ると、薄情にも「無理」と拒否するようにどこかへ泳いでいってしまった。

七月に大掛かりな浄化を決行し、護符さえあれば上里《かみさと》でならすごせるようになったはずだ。なのに、どう見ても悪化している。

夜明け前の刻であろうと目視できるほどに、黒煙のような瘴気《しょうき》が宙に流れている。これが時々ゆらりと形を変えて、人影めいた朧《おぼろ》な悪霊に変わる。

儀での祝福の効果か、それとも宵丸《よいまる》の威嚇効果か、ろくに形も作れぬ悪霊に襲われることはないが、それでも見られているという不快な感覚がつきまとう。提灯《ちょうちん》代わりに宵丸が宙に飛ばした火の玉も、心なしか勢いが弱い。

「使者の出迎えがあるんじゃないかと思っていたんだけど……」

雪緒は黒獅子の背からおり、杖《つえ》やら釣り竿《ざお》やらを抱え直して、首を捻《ひね》った。

期待しすぎただろうか。だが、ここまでの周到なお膳立てを考えれば、その期待も不自然ではないだろう。

黒獅子も「だよな」と同意するように、首を傾《かし》げている。

強引に突破するのも危険だが、ここでまごまごしていると正気に返った白月がいつ追ってくるともしれない。

「残念ながらいま、護符を作る時間はなさそう」

どうしたものかと途方に暮れていたら、黒く濁った向こう側から、大蛇のような影が迫ってきた。こちらの存在に気づいているらしく、迷いなくまっすぐ進んでくる。

瘴気が原因で生じた魔物の類《たぐ》いかと身構えれば、ぬるりと現れたのは、見覚えのある真っ赤《まか》な鱗《うろこ》の大蛇だった。

雪緒の前で恥ずかしげにうねうねすると、大蛇は女の姿に変じた。

正体は、薄茶色の長い髪に金色の瞳《ひとみ》を持つ美女、井蕗《いぶき》だ。髪をきりりと白い組紐《くみひも》で結い上げ、真っ赤な水干に身を包んでいる。

「雪緒様！　あっ瑠璃《るり》坐す御世の淵源たるこの日、まこと万歳、およろこび申し上げ――いえ、天の石塊に刻まれるべき日に場を整えることもできず、出迎えにも遅れました。私の不徳にどうか罰を」

表情を輝かせたり落ちこんだりと忙《せわ》しない井蕗を止め、「白桜にいったいなにが？」と雪緒は早口で尋ねた。再会の喜びなども全部後回しにした。

井蕗は途端に渋面を作り、ちらりと里を振り向いた。

「少なくとも先日――八の日までは、なんの異変もありませんでした。いえ、この言い方は誤解を招く……。穢れという異変が白桜を相変わらず覆っていましたが、それだけです。ほかに目立った怪異は起きていませんでした」

「ずっと停滞した状態だったの？」

「ええ。……白桜は七の月に、祭事と兼行する形で雪緒様方と祓《はらえ》を行いましたね」

彼女は一度、御前祭の記憶を呼び起こすように雪緒を見て微笑《ほほえ》んでから、

「その甲斐《かい》もあって穢れは薄まりました。ですが、濁さず言うなら、由良さんや一族の方の恨みが激しく、穢れが膠着《こうちゃく》してしまい、その後はどんなに浄化を繰り返しても祓《はら》い切れぬ状態だったのです」

雪緒はうなずき、先を促した。

白桜の穢れの濃度については、先月に綾槿ヶ里の古老に聞かされている。

「けれども、雪緒様が冠を得てこちらへおりられると聞きました。私はその喜雨の先触れを六《ろ》六《く》様から知らされたのです。瑞星《ずいせい》に影が落ちぬよう心して支えよとも命じられました。雪緒様には多大な恩がありますので、もちろん命を受けずとも喜びながらお手伝いさせていただきます」

裏表のない親しみのこもった表情を井蕗に向けられる。

「井蕗さんにはじゅうぶんすぎるほど助けてもらってますよ」

「そ、そんな。私などまだまだ未熟で」

「いえ、本当に」

話を脱線させるなと咎《とが》めるように、黒獅子がぐるぐる唸《うな》り、地面を引っ掻《か》く。

井蕗は慌てたように表情をひきしめた。

「皆様方と相談し、お渡りのすむ前に、雪緒様のご負担を少しでも減らす手はずを決めました」

「私の負担というと？」

「やはり問題は、白桜全体に蔓延《まんえん》する穢れです。これを薄めることが肝要だと。とくに由良さんは白桜の荒れ具合を前に、ひどく思い詰めておられた」

故郷を愛《いと》おしむ由良の性格を思えば、失意の様子は想像に難くない。

「そこで、人の血を持つ者に祓を行わせました」

「……人に？」

思いがけない話の流れになって、雪緒は眉《まゆ》をひそめた。不吉な匂いを嗅《か》ぎ取る。

祓とは本来、怪《かい》ではなく人が行うべきものだという。これも綾槿ヶ里の古老が言っていたことだ。

しかし、祓の儀をまかせられるような人間を、そうも簡単に用意できるだろうか？　もともと、人の種族が少ない郷だ。

もっと聞き出したいが、いまはこらえ、肝心の話の続きを待つ。

「やはり人の血を持つ者の祈りは違う。めざましい効果がありました。それが三の日のことです」

「効果があったのに、また穢れが加速したの？」

人の手による祓のおかげで、三日から八日までは順調に浄化が進んでいたようだ。

(奇妙な話だ。それに、いったいだれが祓を行ったんだろう)

雪緒は表情を変えないようにつとめたが、多少なりとも苦々しい思いが生まれるのはしかたがない。

人の血を持ち、なおかつ祓も得意とする優秀な者がほかに存在するのなら、自分の就任は不要じゃないだろうか。……いや、取り糺《ただ》されているのは穢れの有無だけではないか。鬼穴《きけつ》の排除の問題も残っている。

それにしても、日の流れの不確かさに戸惑う。今日《きょう》は、九日ということか。

「ところが今朝方《けさ》、穢れが一気に膨れ上がったのです」

「理由は？」

雪緒は急かした。先ほどから、井蕗は答えを渋っているような気がしてならない。

「……由良様の兄弟が、消えました」

「消えた？」

不穏な返事に、雪緒は戸惑った。

「自分の意思で失踪したんですか？　だれかと揉《も》めたとか……？」

井蕗は目を伏せた。

「上里の屋城《やしろ》の清掃をされていたのですが――食い殺されていました」

「はっ⁉」

「身の一部が廊に転がっているのを、由良様が見つけてしまって、それで」

「待ってください。食い殺されたって、どういう……、死んだ白桜の民の怨念《おんねん》による呪詛《じゅそ》が原因ですか？」

白桜の穢れは、死んだ民たちの怨念を核として広がった。

そこに長《おさ》の不在が重なって、いつまでも浄化が完了せずにいる。

極端な話、長はそこにいるだけで役に立つ。例を挙げるなら、存在自体が里を守る結界の役割を果たす。

それと、封印した悪しきモノなどを抑える力がある。古い悪霊や怨霊《おんりょう》。『御堂』――神隠しの負荷に耐えられず死んだ子の御霊《みたま》などもそこに含まれるだろう。古い『呪詛』や『呪法《じゅほう》』などども。

古いものには力が宿る。鬼の三雲曰《みくもいわ》く、言葉だって神霊化する。そういう世界だ。

放置すると手がつけられなくなるから、極めて悪質なものは故意に廃《すた》れさせるか、あるいは壺《つぼ》や書などを用いて厳重に封じる。罪人を牢《ろう》に閉じこめるように。が、なんらかの問題が生じていまの白桜のように瘴気があふれ返ると、閉じこめていたはずの『呪法』がじわじわと外に漏れ出て、だれかの負の念に付着し、勝手に呪《のろ》いや祟《たた》りを周囲にもたらす恐れがある。

七月の撫子御前祭《なでしこごぜんさい》のときに発生した現象が、この条件に該当する。

御堂の祟りに、封のゆるんだ古い呪法が引き寄せられ、その結果、伏せる者が続出した。呪詛とは本来それくらい危険なもので、だからこそあのとき、解除のすべを知る薬師の雪緒は重宝された。

しかし――今回も同様の事態が生じ、呪詛に食い殺されたのかという自身の問いかけを、雪緒は心のなかで否定した。

呪詛なら、食い殺されたという表現にはならないだろう。

どう答えるか迷いあぐねているふうの井蕗を見つめると、彼女はわかりやすく視線をそらし、吐息を漏らした。

「……呪詛の類いではないと思います。獣に食われた形跡があったそうです。私はその様子を見ていないのですが」

「獣？　里の内部に迷いこんだ野生動物に襲われたんですか？」

反射的に尋ねてから、ばかな問いだったと雪緒は自覚した。

由良の兄弟ならそれなりの妖力を持つはずだ。仮に妖力が乏しかろうと、単なる野生動物に容易《たやす》くやられるとは思えない。

そもそも完全には浄化し切れていない里のなかを、勘の鋭い動物がうろつくわけもない。

「今朝方の出来事でしたので、襲撃者はまだ判明していないんです。けれども、由良様の怒りが激しく」

雪緒は息を呑《の》んだ。ここまで聞けば、もうわかる。

「瘴気の濃度が増した原因は、由良さんの呪いですか」

井蕗は視線をそらしたまま、「私にできることと言えば限られていますので、瘴気に引き寄せられてきた小魔や悪霊を消化……退治していました」と、小声で説明した。遠回しに雪緒の問いを肯定している。

「由良さんは、いまどこに？」

「御前祭のときに建てた六角堂にこもられています」

「一人でそこに？」

「いいえ。化天《かてん》様が、ご自身の呪いに負けぬようにと由良様を見張っておられます。ほかの方も里に集まっていたのですが、私のように悪霊退治に動いていたり、逆に穢れを嫌って去られた方もおられたりと、いまは統制の取れぬ状態で」

井蕗が疲労を覗《のぞ》かせる。

「由良さんに会いたいと思います」

雪緒の装束は里に入る途中に様変わりしたが、腰にさげている小袋……常に携帯を心がけている仕事道具の煙管《キセル》類は消えずに残っている。道具があれば、護符が作れる。

札の残り数が若干心許《こころもと》ないが、それも、紅椿《あかつばき》の〈くすりや〉に保管している予備を宵丸に運んでもらえるだろう。

そう考えての発言だったが、隣で欠伸《あくび》をしていた黒獅子は、「あん!?」という反抗的な態度で雪緒を見上げ、軽く頭突きをしてきた。軽くとはいうが、黒獅子の体躯《たいく》は大きい。

雪緒はよろめき、腕のなかのあれこれを落としそうになった。慌てた井蕗が、「私が持ちます」と断って、雪緒の手から杖や釣り竿などをさっと奪っていった。

「宵丸さん、いきなりの頭突きはやめて……」

雪緒を見据える黒獅子の目が三角になっている。どうやら由良との面会には反対らしい。

大丈夫ですよ、と笑みを向けても黒獅子は睨《にら》み続け、ぶるぶると首を横に振る。

「ねえ、宵丸さんがそばにいるのなら、なにもこわくないですよね?」

守ってくれるだろうと言外に問い、黒獅子の鬣《たてがみ》を撫《な》でる。

黒獅子は鼻の上に深い皺《しわ》をいくつも作って唸った。もう一度頭突きもされたが、止めるだけ無駄だとあきらめたのか、それ以上の反対は見せなかった。

「雪緒様……、いまの由良様は危険かもしれません」

井蕗が逡巡《しゅんじゅん》したのち、思い切ったように告げる。

「危険でなかったことのほうが少ないですので、平気ですよ」

日常的に危険だった。そういう毎日を生きている。

雪緒は黒獅子の背に乗り、葛藤《かっとう》している様子の井蕗に「行きましょう」と声をかけた。

大戴の儀の途中で得た霊妙なる衣や冠のおかげで、瘴気に倒れることはなかったものの、由良のいる六角堂の周囲は妖力のない雪緒にもわかるほどに空気が歪《ゆが》んでいた。陽炎《かげろう》めいたゆらめきが見える。

「すみません雪緒様、私はあのなかまでお供ができません」

六角堂の前で、井蕗が硬い声を聞かせた。

平然と悪霊退治をこなしていた彼女でも、これ以上由良に近づけないらしい。明かりは宵丸製の火の玉しかなかったが、それでも井蕗の顔色の悪さは隠し切れていない。

(私に妖力があったら、空気のゆらめき以上のものに気づいたのかな)

今回は、鈍感な人族でよかったというべきか。

雪緒は黒獅子の背からおりて、六角堂を見上げた。

屋根も壁板もすべてが真っ赤の高床式の建物だ。ただし、格子戸と玉垣は白い。六角堂の左右にも建物があるが、いまは、そちら側は放っておく。

雪緒は正面の階《きざはし》を上がった。黒獅子も、歩くのに邪魔だと感じるくらいぴたっと雪緒にくっつきながらついてくる。守ってくれているらしい。頼もしいことだ。

格子戸を開くと、内部は真夜中かと思うほどに真っ暗だった。

だがそれは一瞬の錯覚で、すぐさま視野が正常に戻る。白木の板敷きの間の四隅に鉄製の燭《しょく》台《だい》が置かれている。

なにかを詰めた細長い大袋も壁際に転がっていた。

中央には俯《うつむ》いて座る白装束姿の男――由良がいる。輪を作る真っ赤な荒縄の中心に座っている。が、よく見れば、荒縄は焦げかけていた。彼の手前には、水干姿の化天が端然と座っていた。

「子兎《こうさぎ》か」

化天が振り向き、雪緒を見た。

「よく来た」

と、堅苦しい口調ながらも、どこかほっとしたように短い歓迎の言葉を聞かせる。

彼の見た目は、雪緒と同じ年頃《としごろ》の少年だ。ふんわりとした短めの髪に、空を映したような水色の目。公家を思わせるような雰囲気が漂っている。狐の隠れ森で会話をしたため、懐かしさは感じない。

「祓えるか」

化天はこてりと首を傾げて端的に尋ねた。

雪緒はそちらに歩み寄りながら、彼の問いの真意を探った。

瘴気を、という意味か。呪いを、という意味か。由良を、という意味か。

雪緒が由良の前にそっと膝《ひざ》をつくと、深く首を垂らしていた彼が顔を上げた。結われずにいる乱れた髪の隙間《すきま》から、怒りに濁る目が覗く。その目が、はっと見開かれる。

「雪緒」

由良が掠《かす》れた声で呼び、身を乗り出して勢いよく雪緒の肩を掴《つか》んだ。

「出るな！」

化天が腰を浮かし、警告の声を上げる。縄を跨《また》ぐことを恐れての発言だろうが、由良は聞いていなかった。彼に噛《か》みつこうとする黒獅子を、雪緒は視線で止めた。

「兄弟が食われた。食われたんだ」

由良は震えながら訴えた。

「ああ、私欲に走って政《まつりごと》を混乱させた父が恨まれるのはわかる、里を混乱させた罪もわかる、だがそれが兄弟を食い殺す理由になるのか？」

彼の声はどんどん高くなった。

「兄弟は苦悩しながらも民の弔いの準備をしていたんだ。そう、恨みに呑まれて弔いさえ怠っていた、不実だったとおのれを省みて恥じていた。生き残りの者たちだって、兄弟の姿に感服して、里の再建に尽力しようと立ち上がり始めていた！」

「由良さん」

「――ああ、狐《きつね》だ!!　食い残しの片足から、狐の臭いがした!!　雪緒、狐一族を呼べ!!」

雪緒の両肩を掴む由良の手に力がこもる。

彼は唾液《だえき》を飛ばす勢いで叫んだ。

「いや違う、雪緒、おまえも狐のせいで苦しんでいる。身勝手な狐どもに攫われて、薄汚れた森のなかに隠された。許すな、人の子！」

由良の憎悪が、縄を焼いていく。

化天の表情が強張《こわば》った。

「ともに滅ぼそう、あれは邪悪の源だ、殺し尽くさねば!!」

「……私、白桜の長になりにきたんです」

ふと由良が口を噤《つぐ》んだ。溺《おぼ》れる者の目をしていた。

「由良さんの無念はよくわかります」

雪緒は、彼の手を肩から外し、ぎゅっとにぎった。

「大事な人と二度と会えないのは、理不尽な事情で奪われるのは、心を叩《たた》き潰《つぶ》されるのと変わらないほどつらい。失う苦しみは、とてもよくわかります」

実感がこもった言葉だったからか、由良は反論せずに耳を傾けた。

「一番に、由良さんのご兄弟を弔わないと」

静かに諭すと、由良の顔が大きく歪んだ。

「御霊を暗がりに迷わせてはだめです。人は、祈るものです。私が祈れば、きっと大丈夫です。

信じてくれるでしょう、由良さん」

「――人の祈り？　だめだ雪緒」

うまく宥《なだ》められそうだった空気が、一瞬で変わる。

「白桜を、人の祈りで晴らそうとした。怪の祓では不十分なら、人を頼るべきと。おかげで浄化は進んだが、あと一歩のところで祓い切れなかったんだ。女は怨念に負けて倒れた。女自身にも恨みがあったせいだ」

「え？」

「おまえまで倒れてしまう、そうなったら俺はどうなる。どうすればいい。信じる者まで失ってしまったら」

由良が、振り向いた。そちらには、なにかを詰めた細長い袋がある――女？

「……あれは？　あの中身はなんですか」

「伊万里《いまり》とかいう女だ」

由良が感情を排した声で答えた。

「祓ができる女だと、紅椿ヶ里の者が連れてきた。もとは罪人の女だから好きに使えと」

雪緒は言葉を失った。

（伊万里さん？）

その名をここで聞くとは思わず、雪緒はとっさに立ち上がろうとした。しかし、由良がふたたび肩を掴み、雪緒を乱暴に押さえつけた。

「おまえは白桜を助けに来てくれた、だから、もういい。悲運の白桜に胸を痛めてくれるおまえのことは、助けたい」

雪緒は茫然《ぼうぜん》と彼を見た。

「俺と、鬼里《おにざと》へ行こう。鬼は狐どもを一掃してくれる！」

──まるでいつかの幻の世への道を辿《たど》っているような流れだ。

だからこそあの幻の世は、本当に起こり得る道のひとつだったのだと確信する。

「白桜に囚われたままの民の御霊は？　生き残りの民は？」

これは失敗だ。苦い思いが雪緒の胸に広がったが、その予感を隠して再度の説得を試みる。

「由良さん、お願いです。潰れないで」

「まだ俺に耐えろというのか!!　だったら狐を殺してくれ!!」

由良の目に憎悪が膨れ上がったときだ。

雪緒の背後で格子戸が開かれた。

こちらの様子が気になって、井蕗が入ってきたのかと雪緒は思った。

だが、振り向いた先にいたのは、狐たちを従えた白月だ。全身血まみれのままだった。──ふしぎなことに、彼に付き従う狐たちまでもが血に染まっていた。

「──殺したとも」

と、怒りの形相の由良が飛びかかる前に、白月は静かに告げた。彼は片手になにかを持っていた。——大きな黒い狐の頭だった。

白月は、狐の首を由良の手前に置き、落ち着き払った動作でそこに座った。

「殺してきたとも、鵺《ぬえ》」

白月は言い聞かせるように、同じことを繰り返した。

「おまえの兄弟を手にかけたのは、俺《おれ》の身内の黒狐だ。手を尽くして白桜の復興を望むおまえへの非礼を、俺は許さない。これがその証《あか》しだ」

由良がじろりと黒狐の首を見た。見定めるような目だった。

「俺に、その首をくれるのか」

「渡そう」

迷わずに白月がうなずく。

「首ひとつでは足りないだろう。だから、黒狐一族の残党を我ら白狐が狩った。これは元黒狐一族の頭だ」

「——俺は、おまえたち狐一族すべてを長く恨み続けるぞ」

「かまわない」

これにも白月は即答した。

由良は、本当はきっと、白月にも死んでほしいと思っている。だが、時を置かずに身内を自ら処分し、謝意をあきらかにしたその潔い態度に、反論を封じられた。

「そして……雪緒が、おまえの兄弟のために祈るだろう。白桜の民の無念にも手を差し伸べるだろう」

続いた言葉に、雪緒は、瞬《まばた》きを忘れて白月を見た。

白月の眼差しはゆれていた。膝に置かれている彼の手がぴくりと動いたが、それだけだった。

「御館《みたち》」と、静観にまわっていた化天が、控えめに口を挟む。

「いいのか？」

白月が目を伏せる。

「子兎の大戴に反対し続けていただろう。本当に認めるのか？」

重ねて化天が聞く。

（やっぱりそういう意味であっているの？）

雪緒は、全員を見回した。

「……それで因果が鳴りを潜めるんだ。長という立場が、徳に代わり、盾になる」

白月は、よくわからない説明をした。

化天にもその発言の意味が呑みこめなかったのか、いぶかしげに眉をひそめている。

「白月様」

呼びかけて、雪緒は躊躇《ちゅうちょ》した。

白月はこちらを向きはしなかったが、片耳がひょこりと動いている。聞いている。

――なにを言えばいいだろう。

どうして急に白桜への渡りを認めてくれる気になったのか。自分を食べる気はなくなったのか。その黒狐の首は本当に身内の者なのか。

雪緒の頭のなかで無数の言葉が渦を巻く。

「あの――先月の、月見泥棒の戦利品、いまもらっていいですか」

「……おまえ様、いまそれを聞くか？」

白月がつられたように顔を上げ、呆れた笑みを見せた。

化天も、正気を欠いていた由良さえも、「なにを言い出すんだこいつ」という目を寄越してきた。自分でも、なぜよりによっていまそんな話をしてしまったのかと思う。だが、いまでなければだめなことでもあった。もう見誤るつもりはなかった。

「まあいい。なにがほしい。俺の首でも差し上げようか」

微笑を浮かべたまま、冗談なのか本気なのかわからないことを言われた。

「伊万里さんをください」

怪に利用され続けた女。彼女を放ってはおけない。

いまの彼女の姿は、状況さえ違えば、雪緒の辿る姿でもあったはずだった。

白月は唖然《あぜん》としたあと、声を上げて笑った。

「ああ、うん！　そうだよな、おまえは――雪緒はいつだって、どんな形でも、俺を振り向くことはない。いまなら容易く俺の首を手に入れられたのに、それでも！」

ひとしきりおかしそうに笑ってから、雪緒を見つめる。

「伊万里はおまえのものだ。今後、紅椿ヶ里の古老どもが手を出すことはないよ。安心しなさい」

これは御館としての言葉だろう。

そうであっても、どうしてか、こちらを見る白月の眼差しは優しげで、もの悲しげでもあった。演技なのかもしれなかったが、なんであっても大差はない。

「雪緒、白桜ヶ里をもとに戻せ」

はい、と雪緒は頭を下げた。

「穢れを祓い、草花を目覚めさせろ。田に水を、道に明かりを、陽《ひ》を覆う雲には扇を。外敵を打ち払え」

「はい」

「……わからぬことがあったら、問え」

雪緒は視線を上げた。

「見守る。俺の……人の子」

「はい」

「崩れるな。この白月がおまえの盾だ」

「……はい、御館様。すべての言を畏《かしこ》みお受けします」

これで本当に白月とは離れることになる。

雪緒は頭の片隅で考えながら、ゆらゆらゆれる白月の狐尾を見つめた。目を合わせるのが難しかったからそうした。最後に尾をにぎりしめたいけれど、もうできないのだろう。

本来なら豪勢に行われる長の就巣の儀は、わずかな民の生き残りと、無数の怨霊たちの恨めしげな目のなかで、粛々と行われた。雪緒のための大礼というよりは、鎮魂のための祭礼だった。それは雪緒の得意なことでもあった。

最中、姿の見えぬ『観客』の視線を雪緒は感じた。

翌月、由良と耶花《やか》の婚儀が執り行われた。

あとがき

こんにちは、糸森環です。『お狐様の異類婚姻譚』七巻目になりました。

主要登場人物は既刊と同一です。今回は登場キャラクターが多めです。

和風要素と言いますか、あやかし要素を強めに出せていたらいいなと思います。裏モチーフの童謡は赤とんぼです。


この巻の裏話的なものをいくつか。ネタバレ含みます。この裏話を知らずとも本編の内容がわからなくなることはないです。

序盤の、湯室に置かれていた屏風絵の侍狐たちにもしも雪緒が名付けをしたら、彼らは屏風から解放されます。本物の狐ではありません。

その後の食事シーンですが、鍋の自在鉤が蝶形なのは、現であって現ではないという隠れ森の設定の反映です。胡蝶の夢からとっています。

ここの会話で、白月が「ならず者」の羽虫について、「夏の夜に～…」と口にしています。これは特別な伏線などではないです。まだ秋を招く祭りを行っていないので夏が完全に終わっていない、という意味で白月はさらっと喩えただけです。

食事場面での宵丸との対話で、もしも雪緒が「巨躯のモノでいてほしい」と言葉にして本気で願っていたら、宵丸はその通りの存在に化けていました。雪緒は、無双のチートキャラを手に入れられるチャンスでした。宵丸は少し残念に思っています。

宵丸が「蟹」ではなくて「鮭」でもかまわない…というような話をしたのは、鮭でもあれこれの『見立て』ができるからです。宵丸は食事が大好きです。

隠れ森の空に浮かぶ化け狐の眼は、ものすごく雪緒を見つめています。興味津々。

古蜜はけっこう裏でがんばっていました。蜻蛉を雪緒に近づけるために、調理用のほたてを用意したり、衣に細工したり……。

大鷺の元ネタの妖怪はわかりやすいです。

大鷺兄弟との対決後、雪緒が古蜜とその子分を体にくっつけていますが、古蜜は半分起きていました。雪緒を黒狐に会わせたかったのです。古蜜はべつに雪緒を死なせるつもりはないです。でも、もしも雪緒がここで油揚げの巾着を黒狐に渡していなかったら、襲われてバッドエンド行きでした。危ないですね。お供え効果は抜群です。

カゴ祭りですが、これは「加護」の見立てにもなっています。

雪緒が幼少の頃を追憶する場面ですが、赤青黄色の「明かり」は信号機のことです。

他の裏話は、またいずれどこかで書けたらいいなと思います。

謝辞です。

担当様にはいつも大変お世話になっております。締切ぎりぎりの戦い、本当に申し訳なく、そしてお気遣いとてもありがたく……！　今後ともどうぞよろしくお願いいたします。

凪かすみ様、素敵な表紙と本文イラストをありがとうございます。本当に綺麗！　素敵！　です。毎巻歓喜しつつ、うっとりしております。ピンナップも、これはこのシーンのアレで…と嬉しく楽しく拝見しています。

嬉しいことに、お狐様コミックも、いなる様担当で連載中です。キャラたちがすごくかわいいです！　白月も格好よく、そしてもふもふがたまらんです。

全人類モフ化計画はもう始動してもいいのにと思ってやみません。

編集部の皆様、校正さんやデザイナーさん、印刷所の方々、書店さん。本書の出版に当たり、お力添えくださった方々に心よりお礼申し上げます。家族と知人にも感謝です。

それから、この本を手に取ってくださった読者様に、たくさんありがとうの気持ちをこめまして。楽しんでいただけましたら万歳です。またお会いできますように。

お狐様《きつねさま》の異類婚姻譚《いるいこんいんたん》
元旦那様《もとだんなさま》の秘密《ひみつ》の里《さと》に連《つ》れ去《さ》られるところです

2023年5月1日　初版発行

著　者■糸森 環

発行者■野内雅宏

発行所■株式会社一迅社
〒160-0022
東京都新宿区新宿3-1-13
京王新宿追分ビル5F
電話03-5312-7432（編集）
電話03-5312-6150（販売）

発売元：株式会社講談社
（講談社・一迅社）

印刷所・製本■大日本印刷株式会社

ＤＴＰ■株式会社三協美術

装　幀■AFTERGLOW

ISBN978-4-7580-9545-7

●この作品はフィクションです。実際の人物・団体・事件などには関係ありません。

この本を読んでのご意見
ご感想などをお寄せください。

おたよりの宛て先

〒160-0022
東京都新宿区新宿3-1-13
京王新宿追分ビル5F
株式会社一迅社　ノベル編集部
糸森《いともり》 環《たまき》 先生・凪《なぎ》かすみ 先生